le Canal Ophite

JOHN VARLEY | *ŒUVRES*

TITAN

LE CANAL OPHITE | *J'ai Lu* 1463***

DANS LE PALAIS DES ROIS MARTIENS

PERSISTANCE DE LA VISION

LES MANNEQUINS

JOHN VARLEY

le Canal Ophite

traduit de l'américain par Rémi Lobry

Éditions J'ai Lu

À ma mère

NOTE DE L'AUTEUR

Pour répondre à votre première question, sachez que Ophite vient de Ophiucus, une constellation qui est passée à côté de la célébrité en se tenant un peu à l'écart du zodiaque.

Ce roman a paru sous le titre original :

THE OPHIUCHI HOTLINE

1

Bulletin juridique quotidien, publié par l'Office intersystème de recherche et de contrôle criminel, 14 Verseau 568 V.T.
Affaire *Lilo-Alexandr-Calypso / Le Peuple de Luna.*

(Résumé Légal – Pour publication immédiate.)
L'Etat accuse Lilo-Alexandr-Calypso de s'être, du 3/1/556 au 18/12/567, livrée volontairement et en connaissance de cause à des expériences sur du matériel humain dans le but de provoquer artificiellement des mutations dans ledit matériel. L'Etat accuse également Lilo-Alexandr-Calypso d'avoir produit des blastocystes ainsi que des embryons humains présentant des caractéristiques contraires aux normes humaines généralement admises, violant ainsi le Code unifié de la confédération des Huit Mondes, article trois (Crimes contre l'humanité), paragraphe sept (Crimes génétiques). L'Etat requiert la peine de mort à perpétuité.

(Indice de lisibilité, Classe I)
Le dossier Lilo a été ouvert lorsque les ordinateurs R.C.C. s'aperçurent que le sujet travaillait sur des données ophites qui, une fois analysées, révélèrent être susceptibles de se rapporter à l'A.D.N. humain. Les agents de la R.C.C. obtinrent l'autori-

sation de consulter son dossier d'abonnée ainsi que son planning d'utilisation auprès de la Starline Inc., courtier principal pour les données ophites traitées. La cour suprême de la banque des données autorisa un renforcement de la surveillance tant par projection informatique que par opérateurs humains. Un mandat de perquisition fut accordé le 10/11/567, applicable au domicile, aux divers lieux de travail ainsi qu'aux objets personnels, y compris le corps de l'individu.

(Indice de lisibilité, Classe II).

Les G-flics de la R.C.C. vous le diront, Lilo était forte, rusée. On croyait tenir le bon bout en forçant la porte, au Centre de recherche des biosystèmes. Peau de balle. On nageait dans des hologrammes. Bandes, notes, tout était nettoyé quand on leur a mis la main dessus. Les décrypteurs R.C.C. ont tout passé au peigne fin : zéro, phi, rien. Même chose pour son domicile, on tapait dans le vide. Mais elle avait de l'argent. Il y a dix ans : brevet de génétique pour les Arbres bananameat©; ramassé un joli petit paquet. Déplacements vérifiés. On avance. Cinq voyages pour Janus. Profité d'un vaisseau-cargo 3G et défoncé la porte, lasers au poing. Personne, mais un de ses pièges a grillé. Rentrés avec deux grammes de viande mutée. Elle était maintenant bonne pour le recycleur. Les rayons X ne donnèrent rien, mais nous l'avons tout de même ouverte, et devinez ce que l'on a trouvé : un million de fragments de données qui enveloppaient sa colonne vertébrale. Mange, mort, dépotoir de gènes! Le Trou attend! Les flics de la R.C.C. vous le diront, le crime ne paie pas.

(Illettrés) Illustrés, photographies et bandes-holos ci-joints.

Les prisons ne sont plus ce qu'elles étaient. Je me

suis un peu renseignée sur la question lorsque je me suis rendu compte que mes travaux pourraient m'amener à en voir une de l'intérieur. Certaines prisons de Vieille Terre étaient plutôt barbares.

Ma cellule, elle, était bien différente. Bien meilleure que le clapier de l'ouvrier moyen. Trois chambres, bien meublées. J'avais le visiophone, si toutefois cela ne me dérangeait pas d'être écoutée par le gardien. Je ne l'ai jamais utilisé.

Ce que ma cellule avait de commun avec les anciennes prisons était on ne peut plus élémentaire : la porte ne s'ouvrait pas à ma volonté. Derrière cette porte, il y en avait une douzaine d'autres qui m'étaient toutes fermées. Dans chaque pièce il y avait une caméra qui suivait mes déplacements.

J'étais au Centre de liquidation pour Ennemis de l'humanité, à trois kilomètres en dessous de Ptolémée, sur le Bascoté. Cela faisait plus d'un an que j'y étais, dont les six premiers mois furent consacrés à accumuler des preuves contre moi. Le procès dura quelques secondes d'ordinateur, un beau matin, alors que je dormais encore. On m'a annonçé le verdict, aucune surprise de ce côté-là, et mon exécution, prévue pour le lendemain matin. C'est alors que mon avocat a obtenu un sursis de six mois.

Je ne me faisais aucune illusion. Le sursis fut sans doute accordé parce que mon exécution devait avoir lieu avant la fin du semestre. Le Centre manquait d'Ennemis de l'humanité et il y avait des thèses à finir. Deux fois par jour, les murs de ma cellule changeaient de couleur et s'illuminaient. De l'autre côté un professeur faisait son cours devant une classe de psycho. En me rapprochant je pouvais voir les rangées d'étudiants assis dans l'amphithéâtre. Mais je m'en suis lassée.

Environ une fois par semaine, je recevais la visite de groupes d'étudiants. Ils s'asseyaient sur mon divan et se trémoussaient. C'était une ribambelle de filles et de garçons aux visages francs, tendus par la réflexion. Ils m'interrogeaient pendant un heure et, de *toute évidence, ne savaient que penser de moi. Au début j'essayais de trouver des réponses bizarres à leurs questions, mais de cela aussi je me suis lassée. Parfois je restais là, assise sans rien dire pendant toute l'heure.*

Ma vie tirait lentement à sa fin.

Assise dans sa cellule, Lilo-Alexandr-Calypso attendait le matin. Elle se demandait si elle aurait le cran de monter seule ces quelques marches. Un an plus tôt, alors que rien n'était si imminent, il lui était facile d'être courageuse. A présent elle se rendait bien compte que ce courage venait de ce qu'elle était intimement convaincue que personne n'allait la tuer pour de bon. Puis elle avait eu tout le temps d'y penser. Chambre à gaz, chaise électrique, bûcher, peloton d'exécution, pendaison par le cou jusqu'à ce que mort s'ensuive, jusqu'à ce que l'on soit bien mort, et plaise à Dieu de recycler votre âme.

Si compliqués qu'ils puissent être, tous ces dispositifs n'avaient qu'une seule fonction. Arrêter un cœur humain de battre. Plus tard, le critère pour définir la mort clinique fut l'arrêt de l'activité cérébrale.

Cela ne suffit plus. Si triste que cela puisse paraître, il était devenu impossible de tuer quelqu'un avec l'assurance de ne plus le voir resurgir. L'exécution de Lilo à l'aube était donc, du point de vue de la société, principalement symbolique.

Mais pour Lilo, cela avait une tout autre dimension. Il restait bien encore une solution qu'elle n'avait envisagée qu'une seule fois au cours de sa vie, six mois plus tôt, juste avant son sursis. Elle pensait au suicide.

– Et pourquoi pas?, se demanda-t-elle, un peu surprise de s'apercevoir qu'elle parlait à voix haute.

C'est vrai, pourquoi pas? Quelques années plus tôt elle aurait pu donner mille raisons valables de ne pas le faire. A l'époque elle avait tout juste la cinquantaine, encore jeune, avec toute la vie devant elle, à l'infini. Mais maintenant elle en avait cinquante-sept et, d'un seul coup, elle était vieille. Bientôt elle serait morte. On ne saurait être plus vieux.

Physiquement Lilo avait vingt-cinq ans. C'était un âge répandu et, malgré sa réticence à suivre la mode, elle ne s'était jamais trouvée belle à un âge plus avancé. Dans l'ensemble elle avait gardé son corps d'origine avec cependant quelques modifications chirurgicales. Ses cheveux étaient châtains. Ses yeux bien écartés l'un de l'autre laissaient la place à un large nez légèrement épaté. Elle était grande et mince et cela lui allait bien. Sa grande fierté était ses jambes. Elle avait fait ajouter dix bons centimètres à leur ossature, ce qui lui donnait une taille de deux mètres vingt, légèrement au-dessus de la moyenne. Elle portait de fins poils bruns depuis les chevilles jusqu'à mi-mollet.

Elle se leva et se mit à faire les cent pas. Ce qui la surprenait le plus c'est qu'une fois faite à l'idée de mourir, l'éventualité du suicide devenait attrayante. L'Etat de Luna ne voyait aucun inconvénient à ce qu'elle se supprime, elle irait au Trou à l'aube, morte ou vive. On n'avait essayé de retirer de sa cellule aucun objet susceptible de servir d'arme.

L'objet qu'elle examinait à présent était un couteau. C'était un bel objet. Acier inoxydable, poli comme un miroir, sa symétrie l'attirait. Le manche strié assurait une bonne prise. Elle se le passa sur la gorge en essayant de ne penser à rien. Sa main tremblait lorsqu'elle porta ses doigts à son cou. Aucune trace de sang.

Elle considéra les deux possibilités qui se présentaient à elle. L'exécution était pour demain et rien n'était comparable, elle en était certaine, à l'émotion que l'on pouvait ressentir en montant les quelques marches qui mènent au Trou. Elle avait horreur de perdre entièrement ses moyens et ne supportait pas l'idée d'être attachée et poussée par-dessus bord au lieu de s'y jeter d'elle-même.

D'un autre côté, elle se sentait à peu près calme à présent. Il n'y avait plus d'espoir. Pouvait-elle affronter sa mort tout de suite et de sa propre main, en privé? Valait-il mieux en finir ainsi?

Il lui semblait que oui. Elle se le répéta trois fois de suite et reprit le couteau. Elle se le passa sur le poignet, eut un frisson et sentit cogner son cœur. Elle ouvrit les yeux et regarda. Il n'y avait même pas de ligne rouge. Pourtant elle était certaine d'avoir appuyé. Quelque chose coulait sur sa joue. Paniquée, elle l'essuya.

Elle s'assit sur la chaise, près d'une table basse et grinça des dents. Elle se pencha en avant et posa son avant-bras sur la table. Elle amena la lame sur la partie tendre, regarda, détourna les yeux, regarda de nouveau, fixement, jusqu'à ce que les yeux la piquent.

Le sang coulait.

– Posez ce couteau, Lilo.

Elle sursauta, tremblante, rouge de colère, le couteau ensanglanté à la main. Tout en essayant de le cacher sous le coussin de sa chaise, elle se retourna pour voir qui était entré dans la pièce derrière elle.

– C'est sérieux?, demanda-t-il en se rapprochant.

Elle regarda. Juste une petite coupure, ça ne saignait déjà plus. Il lui lança un morceau de tissu avec lequel elle épongea le sang sur ses mains. Il alla s'asseoir à quelques mètres d'elle et attendit qu'elle eut fini de se nettoyer.

– Il y a quelqu'un que j'aimerais vous présenter, dit-il, et il fit un geste en direction de la porte de la cellule.

Celle-ci s'ouvrit et un gardien en uniforme bleu entra, suivi d'une femme nue. Elle était grande et titubait légèrement. Elle semblait droguée. Ses cheveux châtains étaient maintenus à l'aide de cordelettes et de filets. Un liquide épais et sirupeux gouttait de ses mains, de son nez et de son menton. L'espace d'un instant son regard, absent, croisa celui de Lilo, puis elle heurta une chaise et tomba. Le gardien l'aida à se remettre debout et l'entraîna, tout en la soutenant, vers la salle de bains. Une femme, également vêtue de bleu, entra dans la cellule et referma la porte. Elle alla retrouver les deux autres. On entendit de l'eau couler. Lilo parvint à détourner les yeux. Le visage de la femme lui était terriblement familier. C'était son propre visage.

Or. Tout était or et jaune. J'ouvris les yeux sous l'eau et je sus que je ne respirais pas. Je ne sais trop pourquoi, mais cela ne m'incommodait pas. Je m'assis et sentis un épais liquide s'écouler pesamment le long de mon corps. J'étouffais, j'essayais de tousser et une grande quantité de liquide sortit de ma gorge. Pendant un moment ce fut insupportable. Je me noyais. Mais quelqu'un me tapa dans le dos et je commençai à respirer avec difficulté.

Ce n'est pas facile de naître.

Elle voyait trouble. Quelqu'un lui tendait quelque chose et tout ce qu'elle pouvait voir était l'extrémité du bras qui tenait l'objet. C'était une tasse. Elle eut un geste de recul, mais la tasse la suivit. Elle la prit et but avidement.

Elle était assise dans une baignoire de verre, un liquide couleur de blé lui arrivait jusqu'à la taille. Des fils étaient rattachés à son corps qui se convulsait encore légèrement sous l'influence du programme d'entraînement musculaire qui touchait à sa fin après trois mois d'exercices intenses.

Désorientation. Elle n'arrivait à avoir aucune suite dans les idées. La baignoire aurait dû lui rappeler quelque chose, mais non!

– Allons, debout, fit une voix.

C'était une femme vêtue de bleu qui l'aida à sortir de la baignoire, et elle se retrouva debout, dégoulinante, chancelante, appuyée sur une épaule robuste, une main la soutenant fermement par la taille. Elle aurait voulu se rendormir.

– Est-elle prête?

– Je crois. (Il y avait quelqu'un d'autre, un homme, également vêtu de bleu.) Ce ne sera pas long.

Elle savait qu'ils parlaient d'elle. Elle essaya de se dégager de l'emprise de cette main, mais elle était trop faible. Elle ne supportait pas de les entendre parler. Elle aurait voulu qu'ils se taisent.

– Laissez-moi tranquille, dit-elle.

– Qu'est-ce qu'elle dit?

Ils la conduisirent à travers le vestibule en l'aidant à enjamber le seuil des portes qu'ils refermaient hermétiquement derrière elle. Elle n'arrivait pas à maintenir droite sa tête qui retombait constamment sur le côté. Elle ne voyait que ses pieds nus, ses jambes et les gouttes tomber de son corps sur la moquette. Elle trouvait ça drôle, cela la fit rire et elle en glissa presque entre les bras de la femme.

– Qu'est-ce qui lui arrive?

Elle n'entendit pas la réponse, elle riait trop fort. Il y eut une nouvelle porte devant laquelle ils s'arrêtèrent et elle prit conscience qu'on la giflait. Elle essaya d'y échapper, mais cela continuait et elle se mit à pleurer. Puis elle reçut une claque plus violente que les autres qui la projeta le dos contre le mur. Elle se détendit et réalisa qu'elle tenait toute seule sur ses jambes et qu'elle fixait l'homme.

– Vous êtes réveillée maintenant?

Il la regardait dans les yeux.

– Oui... je...

Elle toussait et essayait de regarder autour d'elle, mais il lui ramenait constamment la tête de face jusqu'à ce qu'elle soit de nouveau sur le point de pleurer.

– Je... C'est que...

– Elle va bien. Fais-la entrer.

Et l'homme encore :

– Vous me suivez, c'est compris? Suivez-moi.

Elle acquiesça. Il avait l'air de trouver cela très important. Elle était prête à tout du moment qu'il lui laissait la tête en paix. Mais elle était toute mouillée. Ses cheveux partaient un peu dans tous les sens, elle se sentait moite. Elle essaya de le lui dire, mais il avait déjà disparu à l'intérieur de la pièce. Elle sentit qu'on la poussait par l'épaule et elle tituba par-dessus le seuil de la porte.

Elle eut le temps d'apercevoir les personnes assises dans la pièce. Il y avait un homme avec un drôle de manteau qui lui rappelait quelque chose. Elle le connaissait mais n'arrivait pas à retrouver son nom. Il y avait une femme sur une chaise. Celle-là, elle la connaissait. C'était elle-même.

Je n'ai jamais pensé qu'un jour je rencontrerais l'ex-président Tweed en personne. On ne peut pas ne pas le voir à la lucarne où il apparaît constamment, dans une émission ou dans une autre, pour nous exposer sa politique de dingue. Depuis ma naissance, il a toujours été une personnalité de la scène télépolitique.

Tweed s'habillait comme dans les caricatures politiques du début du XXe *siècle. Il entretenait une petite bedaine et portait toujours des pantalons rayés, un habit à queue de pie, un chapeau haut de forme et des guêtres. Il fumait le cigare et, une fois élu, il avait baptisé le Clapier présidentiel* Tammany Hall (1). *Il gagnait toutes les élections. Bien que je n'aie jamais suivi tout cela de très près, je savais néanmoins qu'il avait été réélu trois fois de suite.*

C'est à lui que nous devons la mise en place des structures qui ont rendu possible ce grand guignol actuel que nous appelons gouvernement sur Luna. Il n'y a rien d'aussi payant que de montrer sa tête à la

(1) Siège de l'Organisation centrale du parti démocrate à New York au sens figuré synonyme de lieu de corruption et de vénalité *(N.d.T.)*.

lucarne. Et l'on ne peut pas vraiment en vouloir au public s'il a du mal à discerner la rhétorique politique d'un Tweed des fantasmes qui l'accompagnent.

Ainsi, maintenant nous avons nos Tweed, nos Churchill et nos Kennedy. Il y a même un Hitler, un Bonforte, un Lewiston et un Trajan. Mettez-les tous ensemble et cela vous donnera bien du grand guignol.

Heureusement, les élus se sont calmés. Les postes sont surtout honorifiques à présent, ou bien ne servent qu'à superviser les ordinateurs qui nous gouvernent véritablement. Je n'ai jamais été sûre que cela soit une bonne chose, mais cela vaut toujours mieux qu'un Tweed. Cela dit, mes opinions politiques importaient peu dans l'immédiat.

J'ai donc mis une veilleuse à ces cogitations pour écouter ce qu'il avait à me dire. Ce ne pouvait être pire que ce qui m'attendait déjà.

– Ne vous faites pas d'illusions, dit-il de sa célèbre voix grave. Je suis à l'abri de tout ce que vous pourriez essayer de faire.

Lilo comprit qu'il parlait de tentative d'assassinat. A aucun moment cela ne lui était venu à l'idée. Il était là, dans l'illégalité, et ce qu'il venait de lui montrer ne pouvait être qu'un clone illégal. Elle ne voyait pas pourquoi il se serait donné tout ce mal à moins d'avoir une proposition à lui faire. Et cela, ça l'intéressait.

– Vous verrez, lors de nos futurs rapports, que je suis constamment protégé.

– Je ne vois pas en quoi cela peut m'intéresser, à moins que je n'aie affaire à vous à l'avenir, mais comme vous le savez peut-être, mon avenir est assez bouché pour le moment.

Elle fit un effort pour parler sur un ton léger, pour enlever toute trace d'espoir de sa voix, mais c'était impossible. Le couteau encore contre sa cuisse et la petite blessure à son bras montraient à quel niveau de marchandage elle pouvait élever toute négociation.

– Oui, vous aurez affaire à moi à l'avenir. Vous... (il eut un geste en direction de la salle de bains) ou ce... cette autre femme. C'est à vous de choisir.

Elle entendit des voix en provenance de la salle de bains, de l'eau qui coulait, une voix en colère qu'elle eut du mal à reconnaître pour sienne. Sa sœur jumelle se réveillait et cela l'inquiétait.

– De quel choix s'agit-il?

– D'abord, comprenez bien votre position. Je...

– Je la connais, nom de Dieu, ma position, accouchez.

– Du calme. Il y a d'abord quelques petites choses que j'aimerais que vous sachiez.

Il fit une pause, prit un cigare, le roula entre ses doigts, et l'alluma lentement. Lilo le trouvait particulièrement laid, de cette laideur qu'on ne trouve plus que sur certaines caricatures. Il avait quelque chose d'aussi repoussant que ces fantômes difformes du passé sur Vieille Terre.

– Bien entendu, le clone a été élevé illégalement, reprit Tweed. Mais votre témoignage n'a plus aucune valeur. Si vous rejetez ma proposition, vous n'aurez jamais l'occasion de raconter à qui que ce soit ce que vous avez vu ici aujourd'hui. Désormais vous ne serez en rapport qu'avec Vaffa et Hygeia, les deux gardes que vous venez de voir. Ils me sont dévoués tous les deux.

– Et qu'y a-t-il d'autre que je sois si anxieuse d'apprendre? Vous ne vous êtes tout de même pas donné tout ce mal pour venir m'insulter! Espèce de... ça ne fait rien. En tous les cas je ne peux pas vous sentir.

– Et moi non plus. Mais vous pouvez m'être utile. Je veux que vous travailliez pour moi.

– C'est bon. Quand est-ce que je commence? Comme vous me l'avez rappelé, on ferait mieux de se dépêcher parce qu'il ne me reste pas tant que ça à vivre.

Mais son sarcasme tomba à plat, elle non plus

n'était pas dupe car sa voix s'était cassée en prononçant ces mots. Il rit, poliment. Elle lui était tellement attentive qu'elle en rit presque elle-même. Elle étouffa son rire avant que celui-ci ne se transformât en sanglot.

– Il y a ce petit problème, en effet, admit-il. Mais je vous offre une chance d'échapper à votre exécution. Je vous propose une entente.

Il tourna la tête vers la porte de la salle de bains d'où venaient des bruits de lutte, puis vers elle. Il releva les sourcils.

L'eau froide me coupa la respiration, mais cela me réveilla un peu. Pour la première fois je sortis de mon engourdissement et j'eus les idées un peu plus claires. Tout ce que je désirais, c'était dormir. Mais quelque chose était en train de se passer, très vite, que je ne pouvais contrôler.

Tweed, c'était son nom. Que faisait-il dans l'autre pièce à parler à quelqu'un qui me ressemblait exactement, dans ma propre cellule? Et la baignoire, étais-je morte? Je m'étais réveillée dans une cuve, ce qui voulait dire que j'avais été morte. Mais j'étais condamnée à mort. Je ne devais plus me réveiller.

Je me suis passé la tête sous l'eau froide. Reste bien éveillée. Reste bien éveillée. Il se passe quelque chose d'important dont tu es tenue à l'écart. Je bavais et je suffoquais tout en m'aspergeant la figure, les jambes et les épaules. Je croyais comprendre à présent, c'était ignoble, dégueulasse, à tel point que je n'arrivais pas à y croire. Mais il le fallait bien.

J'ai trébuché et je suis tombée contre la paroi de la douche. La gardienne me prit par le bras et me remit sur pied. Je voyais trouble. Je l'ai frappée, mais elle était très forte et sur ses gardes, mon coup n'a pas porté. Alors je me suis mise à hurler et à me débattre.

Elle sortit en courant de la salle de bains, poursuivie

par l'homme et la femme. L'homme la saisit, mais elle était glissante et avait l'énergie du désespoir. Elle lui échappa, le frappa de ses talons nus tandis qu'ils se battaient à même le sol, puis elle rampa vers la femme qui était assise sur la chaise. Elle se remit à hurler.

Se cognant douloureusement contre la table en essayant de se relever, elle chancela pour finalement s'abattre devant le divan où Tweed était assis. L'homme s'approcha d'elle et commença à la traîner vers la porte, mais Tweed leva la main.

– Laissez-la tranquille, dit-il, après tout, ceci est sa chambre, il me semble.

Il regarda Lilo fascinée par ce spectacle. On aurait dit qu'elle n'arrivait pas à quitter des yeux la femme qui gisait à terre.

– C'est-à-dire, à moins que vous ne le vouliez.

Lilo détacha son regard du clone. Elle ouvrit la bouche pour parler, mais les mots restèrent coincés dans sa gorge. Le clone la regardait de nouveau. Lilo ne supportait pas la peur qu'elle voyait sur ce visage. Accepter l'offre de Tweed, c'était condamner cette femme à mort. Elle ne voulait pas y penser.

Le clone regardait Tweed à présent, elle pouvait presque entendre ses pensées. Elle s'était agrippée au rebord du divan et se mit à genoux.

– Je ne sais pas de quoi vous parlez, dit-elle, mais je pense que vous devriez me mettre au courant. Je sais, je ne suis plus dans le coup, je viens juste de me réveiller. Il s'est passé des choses, je le vois bien. J'ai eu mon sursis, n'est-ce pas? Elle est qui je crois être, mais six mois plus tard, hein?

– C'est bien ça, dit Tweed en lui souriant.

Lilo sentit un frisson la parcourir et elle comprit qu'elle avait peur du clone. Elle ne voulait pas que Tweed lui sourît. Rien ne laissait supposer que Tweed avait une préférence : le clone ferait tout aussi bien l'affaire que l'original. Rien ne disait qu'elle devait être sauvée parce qu'elle était la plus vieille.

– Quel que soit le marché, dit le clone, je peux tout aussi bien faire l'aff...

– C'est bon, j'accepte!, fit Lilo de toutes ses forces.

Tweed la regarda.

– Vous êtes sûre?

Le clone les regardait alternativement sans comprendre.

– Oui. (Elle avala sa salive avec force.) Oui! Tuez-là! Laissez-moi vivre.

J'eus l'impression de disparaître.

Tweed et l'autre femme parlaient par-dessus ma tête, sans me voir, moi à genoux, au milieu. J'avais de la peine à y croire. Je n'arrivais pas à suivre ce qu'ils disaient. Mes oreilles bourdonnaient et je retombais dans mon engourdissement. Je crois m'être cogné la tête en tombant.

Il fallait absolument que j'attire leur attention. C'était pour moi une question de vie ou de mort. Je me suis relevée, tremblante, debout entre eux deux, ils ne me voyaient toujours pas. C'était un véritable cauchemar. Je hurlais, mais cela ne servit à rien. Ils se levaient. Ils quittaient la pièce, la gardienne imposante entre la porte et moi, le visage dur. Je me suis battue avec elle mais elle me retenait fermement. Ils sont partis.

Je perdis plusieurs fois connaissance, assise sur ma chaise, toute seule. Hygeia qui me gardait m'avait donné une double dose de tranquillisant quelques heures plus tôt et j'attendais là, assise, que l'effet se fasse sentir. Mes rêves étaient noirs et confus, à l'exception de la forêt familière à travers laquelle je cours toujours dans mes rêves, une forêt sous un soleil bleu.

Lorsque mes mains et mes pieds commencèrent à s'engourdir, je me suis levée. Tout s'est obscurci et je me suis retrouvée dans la salle de bains sans me souvenir de m'y être rendue. J'ai fait couler la douche.

J'ai regardé mon poignet un instant. Il était profondément entaillé, le sang coulait, lourd, le long de mes doigts et éclaboussait mes jambes et mes pieds nus. Comment était-ce arrivé? J'avais l'esprit tellement embrouillé, mais il me semblait me souvenir... j'avais reposé le couteau, non? Cette femme, comment s'appelait-elle? était entrée dans ma chambre. Avait-elle essayé de me tuer et de maquiller le tout en suicide?

L'eau coulait sur mon corps. Des rivières roses contournaient mes orteils. Je titubais et me cognais la tête contre la paroi. Je savais qu'il était trop tard. J'étais en train de mourir. Il faisait si froid. Je serais bientôt morte.

Je me mis la figure directement sous le jet de la douche, mes pieds étaient glacés. J'ai regardé encore une fois mon poignet : le sang avait cessé de couler. Je sortis, glissai et tombai la tête la première dans une flaque rouge.

De retour dans la pièce principale. Incapable de me tenir debout, je cherchais quelque chose; quoi? J'avais un nouveau trou de mémoire. Le couteau... J'allais terminer la besogne que l'autre femme avait commencée, ou bien était-ce moi? J'avais laissé le couteau... où ça? Dans ma main. A force de charcuter mes doigts se relâchaient. Le couteau s'échappa de nouveau. Je rampais.

Je vis des pieds bottés devant moi, j'essayai de me relever.

– Vous vous êtes encore évanouie.

C'était Hygeia.

– Ça ne fait pas mal, lui ai-je dit, n'ayez pas peur.

Circum-Luna 6 était une coque métallique d'un kilomètre de diamètre. La gravité à sa surface était de cinq mètres par seconde au carré, mais en descendant par l'une des trois entrées, on pouvait sentir la pesanteur augmenter à chaque pas en direction du centre. CL6 recevait peu de visiteurs.

Toutes les usines génératrices orbitales étaient des « Trous », mais c'était CL6 que l'on appelait le Trou. Cinq ou six fois par an son activité était interrompue afin que l'on puisse descendre là même où avait régné un enfer de radioactivité.

A présent l'usine ne fonctionnait pas. Au niveau Un-G, une terrasse était fixée aux générateurs gargantuesques qui maintenaient le trou noir en suspension au centre de l'usine. En porte à faux, à partir de la terrasse, il y avait une plate-forme métallique, avec des rails de chaque côté et des marches basses. Les treize marches traditionnelles n'avaient que quelques centimètres de haut. Le brancard y roula sans heurt. Le corps qui y était attaché sursauta lorsque l'homme et la femme vêtus de noir le poussèrent à l'extrémité de la plate-forme.

L'un des bourreaux retira le drap qui recouvrait le corps de Lilo, pendant que l'autre fixait le brancard au système d'éjection. Cela fait, ils se présentèrent un instant devant l'œil de la caméra, puis descendirent de la plate-forme et remontèrent vers la surface.

Le brancard bascula, resta un moment en équilibre avant de s'élancer. Sa vitesse crût de manière asymptotique, puis il y eut un éclair au centre de CL6. Au bas de la pente, au centre du Trou, à mi-chemin de l'infini, une petite masse de neutronium qui avait été Lilo se mit en orbite à une vitesse approchant celle de la lumière, dégageant de l'énergie, aux limites de l'existence de la matière, avant de disparaître dans l'oubli.

2

Vivre ensemble : Introduction à la Loi pour les Enfants, par Ariadna-Clel-Joule, Presse universitaire de Sous-Tycho, 552. (Indice de lisibilité I.)

Il y a trois sortes de hors-la-loi. Du mauvais au pire, ce sont les contrevenants, les délinquants et les criminels. Une personne coupable de bousculades, de désordres, d'insultes ou de mauvaises odeurs corporelles est un contrevenant. Il s'agit de mauvaise conduite. Si tu es accusé d'avoir commis une faute, tu peux te défendre devant un tribunal. Tu peux demander à être jugé par un humain. Si tu es reconnu coupable, tu seras condamné à payer une amende soit à la partie plaignante, soit à l'Etat.

Une personne coupable de vol, vol avec effraction, coups et blessures, viol ou meurtre est délinquante. Il y a atteinte à la propriété. Le cas de délinquance le plus grave est celui où la propriété en question se trouve être le corps d'un individu. Les délinquants sont passibles d'une amende représentant jusqu'à 90 % de leurs biens. En cas de violence corporelle, il y a peine capitale obligatoire avec commutation automatique. Le droit à la vie du coupable reste inaliénable, ainsi, après son exécution, il est ressuscité à un moment antérieur à la conception du délit et doit se soumettre à la réhabilitation préventive.

Enfin, viennent les crimes : incendie criminel, sabotage, détention de matériaux fissiles, vectorisation, détérioration des dispositifs d'étanchéité et manipulation de l'A.D.N. humain. Ces crimes menacent la race humaine tout entière ou en partie. On les appelle Crimes contre l'humanité. Le châtiment d'un criminel reconnu coupable est la révocation du droit à la vie. L'Etat fera tout ce qui est en son pouvoir pour rechercher et détruire tous les enregistrements cérébraux et échantillons tissulaires du criminel exécuté. Le génotype du criminel est publié et déclaré hors la loi et s'il est de nouveau détecté, il sera mis à mort autant de fois que nécessaire.

(Indice de lisibilité II, voir dans la même édition : *Le Crime ne paie pas.* Illustrés et bandes disponibles sur demande verbale.)

Vaffa me fit sortir de ma cellule. Il m'accompagna à travers des corridors déserts jusqu'à un ascenseur. J'étais anxieuse de voir comment ils allaient me sortir de là. Cela faisait un an que l'idée de m'évader par mes propres moyens me préoccupait. J'avais entrepris une véritable étude sur l'évasion. Les pots-de-vin, l'aide extérieure et la persévérance, dans cet ordre, revenaient le plus souvent. Mais je n'avais pas de quoi soudoyer qui que ce fût et personne à l'extérieur à qui je puisse faire appel. Pour ce qui est de la persévérance, le Centre de liquidation aurait découragé le comte de Monte Cristo. Il se situait à 3000 mètres en dessous de la surface. Pire, la station de métro la plus proche était à 50 kilomètres. L'unique moyen était de sortir à pied ou de prendre un rail à induction non pressurisé. Pour ce faire, une combinaison était indispensable. Bien entendu, inventorier les combinaisons était l'activité principale du service de surveillance. Tout d'un coup, dans l'ascenseur, je me suis rappelé ce que faisait Tweed depuis la fin de son dernier mandat. Il avait été nommé Juge d'application des peines.

L'ascenseur s'immobilisa et Vaffa fit signe à Lilo de sortir. Quelques mètres plus loin, il la prit par le bras et lui fit franchir une porte. De l'autre côté le couloir était sombre et étroit. Vaffa n'avait pas l'air inquiet. De toute évidence, Tweed avait dans le Centre plusieurs personnes sur lesquelles il pouvait compter. Il semblait que cela allait être facile.

Elle changea d'avis lorsque Vaffa la conduisit vers une porte marquée Sas de secours. Elle y pénétra et fut surprise de ne voir aucune combinaison dans la petite pièce. Elle vit la lumière rouge sur la seconde porte. De l'autre côté c'était le vide.

– Attendez, dit-elle brusquement, que faites-vous?
– Nous n'avons pas pu nous procurer de combinaison au Centre, dit-il, elles sont surveillées par un service que nous ne contrôlons pas.
– Oui, mais...
– Le mouchard de ce sas a été débranché, l'ordinateur ne saura pas qu'il est utilisé.
» Tenez, enfilez ça.
Il lui tendit une paire de bottines souples et épaisses.
– Attendez. Je ne peux pas.
– Il le faut.
– Je ne veux pas. Vous voulez me tuer, voilà ce que vous voulez! je n'aurais jamais dû vous écouter. Laissez-moi.
Elle était au bord de la panique. Comme tous les habitants de Luna, Lilo avait une peur innée du vide. C'était l'ennemi que tout le monde devait combattre depuis sa naissance, aussi redoutable que l'Enfer avait pu l'être pour les hommes primitifs. Elle se trouva mal.
– Mettez-les, dit Vaffa d'un ton raisonnable. Il faut que vous protégiez vos pieds.
– Qu'est-ce... que dois-je faire?
– Si vous vous dépêchez, vous ne serez dans le vide que cinq secondes. Il y aura une chenille près de la porte, à deux mètres tout au plus.
– Quelle heure est-il dehors?
– La porte du sas est dans l'ombre.
Elle sentit la panique la gagner de nouveau.
– Non, non, ce n'est pas possible.
Elle allait en dire plus, mais il la saisit fermement par les épaules.
– Si je dois vous assommer et vous porter, cela prendra encore plus de temps.
Il parlait sérieusement. Il sourit légèrement en la voyant prendre conscience qu'elle ne pouvait se mesurer à lui. C'était pour elle la seule façon de sortir du

sas. Elle enfila les bottines et fit face à la porte. Vaffa la déverrouilla, mais elle demeura bien fermée, maintenue en place par une pression de quatorze mille kilos.

– Et maintenant? demanda-t-elle.

– La chenille ne doit pas s'arrêter. Le garde du mirador aura l'attention détournée au bon moment parce que nous ne lui faisons pas confiance. La voiture sera à votre portée pendant dix secondes et elle devrait arriver... – penché sur sa montre, il marqua un temps d'arrêt – ... dans une minute. (Il redressa la tête et sourit.) Si tout se passe comme prévu.

Pour la première fois, elle eut l'impression qu'il venait d'en dire trop. Il quitta le sas dont il referma la porte. C'était le moment. Elle entendit une plainte familière. Mais d'habitude, lorsqu'elle l'entendait, elle portait toujours une combinaison. L'air s'échappait rapidement par la valve. Chose curieuse, elle ne ressentait rien. Elle jura tout ce qu'elle savait entre ses dents. Le bruit cessa au bout de quelques secondes. Elle ouvrit brusquement la porte et courut en silence. Elle devina une forme sombre et mouvante, une main qui la cherchait, puis elle fut tirée à l'intérieur de la chenille. La portière se referma et l'air emplit en hurlant la cabine étanche. Lilo tremblait de la tête aux pieds.

– Ça y est, j'y suis, dit-elle en larmes avec une voix rauque, puis elle s'évanouit.

Une femme était penchée au-dessus d'elle.

– Ne bougez pas, s'il vous plaît.

Lilo ne sentait plus son bras gauche. Elle le regarda, il était sectionné en dessous du coude.

– Ce ne sera pas long, dit la femme.

Elle avait un caducée tatoué entre les seins : un médic. Lilo cala sa tête avec son autre bras et regarda.

– C'est pour quoi faire?, demanda-t-elle.

– C'est pour vous faire passer le contrôle. Nous

allons laisser la chenille à une centaine de kilomètres d'ici.

Elle prit un avant-bras dans un récipient métallique et le rattacha à son sac noir. Le morceau de chair blanche reprit aussitôt des couleurs et les doigts se crispèrent. Elle plaça le vrai bras de Lilo dans le récipient.

– Je m'appelle Mari, dit-elle avec une légère inflexion de la voix.

Il y avait une ébauche de sourire sur son visage.

– Lilo, répondit Lilo, et elles se serrèrent la main.

La droite de Lilo avec la gauche de Mari puisqu'elles ne pouvaient faire autrement dans l'immédiat.

– Ce sera prêt dans un instant, dit-elle en désignant le bras.

Elle fouilla dans un sac sur une étagère derrière elle, en sortit deux robes violet foncé et se leva pour en enfiler une.

– Vous pourrez mettre ça quand j'en aurai terminé avec vous.

– Où m'emmène-t-on?

– Voir le Patron.

Son ton indiquait qu'elle avait pour lui beaucoup de respect. Elle devait être Libre terrienne. Enfin, ce n'était tout de même pas une maladie. Lilo les tolérait à l'exception de quelques fanatiques, comme Tweed, qui voulaient entraîner la race entière à sa perte.

Mari se remit au travail, elle emboîta l'articulation du coude, rattacha des tendons, ligatura des nerfs et des vaisseaux sanguins. Au bout de cinq minutes la peau s'était refermée et rien, à part une légère trace rouge, ne laissait voir que le bras avait été greffé. Elle retira la prise qui était branchée derrière le crâne de Lilo et le bras devint plus qu'un poids mort, engourdi et froid: il fut parcouru de picotements.

– Vous m'excuserez si c'est un peu bâclé, dit Mari en rangeant son matériel. Vous n'en aurez besoin que pour une heure environ, alors à quoi bon, n'est-ce pas? De toute façon, vous n'aurez pas à vous en servir beaucoup.

– Aucune importance, je suis droitière.

Elle serra le poing. Le bras était trop court de cinq centimètres.

– Vraiment? Ma mère aussi.

– A qui est-ce?

– Nous l'avons cultivé à partir d'une personne qui est censée vivre sur Luna. On fait passer le génotype au contrôle de temps en temps pour que l'ordinateur la reconnaisse... mais je ne sais pas si je dois vous raconter tout ça.

– A votre aise.

Lilo s'attendait à quelque chose dans ce genre.

– Vous ne semblez pas très heureuse pour quelqu'un qui vient juste de s'évader d'une prison de haute sécurité, dit Mari.

Son sourire s'était élargi peu à peu : à présent il était amical. Lilo sentit qu'elle lui souriait de même.

– Peut-être n'ai-je pas encore réalisé ce qui m'arrive. J'ai vécu trop longtemps avec une condamnation à mort.

Mari se rapprocha.

– Voulez-vous que nous fassions l'amour?

– Non merci, après tant de temps, j'aimerais mieux commencer avec un homme.

– Bien sûr.

Le médic détourna son attention sur le paysage plat et les ombres anguleuses des cratères à l'extérieur du hublot. Lilo essayait de se faire à l'idée qu'elle avait à présent une chance de vivre. Pour elle, cela ne voulait toujours pas dire grand-chose. Elle ne pouvait s'empêcher de penser à l'autre femme, le clone, qui allait mourir à sa place. Elle se mit à pleurer et se laissa envahir par cette vague de sentiments confus qu'il fallait laisser sortir. Ce n'est que lorsque Mari, trouvant que sa crise avait assez duré, la prit par les épaules qu'elle se rendit compte combien elle avait besoin de voir un visage amical, de toucher un autre être humain. Elle se calma presque aussitôt. Mari allait retirer son bras, mais Lilo l'en empêcha.

– Combien de temps avant d'arriver?

Mari jeta un coup d'œil au chronomètre sur l'ongle de son pouce.

– Environ deux heures. Veux-tu faire l'amour maintenant? Ça te ferait peut-être du bien. Je crois savoir ce que tu ressens.

– Oh! et puis après tout...

Elles firent donc l'amour.

Mari avait raison. Cela lui détendit les nerfs. Elle était douée et pleine d'attention, une bonne partenaire, mis à part sa tendance à parler boutique. En embrassant une partie du corps, nez, nombril, genoux, vulve, elle se renseignait sur son origine, voulait savoir qui avait fait le travail. Généralement, la réponse était : « Ça a poussé comme ça. » C'est Mari qui marqua le plus de points. Lilo avait trop l'esprit ailleurs pour s'occuper de ce que faisaient ses lèvres et ses doigts. Elle savait qu'elle avait été une mauvaise partenaire, mais Mari dit que cela ne faisait rien et elle avait l'air sincère. C'était un beau geste mais qui ne semblait pas justifier une deuxième crise de larmes chez Lilo. Lorsqu'elle se calma, elle comprit que le médic l'avait sortie de l'état émotif dans lequel elle vivait depuis un an, ce que jusqu'à présent l'idée seule de cet arrangement avec Tweed, de sa grâce, n'avait su faire. Elle allait vivre!

La chenille s'arrêta à Herschel, un des plus petits clapiers en bordure des Hauts Plateaux du centre. Mari les conduisit vers un sas pour s'y garer. Puis elles allèrent au Centre-ville prendre le métro pour Panavision. Lilo ouvrait l'œil pour ne pas manquer une occasion de s'échapper, mais elles furent très vite rejointes par un homme et une femme. Ils riaient et plaisantaient avec Mari, mais il était clair que leur vigilance ne se relâchait pas. L'occasion se présenterait, elle en était sûre. Il valait mieux attendre d'en savoir plus. Elle introduisit sa main dans la machine de contrôle et sentit l'échantillonneur gratter la peau sèche de sa paume. La machine hoqueta et fut convaincue qu'il s'agissait là de quelqu'un d'autre. Dommage qu'elle ne puisse garder cette nouvelle main, songea-t-elle. Elle aurait été précieuse. Mais c'était impossible à cause de la réaction de rejet. Dans une semaine la main serait morte.

Panavision était une ville d'artistes, peuplée d'acteurs et de metteurs en scène. Beaucoup d'entre eux se faisaient physiquement transformer pour un rôle, c'était un endroit bizarre.

Ils prirent la file d'attente du train gravitique pour Archimède. Ils montèrent tous les quatre, le compartiment fut hermétiquement fermé, et Lilo sentit son poids diminuer tandis que la voiture glissait le long d'un tunnel en pente sur environ quatre cents kilomètres. A peu près sous les Apennins, le tunnel commença à remonter, ralentissant peu à peu la voiture jusqu'à ce que son nez aille se nicher dans un ascenseur qui les ramena aux niveaux d'habitation. A peine Lilo avait-elle eu le temps de se sentir confortablement assise que le voyage était terminé.

La place principale d'Archimède avait de quoi faire peur. Lilo avait oublié qu'il pouvait y avoir autant de monde, autant de bruit. Mais elle n'eut pas le temps de s'en soucier. On lui fit traverser la foule jusqu'à une station de métro privée. Lorsqu'elle recouvra ses esprits, elle était de nouveau seule avec Mari dans une capsule à huit places.

– Et maintenant, où va-t-on?

– Je ne peux pas le dire, fit Mari avec un haussement d'épaules.

Mais Lilo eut vite fait de le deviner. La plupart des habitants de Luna ont très peu de notions de sélénographie. Peut-être montaient-ils à la surface une fois tous les trois ou quatre ans, généralement pour un voyage similaire à celui de Lilo et de Mari, enfermés dans une capsule sur un rail à induction avec le paysage défilant à toute vitesse de l'autre côté du hublot. Mais Lilo connaissait bien la topographie de la surface. Elles se dirigeaient vers le nord, droit sur les plaines d'Imbrium, et lorsque des crêtes se découpèrent à l'horizon, elle sut qu'il s'agissait des monts Spitzberg. Ainsi le Patron vivait là.

Ce genre de renseignement n'était pas un secret d'Etat, mais on ne le criait pas non plus sur les toits à cause des risques permanents d'assassinat.

Tweed vivait à la surface, il fallait s'y attendre, pensa Lilo, afin de voir la Terre à tout instant. Tweed était obnubilé par la Terre et les Envahisseurs. Il y avait un immense dôme géodésique flanqué d'autres plus petits. Un télescope avec un miroir de vingt mètres se dressait à l'ombre d'une coupole. Il était braqué sur la Terre.

Mari coupa le bras de Lilo, qu'elle remplaça par l'original, et informa la jeune femme que Tweed l'attendait sous le dôme principal. Elle indiqua le chemin à suivre et disparut. Lilo prit son temps, jetant au passage un coup d'œil là où des portes étaient restées ouvertes. Il n'y aurait que le métro, et les combinaisons seraient surveillées de près; elle se rendait bien compte qu'elle était ici, tout comme au Centre de liquidation, en prison. C'était maintenant qu'il lui fallait faire ses plans. De l'eau coulait dans le hall. Elle pataugea dedans jusqu'à ce que celui-ci se transformât en véritable ruisseau qui s'écoulait parmi des arbres, en un mélange artistique de vraies plantes et de hologrammes. Elle ne voyait pas la différence. Le fond était recouvert de cristaux polis de toutes les couleurs et les bassins les plus profonds abondaient en poissons. Une panthère qui l'examinait depuis la rive vint à sa rencontre dès qu'elle mit le pied sur la terre ferme et se frotta contre elle après avoir senti la fourrure de ses mollets. Lilo lui consacra un instant puis la renvoya d'une petite tape sur la tête.

La piste menait à une clairière où Tweed l'attendait,

assis sur une chaise, une femme nue debout à ses côtés. Elle aperçut un homme, également nu, dans les arbres en bordure de la clairière.

Lilo avait beau faire, elle était impressionnée. Elle ne savait pas précisément ce que pouvait coûter un petit disneyland comme celui-ci, mais elle savait que cela représentait à coup sûr une jolie somme.

– Asseyez-vous, Lilo, dit Tweed, et une chaise surgit des hautes herbes.

Elle s'assit, un pied sur le siège. Elle fouilla dans les poches de sa robe, en sortit une brosse et commença à démêler les poils mouillés de ses jambes.

– Vous connaissez déjà Vaffa, dit Tweed en désignant la femme qui se tenait à ses côtés.

Lilo la regarda rapidement et remarqua son allure ainsi que ses mains. Cette femme pouvait la tuer en moins d'une seconde, et le ferait. Elle avait bien senti quelque chose de familier dans son regard.

– Vous en avez beaucoup comme ça?, fit-elle.

Dans l'herbe, un boa d'au moins vingt mètres de long était lové aux pieds de la femme.

– Voilà un charmant petit animal.

– Vous n'aimez pas les serpents?

– Je ne parle pas du serpent.

Tweed eut un petit rire étouffé.

– Vaffa m'est très utile, loyale, intelligente et entièrement dénuée de scrupules. N'est-ce pas, Vaffa?

– Puisque vous le dites, monsieur.

Elle ne quittait pas Lilo des yeux.

– Pour répondre à votre question, il y a en effet plusieurs Vaffa. Une ici, celui qui vous a aidée à vous évader il y a quelques heures et encore d'autres ailleurs.

Lilo ne demanda pas en quoi Vaffa pouvait être aussi utile. Bien que les visages et les corps des deux exemplaires déjà rencontrés fussent entièrement différents, une impression restait la même. C'était un tueur, peut-être même un soldat, Lilo n'était pas experte en troubles mentaux.

– Parlez-moi des Anneaux, dit Tweed de but en blanc.

– Il en a déjà été question au cours du procès, bafouilla-t-elle. Je croyais que vous le saviez.

– Je sais, mais je ne suis pas sûr que vous ayez dit toute la vérité. Où est votre station?

– Je ne sais pas.

– Nous avons les moyens de vous faire parler.

– Ne me faites pas rire.

Tweed avait l'habitude de s'exprimer ainsi, comme l'acteur qui débite son texte dans un mauvais film policier.

– La question n'est pas là, poursuivit-elle. J'ai reconnu l'avoir mise en place. Et puis, même si je savais où elle se trouve, à quoi cela me servirait-il?

A partir de cet instant Lilo sentit qu'elle se faisait plus de tort que de bien. Tweed semblait mécontent, c'était mauvais signe. Il ne fallait plus le contrarier.

Elle avait décidé de construire cette station cinq ans plus tôt, lorsque ses travaux la conduisirent dans des domaines où elle pouvait s'attendre à avoir des difficultés avec la loi. Elle était en contact avec les habitants des Anneaux et avait de quoi lancer le projet. L'idée, qui semblait bonne à l'époque, était que ses travaux continueraient sans interruption au cas où elle serait prise et condamnée. A présent elle n'était pas si sûre que ses motifs aient été aussi peu intéressés. Comme elle venait juste de l'apprendre, l'instinct de vie était quelque chose de puissant.

– Ils m'ont questionnée avec des drogues, dit-elle. J'ai une amie là-bas. Lorsque j'ai quitté la station, elle l'a déplacée. Je ne peux y conduire personne. Je ne sais pas où elle l'a mise.

– Cette complice, dit-il, vous avez un moyen de la contacter?

– Etes-vous déjà allé là-bas?

– Non, faute de temps.

Il haussa ostensiblement les épaules. Lilo l'avait déjà vu faire à la lucarne. Tweed affectait de faire passer sa personne au second plan, il connaissait à fond le numéro de l'homme toujours pris par les affaires publiques.

– Eh bien, les Anneaux sont grands. Si vous n'y êtes jamais allé vous ne pouvez pas vous faire une idée de leur taille. J'aurais pu la contacter par radio, mais nous ne pouvions trouver un moyen de la protéger également. C'est-à-dire, avec des drogues on pouvait tout me faire dire et elle n'avait aucun moyen de savoir si on lui tendait un piège. Ça a été assez dur de lui faire accepter de travailler pour moi. Les habitants des Anneaux ont tendance à rester solitaires. Les affaires des autres ne les intéressent pas.

– Mais vous avez bien un moyen pour la contacter?

– Si vous voulez dire par là savoir où elle se trouve, non. Je peux laisser un message au standard de Janus, elle appelle tous les vingt ans. Régulièrement.

Il leva les mains au ciel.

– Guère efficace.

– C'était un peu ça, l'idée. S'il m'était facile d'arrêter ce projet, ça l'était également pour quelqu'un en sachant autant que moi.

Tweed se leva et s'éloigna de quelques pas, le regard perdu dans les étoiles. Le serpent bougea pour s'enrouler autour des jambes de Vaffa. Elle se pencha pour le caresser, sans quitter Lilo des yeux.

– Comment s'appelait cette complice?

– Paramètre, Paramètre/Solstice.

3

La Chanson des Anneaux, par Clancy-Daniel-Mitre, Recueil de Poésie synergique Humanosymbiote. Environ 240-300 V.T. Indice de lisibilité indéterminé.

De tout ce que nous a apporté le Canal Ophite, rien n'est plus admirable que la symbiose. Au début du troisième siècle, on pensait que les symbiotes allaient sauver l'humanité. Les futurologues voyaient le jour où chaque être humain aurait son partenaire et serait délivré pour toujours de sa dépendance vis-à-vis de l'atmosphère en vase clos, de la culture hydroponique et de l'eau recyclée. Chaque être humain deviendrait un modèle réduit de la Terre perdue, libre de se promener à sa guise dans tout le système solaire.

Il est facile de comprendre ce qui était à la base de cet optimisme. Le concept est d'une symétrie séduisante. Chaque couple humano-symbiote est un écosystème dont le fonctionnement ne nécessite qu'un peu de matière et de lumière. Le symbiote, végétal, capte dans l'espace la lumière du soleil et utilise cette énergie pour transformer les déchets en nourriture et le gaz carbonique en oxygène. En même temps il protège le fragile être humain du vide et des températures extrêmes. Le corps du symbiote se prolonge dans les poumons et passe par le tube digestif. Chacun nourrissant l'autre.

Il y a cependant un inconvénient : l'intelligence du symbiote. Etant dépourvu de cerveau, le symbiote n'est rien qu'un morceau de matière organique artificielle tant qu'il n'est pas entré en contact avec un être humain. Mais une fois installé dans le système nerveux de son hôte, il devient un être pensant. Les premiers à en faire l'expérience apprirent à leurs dépens qu'une fois installé le symbiote ne pouvait être délogé. Depuis lors, relativement peu de gens acceptèrent de livrer l'intimité de leurs pensées, même en échange d'un paradis.

Malgré cette déception, nous avons reçu un cadeau précieux. La société des Anneaux n'est pas la société humaine. Nous vivons dans des chambres et dans des corridors; ils ont tout l'espace pour eux. Nous avons tous le droit d'être la mère d'un seul enfant au cours de notre vie; ils se reproduisent comme des bactéries. Nous sommes isolés; leur esprit est double, une condition difficile à concevoir. Quelque part à la jonction quasi magique entre deux esprits dissemblables existe une tension. Cette tension produit un véritable feu d'artifice de créativité. Tous les habitants des Anneaux sont poètes. La poésie est un sous-produit naturel de leur mode de vie. Pour ceux d'entre nous qui n'ont pas le courage de prendre un symbiote, qui doivent attendre les rares contacts entre les habitants des Anneaux et la société humaine, leurs chants n'ont pas de prix.

Paramètre flottait au-dessus d'un désert doré qu'aucun horizon n'aurait pu contenir. Elle faisait face au soleil, petit disque brillant à l'Orient de Saturne. Saturne, quant à lui, n'était qu'un trou sombre dans l'espace, frangé d'un croissant, sorte d'écrin qui enchâssait le soleil comme une pierre précieuse. Elle ne voyait rien de tout cela. Le soleil n'était pour elle qu'une pression, un vent, et Saturne un puits froid et profond qui l'attirait.

Le lever du soleil avait été délicieux. Elle en goûtait encore la saveur à travers la mince pellicule de son corps ouverte pour l'accueillir. Elle était tournesol. Le temps coulait pour elle paresseusement. Paramètre avait obtenu de Solstice, son symbiote, de déconnecter les centres visuels de son cerveau afin de savourer les plaisirs simples d'une plante. Ses bras étaient largement étendus, bien exposés à la lumière, et ses pieds étaient solidement plantés dans le sol fertile de son symbiote. C'était bon.

Vue de l'extérieur, Paramètre était le centre d'un fin parasol inversé, légèrement parabolique, d'une centaine de mètres. C'était une araignée, sise au milieu d'une calotte de bulle de savon figée, parcourue de veinules comme la surface interne d'un globe oculaire. Des liquides circulaient dans ces veines, certains laiteux, certains rouges, d'autres brun violacé. Près du nombril de Paramètre, une tige prenait racine, un nodule de la taille d'un poing à son extrémité. Le nodule était au foyer de la parabole et recevait la petite quantité de lumière solaire reflétée par le tournesol. Il y faisait chaud, c'était le centre brûlant autour duquel tournait Paramètre. A l'intérieur du nodule et dans les capillaires du tournesol avaient lieu toutes sortes de réactions chimiques. Ralentie, son activité cérébrale était pratiquement nulle, stimulée seulement de temps en temps par Solstice qui ne s'endormait jamais complètement.

« Paramètre. » Ce n'était pas une voix, même lorsque Paramètre eut repris un peu plus de conscience. C'étaient des mots qui se formaient dans sa tête, comme des pensées, mais pas les siennes propres.

– (Identification; léger reproche; réceptivité.)

– Allons. Réveille-toi.

– Qu'est-ce que c'est?

Elle s'éveillait toujours en douceur.

– Es-tu prête pour la vue, maintenant?

– Bien sûr. Pourquoi pas?

Solstice, fonctionnant tel un standard derrière le cerveau, rétablit les contacts qui permettaient au cortex visuel de Paramètre de communiquer avec son conscient. Elle vit.

– Quelle belle matinée!

– Ouais, ouais, très belle. Attends d'avoir vu les nouvelles de ce matin, tu changeras peut-être d'avis.

– Cela ne peut pas attendre? Pourquoi tout gâcher?

Paramètre ne s'inquiétait jamais de rien. Il y avait bien un siècle qu'on ne l'avait plus bousculée.

– D'accord. Préviens-moi quand tu seras prête.

Paramètre s'amusa à communiquer quelques grimaces à son symbiote :

(Image d'elle-même ceignant une épée et une dague,

se coiffant d'un heaume et ramassant un bouclier ciselé.)

Solstice répondit de même :

(Image de Paramètre montant un escalier, le regard fixé sur les étoiles et prête à poser le pied sur une dernière marche qui n'était pas là, sur le point de perdre l'équilibre.)

Paramètre s'étira, faisant onduler lentement la légère membrane du parasol. Elle serra ses quatre poings (elle n'avait pas de pieds, les ayant fait remplacer chirurgicalement par de grandes mains à l'époque où elle prit son symbiote) puis déploya ses vingt doigts. Une de ses mains retint son attention. Elle était pâle mais devenait de plus en plus rose tandis qu'elle l'observait. Paramètre avait un teint d'albinos : sous ses ongles la chair était ambrée, virant rapidement à l'orange. Solstice s'activait, pompait des liquides, s'apprêtait pour un départ.

Rien de ce que voyait Paramètre n'était réel. Ses yeux étaient protégés par la substance opaque de Solstice; cela faisait plus de sept ans qu'aucune lumière n'avait atteint sa rétine. Si elle avait regardé le soleil directement, comme elle avait l'impression de le faire, des cellules auraient été détruites. Ce qu'elle voyait était le produit d'impulsions nerveuses envoyées dans diverses parties de son cerveau par les récepteurs sensoriels de Solstice. Mais elle avait l'impression de flotter dans l'espace, de sentir la lumière solaire telle quelle sur son corps. L'illusion était parfaite.

– Bon. Qu'y a-t-il?

– Ceci. J'ai capté cette émission, il y a deux minutes sur l'émetteur de Janus, chaîne treize. Où la veux-tu?

– Je m'en moque. N'importe où.

Une image tridimensionnelle prit forme entre Paramètre et le sombre demi-cercle de Saturne. Cela semblait aussi réel que le reste.

La vue représentait l'intérieur d'une chambre. Cela

aurait pu être n'importe quelle chambre, mais Paramètre connaissait la femme qui s'y trouvait assise. Le commentateur expliquait que Lilo, reconnue Ennemie de l'Humanité, avait été exécutée. Il donnait l'heure et l'endroit ainsi qu'un bref résumé de ses crimes. Puis la voix commença un long discours sur les méfaits des expériences génétiques, et Solstice coupa la retransmission sans que Paramètre ait besoin de le lui demander.

– Nous savions que cela devait arriver, remarqua Paramètre qui se demandait pourquoi la nouvelle ne l'affectait pas davantage.

– Elle le savait aussi.

– Bon. Où est-elle, maintenant?

La vue changea. A présent Saturne semblait s'éloigner en tournant au-dessus d'elle, jusqu'à ce qu'elle ait une vue d'ensemble des Anneaux. Elle avait l'impression de survoler le pôle Nord. Là où l'Anneau était traversé par l'ombre de Saturne, une petite flèche verte clignotait.

– Nous sommes là, dit Solstice.

Plus loin sur l'Anneau, à environ soixante degrés dans le sens de la rotation, une flèche rouge carmin apparut. Sa couleur indiquait la densité de la roche qu'elle désignait. C'était en bordure de l'Anneau extérieur Alpha, là où les perturbations n'avaient pas été trop sévères ces cinq dernières années. Solstice donna un gros plan de l'image. On distinguait la station de Lilo telle que Paramètre l'avait vue pour la dernière fois. Solstice avait retrouvé l'image de leur cerveau commun, là où Paramètre ne pouvait accéder sans hypnose. C'était un rocher tout à fait ordinaire, à peine plus grand que la moyenne. A l'intérieur il y avait un générateur nucléaire, un ordinateur, un petit moteur de fusée, tout ce qu'il faut pour vivre et... Lilo. Ou du moins quelque chose qui pouvait devenir Lilo; un clone qui, lorsqu'on lui introduirait sa mémoire, deviendrait la Lilo d'il y a cinq ans.

– Cela fait vraiment cinq ans?

– ... soixante jours et trois heures, Heure de Vieille Terre.

– On ne dirait pas.

Elle regarda de nouveaux les deux flèches. Cela faisait une bonne distance.

– Cent quarante et un mille huit cent quatre-vingt-quinze kilomètres à vue de nez, l'informa Solstice.

– Eh bien, nous avons fait une promesse, non?

– J'attendais que tu le dises.

Paramètre/Solstice l'avaient rencontrée pour la première fois six ans auparavant. Lilo avait installé sa station-laboratoire privée sur Janus. Elle pensait que ce satellite, de par sa position frontalière entre la société humaine et les habitants des Anneaux, serait moins surveillé et que les lois sur la génétique n'y seraient pas rigoureusement appliquées. Paramètre/Solstice l'avaient rencontrée lors d'une de leurs rares excursions, et elle leur avait plu immédiatement. C'était exceptionnel. Les humains et les habitants des Anneaux ne se fréquentent généralement pas.

Tout le temps qu'elles furent sur Janus, Paramètre/Solstice ne s'éloignèrent pas de son petit laboratoire et, lorsqu'il fut temps de partir, elles lui suggérèrent de venir s'installer dans les Anneaux. Lilo ne voulait pas aller si loin, mais elle proposa l'idée d'une station robot en bordure des Anneaux. Elle avait peur de se faire prendre. Paramètre/Solstice avaient promis de s'occuper du réveil du clone si jamais cela s'avérait nécessaire.

A présent un long voyage les attendait. Il était impossible de faire vite. Bien qu'elles puissent atteindre la vitesse de cinquante kilomètres à l'heure dans leurs déplacements, elles devaient s'arrêter chaque jour pour se nourrir. Il leur faudrait près d'un an pour arriver jusqu'à Lilo.

– Eh bien, dit Solstice, allons-y.

4

Je ne vais pas souvent dans les disneylands. Pour moi, vouloir travailler les mains nues dans la terre et manger la nourriture qui en provient n'est pas bien méchant, mais je trouve cela idiot. Cela nous fait regretter ce que nous ne pourrons jamais plus avoir, quelque chose qui restera toujours là-haut dans le ciel de Luna. Cela engendre des fantasmes délirants comme celui qui obsède Tweed depuis si longtemps : reconquérir la Terre, libérer la Planète-Mère des Envahisseurs.

J'ai été élevée dans le métal et ne m'en porte pas plus mal. Le passé glorieux de Vieille Terre me laisse froide. Ce n'est pas dans notre passé que nous découvrirons nos limites, mais en nous-mêmes. C'est ce que j'ai essayé de faire et cela m'a conduit tout droit en prison.

Tweed devait avoir réglé le thermostat de son petit paradis sur quarante degrés. Je suffoquais. Si les plantes avaient besoin d'un été, moi je m'en serais bien passée. Je ne sais quelles bestioles s'étaient faufilées dans les poils de mes jambes. La Nature ! J'enlevai ma lourde robe et tâchai de me rafraîchir un peu pendant que Tweed décidait de mon sort.

Tweed fit signe à l'homme en bordure de la clairière. Lilo se raidit. Etait-ce tout ? Il pouvait encore se désintéresser d'elle, les choses alors se précipiteraient. Elle surveillait Vaffa attentivement. S'ils lui tombaient dessus, elle vendrait cher sa peau.

Mais Tweed s'en allait d'un pas rapide à travers les hautes herbes. Lorsqu'il eut disparu, Vaffa se détendit quelque peu. Elle s'assit dans l'herbe et se mit à caresser son boa. Cette Vaffa, version femelle, mesurait deux mètres cinquante. La poitrine plate, tout en muscles, lisse comme un nouveau-né et blanche comme neige, jamais elle ne faisait le moindre geste inutile. C'était l'image de la mort.

Quelqu'un courait à leur rencontre. Lilo se demanda comment on pouvait courir par cette chaleur. Quelqu'un qui avait des ennuis? Non, elle était d'excellente humeur. Lilo la reconnut d'abord à son tatouage.

– Bonjour, Mari.

– Salut, fit-elle en reprenant son souffle. N'est-ce pas un coin merveilleux?

– Hmm, fit Lilo, guère convaincue.

Elle écrasa sur sa joue un moustique qui lui suçait le sang.

– Bonjour, Vaffa.

Vaffa salua Mari d'un hochement de tête. Le médic était couvert de sueur et semblait aimer cela. Elle n'avait toujours pas retrouvé sa respiration.

– Il faut que tu viennes avec moi, dit-elle.

– Où ça?

– Je dois t'enregistrer la mémoire. Ordre du Patron. Viens, ce ne sera pas long.

Lilo savait parfaitement le temps que cela prendrait, mais elle la suivit malgré tout jusqu'au bois. Derrière elle, plus attentive au serpent qu'à Lilo, Vaffa suivait. C'était peu flatteur. Lilo aurait aimé qu'on la trouve tout de même un peu plus dangereuse que cela. Apparemment Vaffa n'était pas de cet avis. Après tout, ça valait mieux. Peut-être aurait-elle une surprise un de ces jours.

Lilo s'attendait à être conduite vers une partie un peu plus conventionnelle de la résidence de Tweed. Mais au lieu de cela elles débouchèrent dans une autre clairière au milieu d'une forêt dense. On entendait une chute d'eau non loin de là. Mari posa à terre le sac qui ne la quittait pas. Elle fit signe à Lilo de s'étendre sur une bâche de plastique étalée à même le sol.

– Là-dessus? dit Lilo. Mais il n'y a pas de...

Mari ouvrait déjà quelque chose qui avait l'apparence d'un tronc d'arbre. L'intérieur était métallique.

– Pourquoi pas? Ne t'en fais pas, tu seras très bien.

Lilo reconnut que l'endroit était plus reposant qu'une salle d'opération classique. Cela avait quelque chose de rassurant.

Lilo n'était pas la seule à craindre ces enregistrements. Elle devait toujours se répéter que ce qu'elle redoutait ne pouvait arriver, qu'on ne lui dirait pas à son réveil, une fois l'enregistrement terminé, qu'elle était morte et que plusieurs années s'étaient écoulées. C'est à un clone que l'on dirait cela, mais non à elle. La conscience humaine est linéaire, prisonnière pour toujours d'un seul et même corps. Ces enregistrements permettaient seulement à une seconde personnalité, identique à la sienne, d'être implantée dans un corps également identique au sien. Mais, bien qu'il ait sa mémoire au moment de l'enregistrement, jamais Lilo ne participerait à la vie de ce clone.

Elle essaya de se détendre tandis que Mari lui branchait une prise. Elle sentit son corps s'engourdir. Mari manipulait les contrôles à l'intérieur de son sac noir. A présent, il était impossible pour Lilo de voir ce que faisait le médic, mais elle connaissait bien le processus. Le haut de son crâne fut ouvert. Elle pouvait voir le sang sur les doigts de Mari quand ceux-ci passaient dans son champ de vision. De petits canaux métalliques étaient implantés dans son cerveau, placés là trois jours après sa naissance. Elle pouvait, grâce à eux, se raccorder à un ordinateur. Chaînes de molécules simples d'acide ferro-photo-nucléique, ils servaient également de conduits pour les enregistrements. Mari ajusta un bandeau sur le front de Lilo. Une fois en marche, l'appareil enregistreur rendrait la patiente inconsciente pour trois minutes.

Relativement simple en pratique, mais d'une théorie terriblement complexe, Lilo se demandait parfois si la race humaine aurait pu développer ce procédé sans les instructions en provenance d'Ophiucus.

La mémoire est un processus holographique. Chaque souvenir mobilise l'ensemble du cerveau, il ne peut être enregistré ou décodé de façon linéaire. Il faut tout saisir d'un coup, comme une photographie ou un hologramme. L'A.F.P.N. permettait cela. Chaque toron, avec ses millions d'unités d'information, subissait l'influence de l'ensemble des autres au moment crucial. Contrairement à l'holographie où chaque fragment de la plaque sensible contient toute l'image, un seul toron isolé d'A.F.P.N. était inutilisable. Seule la combinaison de quarante-six torons pouvait restituer l'image. Le bandeau d'enregistrement induirait des champs magnétiques dans le cerveau, produisant un code composé d'une infinité de permutations.

Lilo ne s'était jamais demandé si ce procédé enregistrait vraiment tout. L'âme, le *karma,* l'*atman* étaient des notions qui ne la préoccupaient pas. Elle connaissait des gens qui, après leur mort, avaient ressuscité de cette manière. Il était impossible de faire la différence.

Mari mit le contact. Son sourire fut la dernière information de cet enregistrement.

Mari était toujours là, aussi souriante, lorsqu'elle se réveilla. Elle lui rendit son sourire, contente que ce soit terminé. Elle essaya de se lever.

– Doucement, pas si vite, dit Mari d'un ton rassurant. Je dois d'abord te débrancher.

Quelque chose avait changé. Le paysage *derrière* Mari s'était modifié. Les feuilles des arbres n'étaient plus vertes, mais brunes et dorées.

– Oh! non! Ce n'est pas vrai. Je ne veux...

Mari posa doucement la main sur son front.

– Ne m'oblige pas à te rendormir.

Lilo s'affaissa. Peu à peu elle aperçut d'autres visages qui la regardaient. Il y avait Tweed, Vaffa et... l'autre Vaffa, le mâle et la femelle. Tous l'observaient.

Mari termina son travail.

– Laisse-moi t'aider, dit-elle, tu vas en avoir besoin.

Lilo se laissa soulever, puis se dressa péniblement sur ses jambes. Elle était étourdie, mais retrouvait rapidement son équilibre. Elle s'occupait uniquement de ses sensations, n'osant pas penser tout de suite. Elle sentait l'herbe sous ses pieds. La peau fraîche et la chaleur sous-jacente du dos nu de Mari qui la soutenait, les muscles de ses jambes et de ses pieds. Mari la saisit par la taille comme s'il s'agissait d'un ivrogne et lui fit faire quelques pas.

– Tu retrouveras vite l'usage de tes jambes, dit-elle doucement. Je t'ai fait subir un entraînement pendant ta croissance dans le bain. Tu es forte, seulement tu n'y es pas encore habituée. Penses-tu tenir debout toute seule?

Lilo acquiesça, n'osant pas parler. Mari la laissa face à Tweed. Il tenait des papiers et des photographies à la main.

– Alors, je suis morte, dit-elle.

Il jeta un coup d'œil à ses papiers et cocha une feuille.

– Personne n'a rien à me dire?

Tweed ne répondit pas, il se contenta de cocher à nouveau sa feuille. Vaffa-mâle regardait la cime des arbres, le sourire aux lèvres. C'était la première fois qu'elle le voyait sourire. Vaffa-femelle se tenait la main devant la bouche, visiblement elle se retenait de rire. Se moquaient-ils tous d'elle? Mais quelle sorte de gens était-ce donc?

– Mais enfin, qu'est-ce qu'il y a? Quelqu'un aurait-il la bonté de me le dire?

Tweed arracha une feuille de papier et la lui tendit. Elle la regarda, puis Tweed, puis de nouveau ce qu'elle avait peur d'avoir lu.

– *Alors, je suis morte.*

– *Personne n'a rien à me dire?*

– *Mais enfin, qu'est-ce qu'il y a? Quelqu'un aurait-il la bonté de me le dire?*

Les mots étaient tapés à la machine et chaque phrase avait été cochée. Elle faillit perdre l'équilibre.

Quelque chose apparut à l'orée du bois, un élan gigantesque dont les bois reflétaient des rayons de soleil bleus. Hallucination? Elle détourna la tête. Elle aurait voulu que finisse cette comédie.

– Tu ferais mieux de t'asseoir et de te reposer un peu, dit Mari en la prenant par la taille.

Les genoux de Lilo fléchirent.

– Pleure un peu, ça te fera du bien.

– Non, plus tard. Pour le moment, je veux savoir ce qui se passe.

– Et vous allez le savoir, dit Tweed.

Il fit signe à Vaffa-mâle de lui déplier un siège.

– Mari, je vous avais demandé de ne vous mêler de rien.

– Excusez-moi, Patron, dit Mari, c'est plus fort que moi... Dès que quelqu'un est en difficulté, je...

– Passons. J'aurais préféré me passer de vous aujourd'hui. Enfin, ce n'est pas grave. Lilo, comme vous avez pu le constater, vous n'êtes pas qui vous pensiez être. Vous êtes un clone. Peut-être savez-vous ce qui est arrivé à votre original. J'ai des raisons de penser qu'il avait fait ses plans avant même que je ne le fasse enregistrer. En tout cas, il est certain que sa façon de coopérer n'était pas des plus satisfaisantes. Est-ce que vous me suivez?

– Si je comprends bien, j'ai essayé de m'évader. Et j'ai raté mon coup.

Elle observa les deux Vaffa. Ils demeuraient impassibles.

– Précisément. L'idée de vous évader vous est venue dès que vous avez compris que vous n'alliez plus être exécutée.

– Je présume qu'il est inutile de le nier.

– En effet, c'est inutile.

Elle avait peur, mais n'osait pas le dire. Peut-être était-ce inscrit sur une de ses feuilles. Un sentiment de violence se développait en elle. Elle l'accueillit avec joie, même s'il devait signifier sa perte. Elle allait lui arracher les yeux, lui broyer le crâne. Elle allait le tuer. Elle regardait fixement le sol tandis que le sang commençait à bouillonner dans ses veines. Elle allait bondir...

Elle vit deux pieds nus. Ses yeux remontèrent le long des jambes, d'un sexe lisse, d'une poitrine plate, jusqu'à un crâne chauve. Les genoux étaient légèrement fléchis, les bras écartés du corps, les dents découvertes comme des crocs prêts à mordre. Elle *attendait* que Lilo attaque. Vaffa-femelle s'était interposée entre Lilo et Tweed avant même que les intentions de cette dernière aient fini de se préciser dans son esprit.

Sa colère s'estompa, il ne lui restait plus qu'une crampe à l'estomac. Vaffa se détendit un peu.

– Elle savait où se trouver, dit Tweed. Vous avez vu?

– Je vois bien.

– Voulez-vous savoir ce qui vous est arrivé? Vous avez quatre mois de retard, vous savez.

– Je crois que ça vaudrait mieux en effet.

J'avais été stupide.

Je m'en rendais compte à présent. L'évasion avait été trop facile.

Ils m'avaient emmenée pour un exercice de survie dans l'Amazonie de leur disneyland. Trois cents kilomètres carrés de forêt tropicale artificielle à vingt kilomètres d'Aristillus. C'était l'arrière-pays, la partie que le public ne voit jamais, là où il pleut sans cesse et où les vêtements vous pourrissent à même le dos dans l'humidité étouffante. Sur le chemin du retour, nous étions passés par des corridors publics. Ce jour-là il n'y avait qu'un seul garde; Vaffa avait été retenue à la dernière minute. J'avais volé l'échantillon de peau dont j'avais besoin dans les affaires de Mari. J'attendais une occasion, elle se présenta. Le garde détournait les yeux.

Je me suis perdue dans la foule. En deux secondes j'avais disparu. Trente secondes et j'étais deux niveaux plus bas, un kilomètre plus à l'est sur une passerelle qui traversait la ville. J'ai passé le contrôle avec l'échantillon de peau dans le creux de ma main et pris un train pour Clavius.

Le train reçut l'ordre de s'arrêter. Une demi-heure plus tard, la portière s'ouvrait en soupirant sur une station que je connaissais bien. Je me suis demandé ce qu'ils allaient bien pouvoir me faire. Vaffa était là, ce visage bien connu. Elle tenait quelque chose de métallique et noir. Un rictus découvrait ses dents. Je ne comprenais toujours pas.

Lilo hoquetait malgré elle. Cela faisait un moment qu'elle avait vidé son estomac, mais la nausée persistait. Mari la retenait, encore agenouillée au-dessus de la flaque de bile et de liquide nutritif de la cuve. Tweed rangeait les photos.

– Vaffa est assez directe, dit-il. Comme j'ai eu l'occasion de vous le signaler il y a déjà longtemps, ils ont leur utilité.

Il les contemplait tous deux. Lilo se demanda un instant si lui-même n'avait pas un petit peu peur d'eux.

– Etes-vous prête à entendre la suite?

Elle s'assit sur les talons.

Vaffa était là. Vaffa qui avait abattu quelqu'un d'absolument identique à elle-même et posé devant une caméra, tenant à bout de bras le corps ensanglanté à la figure et à la poitrine défoncées.

– Ce n'est pas tout?

– Oh non, quand vous avez une idée en tête, il est difficile de vous l'enlever. C'est d'ailleurs la raison pour laquelle j'ai besoin de vous.

– Il y a encore des photos?

– Oui, vous devez les voir.

– Alors, qu'on en finisse.

J'avais été stupide.

Je m'en rendais compte à présent. Je m'en voulais

d'avoir gâché mes deux précédentes incarnations. Cette fois-ci on ne me laisserait plus de nouvelle chance.

Et le prix : Mari, Mari...

Peut-être Tweed ne me ressusciterait-il plus. Ou, s'il le faisait, il ne me dirait sans doute rien de Mari, de ma honte. Vaffa ouvrit la porte de ma chambre. J'étais contente de le voir.

Tweed alluma un autre cigare. Il recracha un nuage de fumée, et Vaffa-femelle s'éloigna un peu de lui en fronçant le nez.

– La première fois, vous avez filé à l'anglaise, dit-il. Vous avez bien su saisir l'occasion que je vous avais préparée. Vous êtes tombée dans le piège.

L'élan, ce n'était pas une hallucination, broutait à présent derrière Tweed. Lilo contemplait les reflets de lumière sur ses bois pendant que Tweed parlait. Elle ne voulait pas avoir à penser.

– La deuxième fois, vous avez fait des progrès, mais pas dans le sens que je souhaitais. Vous avez été plus prudente. Je vous ai redonné la même occasion de fuir et vous l'avez judicieusement refusée. Cette fois, vous alliez vous débrouiller toute seule.

– Qu'ai-je fait?

– Nous arrivons au moment désagréable de ce petit exercice. Je ne vous dirai pas de quelle manière vous avez essayé de vous échapper. Comprenez-vous pourquoi?

Lilo fit un effort. C'était inutile. Elle n'était sûre que d'une chose, elle était coincée. Tout cela n'avait pas de sens.

– Parfait. Je ne m'attendais pas que vous assimiliez tout cela d'un seul coup. Il faudra un certain temps pour vous y faire. Ce que je veux que vous sachiez, c'est que vous avez usé de toutes vos ressources pour m'échapper. Sans aucune aide cette fois. Deux mois de préparation et toutes les apparences d'une bonne coopération. Vous aviez un plan. Il faut que vous compreniez bien que *c'était le meilleur plan qu'il vous sera jamais donné d'avoir.*

Il martelait les mots. Tous le regardaient. On ne pouvait faire autrement. C'était un excellent orateur lorsqu'il le voulait.

– Le but de cette petite démonstration est de bien vous faire comprendre cela. Je vous ai vue ressusciter deux fois. A chaque fois vous avez réagi exactement de la même façon. Vous n'aviez pas le choix. Vous ne pouvez être que ce que vous êtes. A chaque fois vous êtes partie d'une mémoire identique à celle que vous aviez le jour de votre dernier enregistrement, ici même, dans cette clairière. A chaque fois vous avez évolué de façon légèrement différente. La première Lilo a été stupide. Elle n'a pas vu plus loin que le bout de son nez. Elle a payé. La seconde a été plus astucieuse. Elle a tué Mari et a été plus près du but que vous ne...

– Elle a *quoi?*

– Vous m'avez bien entendu.

Mari était à ses côtés.

– Ne t'en...

Lilo s'éloigna d'elle avec horreur.

– Non, je n'aurais pas pu. J'aurais pu tuer... ça (elle désigna les deux Vaffa). J'aurais pu tuer n'importe laquelle de ces deux choses. Mais pas Mari.

– Je n'ai pas dit que vous n'avez pas eu de remords, dit Tweed.

– Vaffa dit que vous aviez l'air soulagée lorsqu'il vous a tuée.

– Lilo, je ne t'en veux pas, dit Mari. Je sais, cela peut paraître étrange, mais j'ai appris à te connaître. Je t'ai déjà rencontrée deux fois maintenant. Je t'aime bien. Tu as fait ce que tu pensais devoir faire, et puis tu as attendu qu'on m'enregistre. Je n'ai perdu que quelques jours. Le Patron m'a dit que tu ne m'as pas fait souffrir.

– C'est exact, dit Tweed.

Il étudiait Lilo.

– Mais je n'arrive pas à croire...

– Il le faut. Et vous le savez. Je vous connais bien à présent. Il y a des signes qui ne me tromperont pas, des choses qui ne peuvent m'échapper, que vous ne pourrez pas me cacher. Je saurai tout de suite si vous suivez le scénario. Quant à vous, vous n'en serez jamais sûre.

Ses gros doigts, qui scandaient ses arguments, étaient comme les barreaux d'une cage se refermant sur elle.

– Je vous laisse méditer sur tout cela. Quand vous vous serez décidée à coopérer, venez me trouver. C'est à vous de choisir, et cette fois je ne veux plus de mensonges comme ceux que vous m'avez racontés au Centre dont je vous ai sortie. Je veux une décision ferme. J'ai perdu suffisamment de temps et d'énergie avec vous.

Il disparut, suivi de Vaffa-mâle comme d'un chien fidèle. Lilo et Mari étaient pratiquement seules. L'autre Vaffa semblait les avoir oubliées. Elle appelait son serpent qui était juché sur un arbre, puis grimpa le rejoindre.

Le silence devint gênant.

– Je ne sais vraiment pas quoi dire, soupira Lilo. J'aimerais tant trouver les mots qu'il faut.

– Dis que tu vas faire ce qu'il te demande. Tu n'as pas le choix.

– Non, je ne parlais pas de cela. Je pense... je pense en effet que je n'ai pas le choix. On le dirait bien. C'est à *toi* que je ne sais plus quoi dire.

– Il n'y a rien à dire. Tu ne m'as rien fait. Je n'ai que de bons souvenirs de toi. Alors, où est le mal? Une autre qui était moi et quelqu'un d'autre qui était toi...

Lilo aurait aimé pouvoir le prendre ainsi. Elle savait qu'elle aurait toujours honte de ce qu'*elle* avait fait. Mais la seule façon de tenir le coup était de voir les choses comme le lui conseillait Mari.

– J'ai arrangé tes jambes comme tu les aimes, dit-elle.

Lilo les regarda. Elle n'avait pas pensé que ses jambes pouvaient être autrement, mais bien sûr, ses gènes ne prévoyaient pas la fourrure.

– Merci, je suis touchée, vraiment.

– Je savais que ça te ferait plaisir.

Lilo grinça des dents. Bien sûr, Mari avait dit cela innocemment, mais elle ne pouvait entendre ces mots sans frissonner. Cela ne lui plaisait pas que tout en elle soit prévisible, pas du tout.

Tout en se demandant si c'était ce qu'elle avait dit la dernière fois, elle ajouta :

– Eh bien, je crois que je ferais mieux d'aller parler au Patron.

5

Imaginez un peu ma vie :

J'ai commencé par vivre cinquante-sept ans à peu près normalement. Comme tout le monde, je me faisais enregistrer la mémoire tous les quatre ou cinq ans. Puis j'ai été arrêtée.

Les enregistrements en ma possession ont été confisqués jusqu'à l'issue de mon procès. Lorsque j'ai été condamnée, ils ont été détruits ainsi que l'échantillon tissulaire destiné à produire un clone en cas de décès.

Pendant mon sursis, Mari m'a probablement enregistrée à nouveau. Il était facile de me droguer à mon insu.

J'ai rencontré le clone élevé par Tweed qui a été précipité dans le Trou à ma place. (A la place de qui*? Après tout, elle était Lilo aussi bien que moi. Ça se complique.)*

Mon original (j'ai du mal à croire que je vis à

présent dans le corps d'un clone) n'a survécu que quelques semaines à l'enregistrement suivant, fait dans la clairière chez Tweed. On repart de zéro. On y reviendra. Une nouvelle « moi » se réveille, ignorant les semaines qui se sont écoulées entre cet enregistrement et la mort de mon original. Ce deuxième clone suit le même chemin. Prudente au début, pendant deux ou trois mois, puis elle s'évade. On la rattrape, on la tue. Numéro quatre, moi (Moi! Bon Dieu! Moi!), se réveille dans la clairière et voit Mari qui lui sourit, mais cette fois, Mari est un clone elle aussi. Numéro trois l'a tuée en s'évadant.

Il faut voir les choses en quatre dimensions. Imaginer l'arbre avec ses branches dont on se servait à l'école pour illustrer la leçon. Au pied du tronc, un enfant, sorti de la matrice ou du placentarium, selon les préférences maternelles. Au sommet de l'arbre, la mort. Faites une marque le long du tronc à chaque fois que la mémoire est enregistrée. Chaque marque est un embranchement en puissance.

Il y a huit ou neuf mois, lorsque j'ai échappé à la mort définitive, je me suis divisée en quatre branches. (Ou bien y en a-t-il cinq ou six? Tweed a élevé plusieurs clones de moi pendant que j'étais en prison puisqu'à chaque fois il avait un corps de prêt dans lequel me faire revivre au lendemain de ma mort. Il doit également conserver quelque part des clones de Mari, sans quoi elle n'aurait pu être là un jour après que le numéro trois l'eut tuée.) Chaque branche est repartie avec la même mémoire, celle qui s'interrompt le jour où Mari m'a enregistrée. Trois de ces branches étaient mortes. J'avançais à présent le long de la quatrième.

Cinq ans plus tôt, en faisant un enregistrement dans la station autour de Saturne, j'ai suscité un autre embranchement possible. Je n'avais à présent aucun moyen de savoir si celui-ci avait ou non donné une autre Lilo, mais c'était possible. J'espérais ne jamais la rencontrer. Je m'étais déjà rencontrée une fois. Cela m'avait appris des choses sur moi-même que j'aurais préféré ne pas connaître.

Mais maintenant que je savais, que j'avais vu jusqu'où je pouvais aller pour rester en vie, j'étais bien décidée à vivre.

J'étais décidée à vivre éternellement.

Lilo mit trois mois pour compléter son entraînement à la survie en milieu terrestre. Elle en déduisit que c'était un cours accéléré.

Elle ne s'était jamais plainte, mais elle pensait toutefois que c'était une absurdité et, qui plus est, une absurdité désagréable. A moins de débarquer pour de bon sur la Terre, c'était inutile.

Elle prit malgré tout son mal en patience; d'Amazonie en Egypte, elle passa une semaine dans chacun des principaux disneylands. Le Front de Libération de la Terre dépensait des sommes énormes pour bénéficier de l'usage des parcs naturels. En contrepartie ses membres avaient le plaisir de se dessécher sous des soleils sahariens et de se geler dans des froids sibériens.

Il y avait vingt élèves dans sa classe, tous novices du Front à l'exception de Vaffa-femelle qui accompagnait Lilo et semblait tout faciliter. Elle apprit à mieux connaître les Libre-Terriens. Elle s'aperçut qu'un bon nombre d'entre eux n'étaient pas aussi fanatiques que Tweed de la Libération de la Terre. Beaucoup étaient là par simple curiosité.

Elle apprit également à respecter Tweed pour sa perspicacité à son égard. Il prenait des risques à chaque fois qu'il lui donnait l'occasion d'entrer en contact avec quelqu'un qui ne soit pas haut placé dans la hiérarchie du Front. Elle pouvait révéler son identité. Tweed ne faisait pas entièrement confiance aux autres élèves de sa classe. Ils auraient pu la dénoncer au Gouvernement. Si ce dernier apprenait qu'il avait enlevé Lilo du Centre de liquidation, Tweed était bon pour le recycleur.

Mais il y avait un hic : Lilo se condamnerait à mort en même temps que lui. Il savait qu'elle ne dirait rien.

A vrai dire, bien qu'elle n'eût jamais voulu l'admettre, Lilo commençait à prendre goût à la vie au grand air. Traverser une tempête de neige à pied était pénible, mais s'entasser à cinq dans un igloo sous une peau d'ours était amusant. Il y avait de bons moments.

Il y avait aussi la solitude, plus dure à supporter que les épreuves physiques. Elle avait appris ce qu'était la solitude pendant son année de prison. A présent elle avait hâte de se faire des amis, de trouver un amant. Mais elle ne pouvait se lier à personne de sa classe. Il lui était impensable d'aimer sans pouvoir s'ouvrir entièrement, sans pouvoir tout se dire, et cela lui demeurait interdit. Il y avait des secrets qu'elle devait garder pour elle. L'entourage de Tweed était pire encore. Ils connaissaient tous ses secrets, mais savaient qu'elle n'était pas des leurs. On la traitait poliment, mais on ne lui faisait pas confiance. C'est de Mari qu'elle se sentait le plus proche. Mais Lilo savait que si Mari l'aimait bien, c'était de cette même affection qu'elle distribuait à tout le monde. Cela faisait partie de sa personnalité. Mari pensait que c'était mal de faire des expériences sur l'A.D.N. humain, et Lilo considérait le rêve des Libre-Terriens comme une folie. Elles n'avaient pas grand-chose à se dire.

Ainsi elle était seule au milieu d'une foule. Dans un certain sens c'était pire que la prison. Elle commençait à se refermer sur elle-même. Pendant les veillées autour d'un feu de camp, tandis que les autres chantaient, racontaient des histoires ou faisaient l'amour, elle restait à l'écart. Elle se disait qu'après tout elle se moquait bien du sexe et de la vie au grand air. « Faire l'amour sur la plage, disait-elle à Mari, et passer le jour suivant à se débarrasser de tout ce sable, non merci. » Il fallait que le manque devînt insupportable pour qu'elle se trouve un partenaire, mais de plus en plus ses amants préférés étaient les doigts de sa main droite.

Elle était seule, sa vie sexuelle était lamentable. Elle devint angoissée, elle avait peur que les autorités ne la reprennent. C'eût été trop bête de se faire exécuter à présent, après tout ce qu'elle venait de vivre et les lâchetés qu'elle avait commises. Si elle mourait maintenant, ses autres morts n'auraient servi à rien.

Lilo n'avait pas vu Tweed depuis le jour de son réveil. Elle pensait qu'il était venu s'assurer que ses réactions étaient bien les mêmes que les fois précédentes. Il lui donnait une leçon. C'était un fin psychologue. Elle s'aperçut qu'elle le craignait.

Depuis son réveil, il semblait s'être désintéressé d'elle. Elle avait essayé de le voir, mais s'était vu refouler par ses aides. Le Patron était toujours trop occupé.

Cela avait été en quelque sorte réconfortant de se croire importante aux yeux de Tweed, importante au point de lui faire prendre le risque de l'enlever du Centre de liquidation. Peu à peu elle dut adopter un autre point de vue. Lorsqu'elle s'aperçut qu'elle ne faisait que subir un stage de formation pour agents clandestins, ce qui laissait supposer qu'il y en avait d'autres dans son cas, peut-être des centaines, cela acheva de la démoraliser. Peut-être Tweed ne lui attachait-il pas plus d'importance qu'à Mari qu'il pouvait remplacer par quelqu'un d'aussi qualifié en s'adressant à n'importe quelle agence pour l'emploi de Luna.

Plus elle y pensait et plus il lui paraissait évident que la machine par laquelle on la faisait passer était déjà en place bien avant que naisse l'idée de l'enlever du Centre. Les Libre-Terriens avaient une telle mainmise sur le Centre que Mari pouvait y élever un clone à terme, une entreprise de six mois, en toute impunité. Vu sous cet angle, Lilo se demandait si le sprint qu'on lui avait fait faire dans le vide avait vraiment été nécessaire. N'était-ce pas plutôt un test? Les Libre-Terriens semblaient aimer les tests, comme de la confronter à des environnements qu'elle ne verrait jamais puisqu'il s'agissait d'environnements terrestres.

Il était à peu près certain que Tweed ne recherchait pas Lilo en particulier, mais des gens *comme elle*. Objectivement, elle ne voyait que trois choses pour la différencier des autres. C'était une scientifique, mais Tweed pouvait engager tous les scientifiques qu'il désirait. C'était une criminelle condamnée, mais elle ne voyait pas du tout en quoi cela pouvait être une qualité à ses yeux. Il ne restait que la nature de ses recherches, des travaux qui étaient à l'origine de son arrestation.

Lilo fut la première surprise lorsqu'elle s'aperçut que ses travaux la conduisaient lentement, mais sûrement, vers des zones interdites. Elle avait eu le temps d'y songer en prison et encore plus à présent pendant son entraînement. Elle passait en revue les diverses étapes qui firent d'elle une Ennemie de l'Humanité. Elle n'en revenait toujours pas.

Lilo voulait être médic. Aussi loin qu'elle pût se rappeler, elle avait toujours été habile de ses mains. Lorsqu'elle était petite, son jouet préféré était sa panoplie de chirurgien. Elle opérait sur elle-même ainsi que sur ses amis, se tenant toujours au courant des dernières nouveautés de la mode esthétique.

Mais sa mère et ses professeurs pensaient qu'elle valait mieux que cela et la poussèrent à se spécialiser. Elle n'y voyait pas d'objection. Elle lisait, tous ses ancêtres avaient lu, aussi loin que l'on remonte, même avant l'Invasion. Elle dévorait tous les livres passant à sa portée. Ses professeurs savaient ce qu'ils faisaient : un beau jour il lui sembla qu'elle avait toujours voulu être ingénieur généticien.

Elle était douée pour ce métier. Les grandes compagnies réclamaient ses services, et elle travailla pour un bon nombre d'entre elles avant de se mettre à son compte. Sa spécialité était l'alimentation, un domaine longtemps négligé et qui suscitait un renouveau d'intérêt.

Alors que ses collègues se consacraient à la culture hydroponique, aux mélanges exotiques de parfums déjà existants qui avaient du succès quelques mois puis étaient vite oubliés, Lilo reconsidérait les denrées disponibles. Au lieu d'inventer, elle raffinait. Ce fut payant. Toutes les grandes compagnies savaient qu'avec un gros budget elles pouvaient créer une demande temporaire pour à peu près n'importe quel produit. A long terme, cependant, c'étaient les brevets génétiques de bovinacées et ovifères améliorés qui faisaient rentrer l'argent.

Lilo se pencha sur les porcinacées. Elle réussit à en améliorer le rendement et la fraîcheur de la viande tout en diminuant la proportion de graisse. Cela lui rapporta suffisamment d'argent pour mieux s'équiper et se tourner vers de nouveaux horizons.

Ses travaux sur les porcinacées lui firent découvrir que nombre d'organismes de base avaient longtemps été négligés parce qu'ils étaient moins compétitifs que les lignées artificielles des récoltes auxquelles tout le monde s'était habitué. A une certaine époque, le blé, le soja, la pomme de terre, le maïs et le riz avaient constitué l'essentiel de l'alimentation de l'humanité, mais personne de vivant n'en avait jamais vu.

Cependant, tout cela existait toujours, bien conservé à la Biothèque avec toutes les plantes et tous les animaux que l'on pouvait trouver sur Vieille Terre. Elle s'aperçut que tout ce qu'elle avait mangé au cours de sa vie venait de plantations artificielles, créées il y a plus de quatre siècles. L'ère des découvertes dans ce domaine semblait révolue. Aucun aliment nouveau n'avait été inventé depuis que la race humaine s'était installée dans les Huit Mondes. Elle ne chercha pas à savoir pourquoi et se mit au travail à la recherche de quelque chose de neuf.

Le résultat fut la viande de bananier; ce fut un

succès immédiat et durable. Comme son nom l'indique, c'était un dérivé de fruit tropical, mais cela ne ressemblait à rien de connu. C'était quelque chose de nouveau, et dire que cela « rappelait le poulet ou la venaison » était loin d'en donner une idée.

Lilo n'alla pas le raconter à tout le monde, mais la viande qui se rapprochait le plus de son produit était la chair humaine. Son premier acte répréhensible, commis en toute innocence et dans l'esprit de recherche qui la caractérisait, fut d'introduire une culture tissulaire de son propre corps dans les échantillons qu'elle analysait alors qu'elle étudiait la physiologie du goût chez l'homme. Son premier pas dans l'illégalité fut de provoquer des changements dans les cultures et de transplanter de l'A.D.N. dans les gènes de banane.

La viande de bananier lui rapporta beaucoup d'argent. Pas des sommes faramineuses, mais suffisantes pour lui permettre de retourner à son premier amour : le corps humain. Elle se souvenait des jours heureux où elle rafistolait son corps ou celui de ses amis. Bien qu'elle considérât cette époque comme révolue, méprisant à présent la plupart des innovations de la chirurgie esthétique, le corps humain continuait de la fasciner.

Elle songeait à la somme fantastique de hasards génétiques qui avaient façonné sa vie et celle des autres. Elle savait lire. Ce n'était pas le cas pour tout le monde. La thèse officielle pour justifier l'analphabétisme était que certains éléments de la population n'étaient pas prédisposés à lire. Il faut dire que, dans ce monde saturé par l'informatique et l'audiovisuel, les lettres n'étaient pas encouragées. Lilo acceptait cette explication, mais avait toujours gardé le sentiment que si la plupart des gens n'apprenaient pas à lire c'est qu'ils n'étaient pas assez intelligents pour cela.

Elle ne se croyait pas supérieure pour autant. C'était un hasard, c'est bien ce qui la vexait le plus. Elle n'avait rien fait pour être intelligente, elle le devait à la rencontre tout à fait fortuite de deux gamètes dans un placenta.

Tout en se pliant aux lois sur la génétique, elle remonta jusqu'à leur origine et fut abasourdie de découvrir que l'interdiction de toutes expériences sur l'être humain pendant cinq cents ans n'était qu'un moratoire. Au départ, cela était justifié alors que la race humaine n'était que cohorte en fuite à l'avenir incertain. Mais le moment n'était-il pas venu de réviser ces lois? L'avenir de l'humanité ne tenait plus que dans l'évolution du nombre limité des gènes des quelques survivants de l'Invasion. Toutes les maladies et imperfections proprement génétiques avaient été éliminées avant l'interdiction. La race humaine était en bonne santé, mais évoluait-elle?

Sa surprise fut d'autant plus grande lorsqu'elle apprit ce qu'était la reproduction du point de vue génétique. Lilo n'était pas spécialiste en la matière. Comme l'inventeur d'une machine qui ne saurait concevoir les pièces dont il a besoin, Lilo n'avait que de vagues notions sur l'hérédité. Son travail consistait à prendre un matériau déjà existant qu'elle transformait grâce aux informations en provenance du Canal Ophite. Elle étudiait le récessif et l'inné. Elle en arriva à se demander si la race humaine n'était pas en train de dégénérer sans s'en apercevoir.

Elle essaya d'éveiller l'intérêt d'autres ingénieurs, mais sans succès. Et aucun courant politique ne semblait disposé à réformer les lois sur la génétique. Si un tabou avait remplacé le sexe, c'était bien la génétique humaine. Personne ne voulait aborder le problème pour la simple raison que personne n'y voyait de problème. C'était une chose ancrée, admise : l'A.D.N. humain était tabou.

Lilo passa un an à se décider sur la voie à suivre. Elle pouvait laisser tomber, purement et simplement. C'était tout à fait envisageable. Même à présent, elle se demandait toujours ce qui l'avait poussée à continuer. Parfois, l'inertie sociale lui faisait l'effet d'une drogue qui l'invitait à abandonner. Pourquoi changer, les choses avaient toujours été ainsi.

Ou alors, elle pouvait entreprendre son investigation discrètement. C'est ce qu'elle fit, mais pas avec toute la discrétion qu'il aurait fallu.

Le Canal Ophite la guidait.

De l'énorme quantité d'informations codées reçues par ce canal, 95 % restaient indéchiffrables. Mais elle avait entendu dire qu'une bonne partie concernait l'A.D.N. humain. Elle programma son ordinateur pour analyser certaines informations du domaine public. C'était avancer à l'aveuglette, elle ne savait pas précisément ce qu'elle cherchait. Le terrain était tellement vierge qu'elle dut aller fouiller dans des archives d'avant l'Invasion pour trouver tout ce qui pouvait être intéressant sur le sujet. Elle savait que c'était là un travail pour une centaine de chercheurs comme il n'en existait certainement plus, de ceux qui faisaient de la recherche fondamentale. Elle reconnut qu'elle n'avait pas de formation scientifique, elle était ingénieur, au mieux c'était une bonne bricoleuse.

Cependant les indications étaient bonnes. Elle ne chercha pas à savoir comment les Ophites en savaient autant sur la génétique humaine; ils avaient l'air de tout savoir et cela faisait des siècles que la race humaine s'appuyait sur ce flot de nouvelles connaissances. Elle installa une station sur Janus et y fit les premières expériences décisives sur ses propres cellules. Elle ne cherchait pas à produire des êtres humains. Elle se contentait de provoquer quelques mutations et de laisser croître le résultat jusqu'à l'état fœtal. Puis elle en tirait ses conclusions et s'en servait de guide pour l'étape suivante.

Elle ne savait pas bien ce qu'elle cherchait. Elle ne savait pas bien pourquoi elle le faisait. Parfois, lorsque tout allait mal, elle se disait qu'elle ne cherchait qu'à réaliser un caprice de petite fille qui aimait jouer au médic.

Mais, à d'autres moments, une vision la soutenait.

Elle ne savait pas d'où cela venait. Parfois cela semblait venir d'ailleurs comme si ce n'était pas le seul fruit de son imagination. C'était une vision mal définie mais sans équivoque possible de l'humanité, éparpillée parmi les étoiles, transformée, différente.

Une image plus précise revenait avec cette vision. Elle la voyait chaque nuit dans son sommeil. Elle courait parmi de hautes herbes et des arbres sous un soleil bleu. C'était un beau bleu, qui lui caressait la peau. Des fleurs s'agitaient doucement sous une petite brise. Quelqu'un courait avec elle.

Lilo vivait à Douceterre, le petit disneyland de Tweed. Elle avait dû se construire une cabane de branchages pour dormir.

Chaque matin, Mari lui rendait visite. Lilo ne pouvait quitter Douceterre sans escorte. Elle avait bien essayé, mais n'avait jamais pu retrouver la sortie. Les hologrammes faisaient en sorte que l'entrée était à sens unique. Ainsi, chaque matin, Mari lui bandait les yeux et la conduisait jusqu'à la rivière.

Mais ce jour-là, une fois qu'elles furent sur le rivage, Mari ne sortit pas son bandeau.

– C'est l'Himalaya cette semaine, non?, dit Lilo tout naturellement.

– Non, répondit Mari, aujourd'hui tu t'en vas.

– Aujourd'hui?

Bien sûr, la date du départ avait été tenue secrète pour empêcher tout plan d'évasion.

– Eh oui! Donne-moi la main et accroche-toi bien. Au début on a du mal à s'y faire.

Elle conduisit Lilo au pied d'un arbre, de l'autre côté de la rivière. Elles commencèrent à tourner autour de l'arbre...

Lilo fut prise de vertige, tout partait à la renverse. Elle voulut reculer. Elle voyait comme au travers d'une bouteille. Mari la tira par la main.

– Monte, dit-elle. Il y a trois marches. Tu ne tomberas pas.

Lilo avala sa salive et leva le pied dans le vide. Elle sentit du béton sous son pied nu. Elle montait, mais l'impression était celle de descendre une colline abrupte.

– A gauche, encore à gauche. Ferme les yeux, ce sera plus facile.

Mais Lilo voulait voir. Elle avait déjà eu affaire à des hologrammes de ce genre à la foire, mais elle n'avait jamais rien vu d'aussi parfait. Elles débouchèrent dans un corridor rempli d'eau.

– Peux-tu me dire où je vais? demanda Lilo. J'aimerais savoir ce que je dois emporter.

Mari se mit à rire.

– Non, sincèrement, je ne le sais pas.

Elles s'arrêtèrent au laboratoire de Mari. Une heure plus tard Lilo en ressortit, le poumon gauche en moins. A sa place il y avait un champ-nul individuel, chose dont elle ne s'était jamais servi. Cela semblait indiquer qu'elle se rendait sur Mercure ou sur Vénus puisque ces combinaisons n'étaient pas utilisées ailleurs. Elle toucha du bout des doigts avec curiosité la petite fleur métallique sur sa clavicule, soupape d'air et contrôle de la combinaison, pendant que Mari lui en expliquait le fonctionnement. Elle ressentait une petite douleur au cou, là où Mari lui avait installé une radio stéréophonique et un vocodeur faisant partie de la combinaison.

Elle fut certaine de quitter Luna lorsque Iphis lui fut présenté. C'était à coup sûr un homme de l'espace car il n'avait pas de jambes. Son séjour sur Luna était sans doute trop bref pour faire les frais d'une greffe. Il était attaché dans un panier bien rembourré avec des sortes de pattes d'araignée mécaniques.

Vaffa-femelle surgit, comme elle avait l'habitude de le faire, derrière Lilo.

– Où est Tweed?, demanda cette dernière.

– Il a dit de vous faire savoir qu'il ne pouvait pas venir, dit Mari. Vaffa va t'accompagner. J'ai demandé à me joindre à vous, mais le Patron a encore besoin de moi pour un autre prisonnier qui... Oh, je ne dois pas te raconter tout ça. Cela ne fait rien.

Elle embrassa Lilo.

– Je n'aime pas les au revoir, dit-elle en détournant la tête.

– Fais bien attention, peut-être nous reverrons-nous.

– Je l'espère.

Lilo ne vit pas le vaisseau spatial. Elle suivit Iphis et Vaffa par un boyau démontable jusqu'au poste d'équipage. Il n'y avait pas beaucoup de place. Iphis se débarrassa de ses jambes mécaniques et se hissa sur sa couchette. Vaffa verrouilla la porte.

– Accrochez-vous, dit Iphis. On décolle dans deux minutes.

Lilo insista une dernière fois.

– Pour où?

– Titan.

Leur itinéraire prévoyait de louvoyer près de Jupiter. Lilo n'aimait pas ça, mais elle ne dit rien. Après tout elle n'avait pas payé sa place et ne pouvait pas se plaindre.

Quelques jours avant l'insertion, Vaffa lui réservait une surprise.

– Nous n'allons pas vraiment sur Titan. J'irai, plus tard, mais pas vous.

– Alors, où m'emmenez-vous?

– Dans un petit coin charmant : Poséidon.

– Qu'est-ce que c'est que ça?

Vaffa et Iphis échangèrent un regard. Lilo eut la désagréable impression que ce nom aurait dû lui dire quelque chose.

– Et si je vous dis J-Huit. J, tiret, V, I, I, I. En chiffres romains, cela vous dit quelque chose?

– C'est une des lunes rétrogrades de Jupiter, expliqua Iphis.

– Un morceau de roche de vingt kilomètres d'épaisseur. A vingt millions de kilomètres.

– Mais, c'est...
– Illégal?, fit Vaffa en riant. (Iphis riait également.) Allez raconter ça aux Envahisseurs.
– Les Envahisseurs, murmura Lilo.

6

Pourquoi Nous Ne Pouvons Plus Retourner Chez Nous, par le Groupe de créativité orale Mach 5. (Version sur bande pour illet.)

Ils arrivèrent en l'an 2050, ancien style. (Deux objets de la taille d'un astéroïde arrivant de l'espace interstellaire pénètrent dans le système solaire. Télescope du mont Palomar se redressant. Astronomes penchés sur leur oculaire.) Ils ralentirent et se dirigèrent vers Jupiter.

Deux cosmonautes, Purunkita et Mizinchikov, furent détournés d'une mission normale d'approvisionnement pour la base de Mars. (Purunkita et Mizinchikov montant à bord du vaisseau spatial *U Thant*. Fondu-enchaîné sur les acteurs dans le vaisseau en train de surveiller leurs instruments, recevoir des messages radio, mettre les moteurs en marche, manger, faire l'amour.) Ils durent se dérouter vers Jupiter et arrivèrent six mois plus tard les réservoirs vides. Ils avaient ordre de rester sur place, d'observer et d'attendre un vaisseau robot. (Purunkita et Mizinchikov regardent par le hublot de *U Thant*. Au-dehors, Jupiter. Purunkita est noire comme l'espace, un bras autour de Mizinchikov. Elle est enceinte.)

Un des deux objets se mit en orbite autour de Jupiter. L'autre changea d'itinéraire au dernier moment et se dirigea vers la Terre. Il amerrit dans l'océan Pacifique, près de l'équateur. Ce fut l'An Un de l'Occupation de la Terre. (Film d'actualité d'époque montrant le vaisseau des Envahisseurs, sphère de vingt kilomètres de diamètre à la surface terne, percée de trous, flottant à demi submergée.)

Nous devons le peu que nous savons des Envahisseurs à Purunkita et Mizinchikov, les deux seules personnes connues à être entrées dans l'un des vaisseaux et à en revenir. Voici ce qui leur est arrivé. (Le vaisseau inconnu rattrape le *U Thant* et l'avale. La caméra suit Purunkita, Mizinchikov et leur petite fille à travers un tunnel de pierre rempli d'eau.) Ils rencontrèrent le Dr Ellen Bronson qui avait pénétré dans l'autre vaisseau tombé dans le Pacifique. Cela ne faisait pas plus d'un jour qu'elle s'y trouvait et elle y était entrée le jour même de l'amerrissage, alors que les cosmonautes, eux, étaient encore à trois mois de Jupiter.

Si l'on en croit les dires des deux cosmonautes, l'espace et le temps se comportent d'une manière différente à l'intérieur des vaisseaux. Et rien ne permet de mettre leur parole en doute.

Le Dr Bronson est sans doute le seul être humain à avoir vu les Envahisseurs qui ait survécu assez longtemps pour le raconter. (Bronson pénétrant dans une grande salle aussi vaste que l'intérieur d'un astéroïde aménagé. La pièce est à moitié remplie d'eau. Au loin, des effets spéciaux de distorsion représentent les Envahisseurs. Gros plan de Bronson exprimant la surprise et la peur. Elle se retourne et s'enfuit.)

Bronson rapporta avoir vécu une expérience étrange. Des choses lui ont été dites d'une façon mystérieuse qu'elle n'arrivait pas à s'expliquer. Elle les répéta à Purunkita et Mizinchikov. (Tous trois réunis autour d'un feu sur une plage à l'intérieur du vaisseau chuchotent.) On ne sait si l'on doit croire son histoire, mais c'est la seule que nous ayons. Voici ce qu'elle déclara :

Les Envahisseurs venaient d'une géante gazeuse semblable à Jupiter. Leur objectif dans le système solaire n'était pas l'invasion de la Terre. Ils étaient venus pour des raisons inconnues se rapportant aux habitants de Jupiter. D'après Bronson, il y a des Joviens intelligents semblables aux Envahisseurs. (Animation représentant d'énormes ombres informes évoluant dans l'atmosphère jovienne.)

L'Invasion de la Terre fut secondaire. Elle fut entreprise au profit des trois espèces intelligentes de la planète : le cachalot, l'orque et le dauphin. (Images des mammifères aquatiques.)

Bronson dit qu'il y a plusieurs niveaux d'intelligence dans l'Univers. Tout en haut il y a les Joviens et les Envahisseurs, ensuite viennent les dauphins et les baleines. Les humains, les oiseaux, les abeilles, les castors, les fourmis et les coraux ne sont pas considérés comme pourvus d'intelligence.

Personne ne sait ce qu'il y avait là-dedans de véridique. Mais c'est tout ce que nous avons.

Aucune explication ne fut donnée à l'humanité. Aucun ambassadeur ne fut envoyé, aucun ultimatum lancé. Les humains résistèrent à l'Invasion, mais leur résistance fut totalement ignorée. Les bombes-H n'explosaient pas, les tanks restaient immobiles, les armes à feu étaient inutilisables. (Panique dans les rues, vue aérienne d'autoroutes bloquées par le trafic.) Personne ne vit jamais un seul Envahisseur. Certaines photographies montrent des distorsions dans le ciel que personne ne remarqua sur le moment, peut-être était-ce les Envahisseurs. (Photographies de buildings en train de s'écrouler, bitume arraché sur fond coloré de ciel tourbillonnant.)

Autant que nous le sachions, d'après les dernières informations reçues avant le silence total des émetteurs, les Envahisseurs n'ont jamais tué d'être humain. Ils se sont contentés de détruire littéralement tous les artefacts de la civilisation humaine.

Ils ne laissèrent derrière eux que des terres labourées et une végétation renaissante.

Dans les deux années qui suivirent, dix milliards d'humains moururent de faim.

Poséidon est un morceau de roche irrégulier. C'est l'objet le plus éloigné que puisse revendiquer Jupiter. Rétrograde et décrivant une orbite inclinée à 30° sur l'équateur Jovien, il présente les conditions de rendez-vous spatial les plus difficiles du système solaire.

Douceterre 2 était un navire à chute libre. Conçu pour le transport de fret non prioritaire, il suivait des orbites hyperboliques dans ses déplacements. Il ne pouvait se propulser en ligne droite comme les fusées plus puissantes.

– Félicitations, capitaine, dit Lilo. C'est du beau travail.

– Hein? Ah! vous voulez parler de l'approche?

Il haussa les épaules, mais elle vit que cela lui avait fait plaisir. Elle avait appris à bien le connaître durant les 29 jours du voyage jusqu'à Jupiter.

– Non, c'est vrai, dit-elle, de nos jours la plupart des pilotes sont de véritables garçons d'ascenseur, les voyages sont ennuyeux au possible.

– Là, je suis bien d'accord.

– Vous me rappelez l'époque des pionniers. Ceux-là, quand ils partaient, ils savaient qu'ils ne trouveraient rien en route : pas d'air, pas de carburant. Je suis sûre que cela vous aurait plu.

Il lui sourit.

– Bien sûr, sinon je ne serais pas là. J'ai toujours eu le sentiment d'être né trop tard. Il n'y a plus d'aventure. Ce trajet est ce qui reste de plus dangereux à faire, de plus il est illégal. Vous vous demandez sans doute comment je m'y suis pris pour arriver jusqu'à Jupiter?

Iphis lui expliqua le système de Tweed.

Il etait illégal de se mettre en orbite autour de Jupiter, ainsi que de se poser sur une de ses lunes. Par contre, il était permis d'utiliser l'attraction de Jupiter pour modifier sa trajectoire vers une autre destination. Les vaisseaux de ligne ne s'y risquaient pas, la plupart des voyageurs ayant peur de s'approcher de Jupiter, mais de nombreux navigateurs indépendants se laissaient tenter si cela pouvait leur faire gagner du temps ou économiser du carburant.

L'astuce était d'avoir deux vaisseaux. Tweed en avait trouvé un sur Pluton qui était porté disparu et considéré comme perdu corps et biens. Ensuite, ouvertement cette fois, il en avait acheté un autre, identique. A présent les deux vaisseaux portaient la même immatriculation. Mieux encore, ils avaient le même capitaine. Lilo était sur *Douceterre 2*, piloté par Iphis 2. Mais il y avait aussi un *Douceterre 1* avec un Iphis 1, un clone que numéro deux n'avait jamais vu et ne verrait probablement jamais.

– Un poste de douane, par définition, ne s'intéresse qu'aux vaisseaux qui arrivent, expliqua Iphis. Je pars pour Titan en ne déclarant que Vaffa comme passager. J'arrive sur Jupiter et au même moment mon clone, avec une autre Vaffa, quitte Poséidon. Il se place sur la même trajectoire que la mienne. Sur Titan tout est en ordre parce qu'il ne transporte que ce que j'ai déclaré sur Luna. Si quelqu'un a déjà repéré ma traînée par ici, près des lunes, il n'en a jamais rien dit. On doit prendre cela pour des activités d'Envahisseurs.

Le mot d'Envahisseur dégrisa Lilo. Cela faisait une vingtaine d'heures qu'ils tournaient autour de Jupiter. Elle aurait voulu ne pas y penser.

Elle regarda par le hublot.

– On pourrait peut-être se poser maintenant?

La lune grandissait de manière peu rassurante. Elle ne voyait déjà plus la ligne d'horizon. Quelque chose remuait à la surface. Elle fut surprise de voir qu'il s'agissait d'une personne. Ils étaient donc si près!

– Ne vous en faites pas. On ne pose pas un vaisseau comme celui-là sur un grain de sable pareil. On risquerait de se mettre en orbite.

Il jeta un coup d'œil par le hublot et ses mains saisirent les contrôles. Les fusées de stabilisation immobilisèrent le vaisseau.

– Ils vont nous haler avec des cordes pour nous amarrer, vous pouvez sortir maintenant si vous le voulez.

Il sauta par-dessus sa couchette avec une agilité qui sidérait encore Lilo. Elle savait que les jambes ne servaient à rien et étaient même plutôt encombrantes en état d'apesanteur, mais elle avait appris qu'elles pouvaient aussi être dangereuses. Elle avait bien failli se fracasser trois fois la tête le premier jour du vol. Elle avait jusque-là voyagé dans des vaisseaux à Un-G.

Elle cherchait quelque chose. Sa combinaison. C'était un réflexe profondément ancré en elle qui l'empêchait de sortir du sas en chemise et en kilt. Elle se remémora son évasion du Centre de liquidation, mais chassa ces images de son esprit. Elle avait horreur d'être en proie à une peur irrationnelle. Elle savait qu'elle pouvait compter sur sa combinaison : le champ-nul s'était activé à quelques heures de Jupiter quand les radiations avaient atteint un niveau critique. Lorsque la porte du sas s'ouvrit sur le vide, elle sentit la chair de poule sur ses membres nus. Elle dut refouler des symptômes de suffocation.

Il n'était pas aisé de s'habituer aux combinaisons à champ-nul. Elles étaient déconcertantes; par exemple, elles donnaient l'impression à son utilisateur d'être enveloppé dans un miroir souple épousant le moindre de ses mouvements à un millimètre de la peau. Lorsqu'elle se regardait, elle ne voyait que le reflet distordu du paysage environnant. Mais le plus dur fut pour elle de réprimer une habitude vieille de cinquante-sept ans, le réflexe respiratoire.

La combinaison contenait un cube neural qui dispensait le système nerveux du contrôle du diaphragme et de la respiration. Mais ce n'était pas aussi simple. Au-delà des fonctions vitales de l'organisme siégeait un singe assez intelligent pour se rendre compte qu'il ne respirait plus, mais trop primitif pour comprendre que la combinaison s'en chargeait à sa place. Cela avait pour résultat de le faire paniquer.

Lilo savait bien qu'elle allait s'y faire. Elle n'était pas la première. Sur Mercure et sur Vénus des enfants grandissaient dans ces combinaisons. Cependant elle dut s'agripper à la porte du sas pendant cinq bonnes minutes et attendre que cessent ses tremblements. Pour s'aider elle jugea bon de visualiser le mécanisme qui lui permettait de survivre. Elle vit l'implant métallique irrégulier que Mari avait mis à la place de son poumon. Il contenait une réserve de 30 heures d'oxygène et des alvéoles artificiels reliés à la circulation pulmonaire. Les oscillations du champ-nul agissaient comme un soufflet et chassaient le gaz carbonique par la valve d'échappement placée sur sa clavicule. Il y avait d'autres accessoires comme la radio stéréophonique qu'elle pouvait faire marcher en subvocalisant.

Elle se sentit mieux. La surface, d'un gris sale, se trouvait à cinq mètres en dessous d'elle. On avait visiblement essayé d'aplanir le terrain, plus particulièrement autour de *Douceterre*. Mais plus loin ce n'était que paysages accidentés et glacés. Un enchevêtrement de cordes argentées était tendu sur des pylônes : le réseau routier de Poséidon.

Lilo lâcha la porte du sas, mais elle réalisa vite son erreur. En tombant elle eut le temps de calculer l'accélération de sa chute, environ un centimètre par seconde carré, soit un six-millième de la gravité sur Luna. Elle se posa si brutalement que la réaction fut trop grande. Elle eut le temps de refaire ses calculs alors qu'elle retombait de nouveau, moins tranquille cette fois. La vitesse de libération de Poséidon était supérieure à ce que ses jambes pouvaient fournir. Le puits de gravité était profond de trois cent trente mètres, dans les conditions normales de Luna.

Lorsqu'elle s'approcha à nouveau de la surface, elle fit plus attention et saisit une corde grâce à laquelle elle descendit en douceur. La corde avait le même brillant que son corps. Elle vit ses mains argentées glisser dessus, soudées comme si la combinaison et la corde n'avaient fait qu'un sitôt qu'elles étaient entrées en contact. Elle se dirigea vers le miroir par lequel les autres étaient entrés. C'était un champ-nul protégeant l'accès aux clapiers souterrains. Elle essaya de passer au travers, mais ne réussit à s'enfoncer que jusqu'au cou. Vaffa, qui flottait à l'intérieur d'un corridor de roches nues, sourit légèrement. Lilo ressortit et se débarrassa de sa chemise et de son kilt, qui n'étaient pas recouverts par sa combinaison. Il devait bien y avoir un moyen de les faire passer, mais elle ne voyait pas comment. Elle franchit le miroir en laissant ses vêtements à l'extérieur. Vaffa lui tendit une valise pressurisée.

– Il faudra que vous appreniez ce qu'est un champ-nul, dit-elle. Rien n'y pénètre à moins de se trouver également dans un champ-nul, à l'exception des combinaisons qui laissent passer certaines fréquences de lumière; c'est ce qui vous permet d'y voir.

Lilo était furieuse, mais ne voulait pas le montrer. Elle prit la valise que lui tendait Vaffa et fit demi-tour. Le miroir était invisible de l'intérieur. Elle se serait crue au fond d'un puits ouvert sur l'extérieur. Lorsqu'elle sortit, la combinaison se reforma autour de Lilo.

– C'est une initiation, en quelque sorte?, dit-elle sèchement en revenant avec ses vêtements.

Le vide ne les avait pas arrangés, les composants en plastique de son kilt avaient commencé d'entrer en ébullition.

– Non, répondit Vaffa, pas exactement, mais cela ne vous fait pas de mal. Il vous faut bien comprendre qu'ici les choses se passent différemment.

Elle marqua une pause puis, considérant les vêtements abîmés de Lilo, ajouta :

– J'espère que vous n'y teniez pas trop.

Lilo ne répondit pas.

– Je vais vous donner quelques conseils utiles.

Lilo releva la tête, un peu surprise : ce genre d'initiative n'était pas dans les habitudes de Vaffa.

– Pour rien?

– Bien sûr. (Elle riait à présent.) D'abord, lorsque vous sortez, ramenez vos cheveux en arrière. La combinaison les plaque contre votre tête : s'ils se trouvent devant vos yeux, vous n'y verrez rien.

– Merci, je m'en rappellerai.

– Ensuite, faites bien attention lorsque vous parlez. Votre émetteur fonctionne dès que vous subvocalisez. Si vous pensez trop fort, tout le monde peut vous entendre.

– Je m'en souviendrai.

Le corridor était circulaire et paraissait inachevé. Il avait simplement été creusé et l'on ne s'était pas soucié d'en aplanir le sol. Des bandes jaunes et vertes indiquaient le haut et le bas, des flèches, le sens de la circulation. Lilo savait que tout cela prendrait une signification plus tard, mais pour le moment elle était complètement désorientée. Montait-elle? Descendait-elle? Tournait-elle à gauche ou à droite? Les bandes jaunes, était-ce le sol ou le plafond? Cela ne l'aidait guère de regarder à l'intérieur des pièces qui s'ouvraient sur le corridor tous les cinquante mètres. Les meubles étaient fixés sur n'importe quelle surface, selon la commodité.

Vaffa l'entraîna chez le médic. Une femme, l'air peu avenant, était assise derrière un bureau attaché au mur du fond.

– Mari! s'exclama Lilo.

Elle regretta aussitôt son interjection. Elle sentit le sang lui monter aux joues, ses oreilles étaient brûlantes.

– Oui, je crois que vous connaissiez mon clone sur Luna, dit Mari en s'approchant. Je suis également au courant de ce que vous lui avez fait.

– Je... je suis navrée. Je...

– N'en parlons plus. Vous n'avez rien fait. C'était numéro trois et vous êtes numéro quatre. De plus, il ne s'agissait pas de moi. Néanmoins, vous comprendrez aisément que je n'aie rien à vous dire. Maintenant, au travail.

C'était un travail purement médical. Mari l'examina et lui fit commencer un traitement pour pallier les effets de l'apesanteur, traitement qu'elle devait suivre pendant tout son séjour sur Poséidon. Le rôle de Mari était de maintenir chez chaque pensionnaire une forme musculaire correspondant à 0,9 G.

Mari, comme Lilo, pensait qu'il était néfaste à long terme de laisser la musculature s'adapter à de faibles gravités.

Lilo reçut un tranquillisant pour l'aider à surmonter sa désorientation, puis elle fut conduite dans une petite cabine où on lui dit de dormir huit heures, après quoi on lui expliquerait ce que l'on attendait d'elle.

7

La base de Poséidon était un véritable labyrinthe de catacombes vieux de quarante ans qui s'étendait à travers la roche comme des galeries de termites dans du bois. 80 % des corridors en étaient abandonnés.

Lilo découvrit les sections inoccupées dès son deuxième jour à la station lorsqu'on lui eut dit de faire un tour pour se familiariser avec les lieux. Certains corridors finissaient par un miroir. Lorsqu'elle les franchissait, sa combinaison l'enveloppait pour la protéger du vide extérieur.

La station avait eu une plus grande activité lorsque Tweed était encore président et en mesure de détourner les deniers publics pour son projet. A présent que son mandat était expiré et qu'il ne pouvait compter que sur ses propres ressources, Poséidon n'avait plus la même envergure. Cependant, c'était toujours une entreprise importante pour un seul homme, avec ses quatre-vingts prisonniers adultes, leurs enfants et un nombre indéterminé de gardes, tous clones de Vaffa, décidément doué d'ubiquité.

Il n'y avait aucun moyen de chiffrer le nombre de Vaffa, pour la simple raison qu'on ne les voyait jamais tous ensemble au même endroit. Ils avaient leurs propres quartiers dans la station, murés par un champ-nul réglé de telle sorte qu'eux seuls pouvaient le franchir. Mâles et femelles, tous étaient dénués de système pileux. Il y en avait au moins six, mais peut-être étaient-ils deux fois plus nombreux. Il était impossible de suivre le roulement des équipes et d'en déduire combien restaient derrière le mur à un moment donné.

La surveillance était presque inexistante. Chacun pouvait aller et venir où bon lui semblait, exception faite du quartier des Vaffa, et personne n'était importuné tant que le travail se faisait. Chaque Vaffa portait un laser à la hanche. Certains avaient payé de leur vie le privilège de découvrir que ces armes pouvaient abattre les prisonniers mais étaient inefficaces contre les Vaffa. Ils pouvaient tirer à travers un champ-nul tant qu'aucun Vaffa ne se trouvait derrière. D'autres prisonniers avaient tenté de régler le générateur de leur combinaison de façon à faire écran à la fréquence du laser. Cela marchait, mais seulement à l'extérieur lorsque le champ était opérationnel, et il n'y avait que trente heures d'oxygène. Lorsque les mutins s'étaient vus forcés de rentrer, ils avaient été abattus.

Lilo mit peu de temps à apprendre tout cela. Personne n'hésitait à raconter les tentatives d'évasion passées, et chacun écoutait d'une oreille attentive toute nouvelle proposition. Mais ils trouvaient moyen de réfuter chacune de ses idées. L'opinion générale était qu'on ne s'évadait pas de Poséidon. Lilo était plus réservée mais reconnut que ça se présentait plutôt mal.

– Enfin, tout plutôt que la peine de mort, dit-elle.

– Sans doute, je ne connais pas.

Son compagnon du moment était un homme du nom de Cathay. Elle l'avait rencontré à la cantine quelques minutes plus tôt lorsqu'il était venu s'asseoir près d'elle pour le petit déjeuner. Ils se trouvaient seuls dans la salle. Il était encore tôt et Lilo n'avait pas pour l'instant réglé son rythme de vie sur celui des autres pensionnaires de la station.

La cantine était centrifugée, tournant lentement dans une cavité du rocher. Une autre roue servait de gymnase pour la course à pied et l'haltérophilie. Une troisième contenait des cabines pour ceux qui n'aimaient pas dormir en apesanteur.

Cathay était grand et mince. Sa tignasse brune était en désordre. Il avait les jambes longues et une figure de petit garçon encadrée par deux favoris incongrus. Il était bien de sa personne, mais sans recherche excessive, ce qui plut à Lilo. Elle se sentit physiquement attirée avant même de l'avoir touché ou senti, ce qui lui arrivait rarement. La beauté physique était chose courante avec la chirurgie esthétique, mais on en revenait toujours à une douzaine de types standards. Lilo était blasée. La seule stimulation visuelle qu'un homme pouvait lui donner venait de sa non-conformité à la mode.

– Alors, on ne vous a pas kidnappé au Centre? demanda Lilo en beurrant son toast.

– On m'a kidnappé, mais pas au Centre. Disons plutôt que j'ai été *gène*nappé.

– Vous voulez dire que vous n'avez rien fait pour être ici? Vous reprenez du café?

– S'il vous plaît, merci. Ce qui m'a conduit ici est d'avoir fait confiance à Tweed. J'aurais dû me méfier, mais comment aurais-je pu imaginer ça?

Lilo poussa une tasse de plastique blanc devant Cathay, puis se pencha en arrière sur sa chaise, les omoplates calées contre le dossier, les jambes étendues, sa tasse sur le ventre.

– Bon, continua Cathay, j'avais des ennuis, c'est

vrai. Mais je n'étais pas en prison. Tweed m'a fait une proposition intéressante. Il m'a dit qu'il...

Cathay s'interrompit, croisa son regard, soupira, puis continua, les yeux ailleurs.

– J'enseigne, dit-il, ou plutôt j'enseignais. Ça ne servirait à rien de vous le cacher, j'ai été viré de l'enseignement. Injustement à mon avis, mais je ne peux pas vous le prouver.

Il la regarda de nouveau. Lilo haussa les épaules puis, voyant que cela ne suffisait pas, elle lui fit un sourire.

– Qu'est-ce que ça peut faire, dit-elle. Je suis un Ennemi de l'Humanité, je vous le rappelle.

– Oui, ça non plus ne veut pas dire grand-chose. Vous n'êtes pas la seule ici. Il y en a bien un ou deux qui sont vraiment cinglés, mais dans l'ensemble il s'agit de gens comme tout le monde. Disons qu'ils ont été un peu loin, mais c'est généralement pour des raisons idéologiques.

Il souleva les sourcils, mais Lilo n'était pas prête à aborder la question. Pas tout de suite, pas avec quelqu'un qu'elle venait juste de rencontrer.

– Continuez.

– Eh bien, Tweed m'a dit qu'il pouvait me trouver du travail dans l'enseignement. J'étais vraiment aux abois. Cela faisait cinq ans. J'ai *besoin* du contact avec les élèves. Vraiment. Enfin, sa proposition était de me faire faire deux choses. D'une part enseigner dans un endroit éloigné non spécifié, et d'autre part – et là je croyais que cela viendrait *ensuite,* vous comprenez –, travailler pour lui sur Pluton. Il ne m'a pas précisé quel genre de travail et je m'en moquais. Après quelques années il devait me rendre ma liberté et s'arranger pour me faire réhabiliter sous un autre nom.

– Et alors, que s'est-il passé?

Lilo se pencha pour ajouter une cuillerée de sucre dans son café, espérant en faire passer le goût.

– Ce café est infect.

– Hein? Vous trouvez, vous aussi? Vous voyez, j'aurais dû me méfier lorsqu'il m'a dit qu'il pouvait me faire réhabiliter. Cela veut dire qu'il a accès illégalement à des ordinateurs gouvernementaux. Il peut obtenir ce qu'il veut. Vous me comprenez?

– J'en ai bien peur. Et alors, il a pris votre enregistrement?

Cathay sourit.

– Oui. J'ai découvert qu'il attendait de moi que je travaille ici et sur Pluton simultanément. Il a dû m'envoyer sur Pluton et prendre un enregistrement pour obtenir un clone : moi.

– Embarqué de force.

– Exactement. Il y en a au moins dix dans mon cas ici. Des gens qui ont marché avec Tweed et se sont réveillés dans le corps d'un clone.

Lilo but une gorgée de café.

– C'est vraiment un coup bas. Il n'a donc pas de... je ne sais pas? De sens de l'honneur? De principes?

– Je ne sais pas. Toujours est-il que lorsqu'il veut une chose, il l'obtient. Tous les moyens lui sont bons.

– Alors, les autres sont comme moi, d'anciens condamnés à mort?

– Non, vous n'êtes qu'une quinzaine. On dirait qu'il a un faible pour vous autres. Le reste a été kidnappé, rien de moins. Ce sont des scientifiques pour la plupart. Tweed a décidé qu'il avait besoin d'eux. Apparemment il lui est plus facile de voler les enregistrements et les échantillons tissulaires pour élever ses propres savants que d'enlever l'original.

– Ça me paraît logique. C'est aussi plus discret. Personne ne peut soupçonner qu'un crime a été commis.

Cathay se leva et revint avec deux autres cafés. Ils restèrent assis un moment en silence pendant que de nouveaux arrivants prenaient place pour le petit déjeuner. Personne ne s'installa à côté d'eux, mais Cathay salua plusieurs personnes de la main.

– Ce que l'on ne m'a toujours pas dit, reprit Lilo, c'est pourquoi Tweed a besoin d'ingénieurs généticiens. Qu'est-ce que je fais ici?

Cathay fit une grimace.

– Vous pourriez commencer par améliorer le café. Vous sauriez?

– Peut-être, répondit Lilo en riant. Je fais bien la cuisine. J'ai l'impression que vous en auriez drôlement besoin. C'est pour ça que Tweed m'a envoyée ici?

– En fait, il ne m'en a rien dit. Mais si vous savez cuisiner, il est meilleur bougre que je ne croyais.

– Tous les ingénieurs généticiens doivent apprendre la cuisine, dit-elle en s'efforçant de finir son café. J'ai fait mes débuts en mettant au point un œuf dont la coquille était plus épaisse et avec deux jaunes au lieu d'un. C'était pour le compte d'une compagnie sur Mercure. Je connais mille et une façons de préparer les œufs sans s'en rendre malade. C'est économique. Mais vous ne savez vraiment pas ce qu'il attend de moi?

– Attendez, j'ai peut-être ma petite idée. Ici, il y a surtout des spécialistes planétaires, des physiciens, des chimistes, chimie non organique, des ingénieurs mécaniciens, etc. Tous les deux mois on fait des prélèvements dans l'atmosphère jovienne. On a trouvé des organismes vivants. C'est sans doute là-dessus qu'ils veulent vous faire travailler.

Lilo, bien que fascinée, ne comprenait toujours pas. Depuis longtemps on savait qu'il y avait de la vie sur Jupiter, mais personne ne l'avait jamais étudiée.

– Pourquoi moi? Ma spécialité n'est pas tant l'analyse que la restructuration.

Cathay haussa les épaules.

– Ce n'est pas à moi qu'il faut le demander. Mais surtout, n'allez pas vous imaginer que l'on fait ici de la recherche fondamentale. Tout ce que vous ferez aura pour but de vaincre les Envahisseurs.

– Je ne vois pas en quoi mes connaissances peuvent être utiles.

Cathay se leva.

– Que voulez-vous que je vous dise? Tweed semble s'intéresser aux personnes plus qu'à leurs connaissances. D'après ce que l'on m'a dit, c'est la raison pour laquelle il se fournit dans les prisons. Il recherche l'originalité, pas le conformisme. Un peu comme s'il choisissait une boîte de vitesses à cause de sa couleur au lieu de ses performances.

– Drôle de façon de mener ses troupes. Où allez-vous?

– Dehors, pour la récréation. J'ai soixante-dix élèves, je dois les surveiller. Ne soyez pas surprise, les choses ici se passent différemment : par exemple, un de mes élèves est mon deuxième enfant tout ce qu'il y a de plus authentique. Ha! là je vous ai choquée.

– Non, disons... je suis surprise. Cela me prendra du temps pour m'y faire. Ça vous dérange que je vous accompagne?

Lilo avait dit la vérité, elle n'était pas choquée, mais c'était tout de même surprenant d'apprendre que la règle élémentaire de la civilisation humaine, une personne – un enfant – était violée, et qu'une communauté tout entière pouvait se reproduire comme bon lui semblait.

Ils prirent un ascenseur jusqu'au moyeu de la salle centrifugée puis avancèrent dans le corridor avec de légères poussées des mains et des pieds contre les murs. Lilo commençait à s'y habituer.

Elle n'avait pas remarqué la présence d'un aussi grand nombre d'enfants. Elle s'aperçut vite que c'était parce qu'ils passaient le plus clair de leur temps dans les parties abandonnées de la station. Cathay prit une lampe-torche, et elle le suivit à travers un des champnuls protecteurs. Tout de suite, ils entendirent les enfants dans leur radio. Puis ils les virent, par groupes de deux ou trois, occupés à leurs petites affaires. Ils semblaient bien aimer Cathay, suffisamment pour le laisser leur présenter une étrangère. Lilo avait de plus en plus le sentiment que ces enfants possédaient leur propre monde en bas, dans les cavernes abandonnées, leurs jeux, issus de leur imagination, inspirés par les programmes de télévision et les bandes dessinées éducatives, n'ayant rien à voir avec la réalité.

C'était des enfants étranges. Mais il ne pouvait en être autrement, songea-t-elle. Beaucoup avaient des frères et des sœurs. Lilo se demandait vainement jusqu'à quel point cela devait les changer. Puis elle fut véritablement choquée d'en voir un en frapper un autre plus petit que lui. Cathay ne bougeait pas, alors elle voulut intervenir.

– Laissez, lui dit-il. On ne peut rien y faire.

– Mais...

– Je sais, pour moi aussi, ça a été dur au début. Tenez, vous voyez, c'est terminé.

La querelle ne s'était pas envenimée, ce qui la rassura, mais elle gardait le profond sentiment que le plus petit venait de subir une injustice et elle le dit.

– Bien sûr, et il a dû battre en retraite parce qu'il est trop petit. Comprenez bien que je suis le seul maître ici pour tout ce petit monde. Je ne peux pas tout faire, aussi je préfère les laisser régler eux-mêmes leurs conflits personnels. C'est dur comme règle, mais jusqu'à présent il n'y a pas eu de mort.

Lilo commençait à comprendre combien ces enfants étaient différents.

La présence de Cathay représentait une sorte de victoire pour les pensionnaires de Poséidon. Cela n'apparaissait pas à première vue, mais Poséidon était une communauté violente. Tous avaient été enlevés ou se trouvaient là pour échapper à la peine de mort. Une fois sur la station ils avaient vite compris qu'ils s'y trouvaient pour travailler et que le reste n'avait pas d'importance. La seule règle était de faire ce qu'on leur disait et de ne pas tenter de s'évader. Il n'y avait qu'un seul châtiment aux infractions : la mort.

Cela mis à part, Tweed se moquait de ce qu'ils pouvaient bien faire. Les Vaffa faisaient constamment des patrouilles pour voir si personne n'essayait de construire une fusée ou un émetteur. La première chose était si dure à réaliser en cachette et prenait tellement de temps que l'expérience n'avait été tentée qu'une seule fois. La deuxième était du suicide bien que Tweed ne l'interdît pas explicitement. A l'évidence, si les Huit Mondes venaient à apprendre l'existence de Poséidon, Tweed serait perdu. Mais cela signifierait également la condamnation de tout le monde sur la station. Même les victimes d'enlèvements étaient des clones illégaux. La Confédération des Huit Mondes serait au regret de les faire disparaître parce qu'une seule personne a le droit de vivre avec un génotype donné. Vaffa n'avait jamais trouvé d'émetteur clandestin.

Les travaux de recherche avançaient lentement. Tweed ne voulait pas se faire remarquer par les Envahisseurs ou les Joviens. Jupiter était observé continuellement avec tous les instruments connus de la science, et de temps à autre une sonde était envoyée dans son atmosphère. Les savants de Poséidon en savaient plus sur la planète géante que quiconque dans le système solaire, mais cela ne représentait toujours pas grand-chose.

Un autre aspect des travaux entrepris sur Poséidon était l'étude d'armes nouvelles qui puissent être efficaces lors de la future guerre contre les Envahisseurs.

Il y avait beaucoup de temps libre, que les pensionnaires pouvaient utiliser à leur guise. Ils finissaient par se mettre à procréer quand ils s'apercevaient qu'ils étaient là pour le restant de leur vie. Puis, un beau jour, quelqu'un eut l'idée révolutionnaire de ne pas s'arrêter à un seul enfant.

Tweed fut ravi. Il envoya même un sociologue pour étudier la seule société se reproduisant sans restriction en dehors des Anneaux. Il espérait établir ainsi les fondements de la future société terrienne, une fois les Envahisseurs vaincus.

Mais les enfants furent la cause de la première résistance suivie d'effet. Les parents s'unirent pour réclamer des maîtres à Tweed, sinon ils arrêtaient le travail. Ce fut la première et unique grève. Ils réclamaient vingt maîtres. Ils obtinrent Cathay et la promesse qu'ils seraient tous exécutés s'ils se remettaient en grève. Tweed pouvait le faire et les remplacer par une nouvelle série de clones, mais il hésitait. Cela lui aurait fait perdre les connaissances acquises depuis leur dernier enregistrement.

– Ils ont essayé de me convaincre d'avoir plusieurs clones, comme Vaffa, dit Cathay. Je sais bien que ce serait là une solution pratique, mais je n'ai pas pu. Rien que d'y penser cela me rendait malade. Je ne veux pas être une douzaine de personnes.

– Inutile de me faire un dessin, fit Lilo, moi aussi ça me fait peur.

Cinq enfants argentés arrivèrent à toute vitesse et s'arrêtèrent le temps pour Cathay de les présenter à Lilo.

– ... Olympica, Cypris, et le petit, là-bas, c'est Iseult. Quant à ce beau gars, là, c'est le mien, Cass.

Cass était grand. Lilo lui donna douze ans et dut se rapprocher pour s'assurer de son sexe. Elle se demandait si elle arriverait jamais à reconnaître qui que ce soit avec ces combinaisons-miroir. Elle avait hâte de retourner à l'air libre. Elle n'avait vu le visage d'aucun enfant, seulement des réflexions distordues.

Cathay remarqua sa gêne et la reconduisit à travers le labyrinthe dans les corridors habités. Lilo inspira une grande bouffée d'air, la première depuis une heure.

Un Vaffa-mâle les attendait en caressant négligemment son arme sur la hanche. Il semblait savoir ce qu'il cherchait.

– Vous commencez avec cette équipe, dit-il. Suivez-moi, je vais vous montrer ce que vous devez faire.

8

Tweed devait me trouver quelque chose de spécial. Mais je ne voyais vraiment pas en quoi je pouvais lui être utile. Ce n'est pas que cela me gênât, je ne brûlais pas d'envie de l'aider à vaincre les Envahisseurs. Peut-être qu'en théorie j'approuvais son ambition, seulement je la trouvais irréalisable. Se battre contre les Envahisseurs, c'est comme nier la loi de la pesanteur.

Il y avait là des gens qui fournissaient un travail plus sérieux que le mien. Enfin, si on peut appeler cela sérieux. On m'a montré des plans et des maquettes d'armes nouvelles prêtes à être fabriquées dès que Tweed serait réélu au Gouvernement et aurait à nouveau les coudées franches pour agir. Entre autres, il y avait de nouvelles applications de la théorie du champ-nul, par exemple un système capable de projeter un champ-nul sphérique à grande distance. L'idée était de capturer un Envahisseur dans l'une de ces sphères et de la rétrécir jusqu'à la taille d'un atome. Il est difficile de concevoir une créature qui puisse survivre à un pareil traitement. Ensuite on coupe l'effet du champ-nul et Boum! Une bombe-H de poche.

J'ai vu des plans de vaisseaux de guerre comme on n'en faisait plus depuis l'Avant-Invasion. Puis tout un bric-à-brac guerrier, de la combinaison de combat servo-commandée aux bombes à fission et à neutrons en passant par les fusils, les tanks et les grenades. Sur le papier, Poséidon était mieux armé que n'importe quelle planète de la Confédération des Huit Mondes.

Mais qu'allait-on attaquer?

Il fallait à Lilo environ une heure par jour pour expédier son travail. Encore lui arrivait-il de rester dans son laboratoire, plus pour sauver les apparences qu'autre chose.

Le premier mois fut intéressant, d'un point de vue académique. Il y avait des analyses d'échantillons en retard. Lilo savait vaguement ce qu'elle pouvait s'attendre à découvrir comme matières organiques dans l'atmosphère jovienne d'après quelques lectures qu'elle avait faites sur des recherches entreprises avant l'Invasion. Les chimistes et planétologistes de Poséidon avaient quelque peu fait avancer la science jovienne en analysant certains micro-organismes. Un an plus tôt quelque chose avait heurté la sonde robot. Quelque chose d'assez petit, à peu près la masse d'une souris adulte. Un objet plus important aurait mis la sonde hors d'état.

Il ne restait plus grand-chose de sa structure. Ce n'était plus qu'une boule de gelée refroidie par le méthane et l'ammoniaque. Mais au niveau cellulaire il y avait beaucoup à apprendre. Lilo termina ses analyses dès la première semaine en travaillant jusqu'à douze et quatorze heures par jour. Elle reconstitua la structure chromosomique d'après les cellules encore en bon état. L'organisme ressemblait beaucoup à ce que l'on pouvait voir dans la haute atmosphère uranienne.

Elle travaillait avec Chea, spécialiste des matières non organiques, afin de bien connaître les propriétés chimiques de ce qu'elle était susceptible de rencontrer. Les créatures de la couche supérieure de la géante gazeuse avaient ceci en commun avec certaines formes évoluées de vie martienne qu'elles utilisaient la catalyse et la polymérisation d'une manière qui n'avait été réalisée sur Terre que pour des usages industriels. Le spécimen de Lilo ne faisait pas exception. Elle réussit à obtenir un clone à partir d'une des cellules à la fin de sa troisième semaine lorsqu'elle découvrit les traces d'un système reproducteur. La cellule se transforma en une sphère diaphane remplie d'hydrogène qui vécut quelques heures dans sa Chambre jovienne de fortune avant de mourir. Le ballon était en vinyle. Dessous, une excroissance cruciforme contenait une structure osseuse.

Le reste de son travail n'était plus que routine. Elle entreprit une culture tissulaire à partir des restes du spécimen et chercha les moyens de la détruire. Ou elle tapait dans le mille ou elle passait franchement à côté. S'il s'était agi d'une créature utilisant l'eau et l'oxygène elle aurait pu trouver une douzaine de façons de l'attaquer rien qu'en étudiant ses gènes et en créant un virus de synthèse. Mais aucun travail n'avait été fait sur les structures génétiques d'organismes joviens. La quasi-totalité de ses recherches sur la vie terrestre était effectuée grâce à un ordinateur, mais aucun programme n'existait pour les gènes extra-terrestres. Pour les attaquer elle devait provoquer des mutations en différentes parties du gène, pratiquement au hasard, et voir ce qui allait se passer.

Un jour Chea lui fit remarquer que Tweed cherchait un virus pour tuer les Joviens.

– Est-ce que tu penses trouver avec ça?

Lilo haussa les épaules.

– Ça ou autre chose. Mais je ne crois pas. Je trouverai peut-être quelque chose pour tuer ça, mais pas les Joviens, si c'est des créatures intelligentes d'en bas que tu parles.

Elle se trouvait dans la serre avec Chea, Cathay et Jasmine, le chef planétologiste. Ils n'avaient pas peur de se salir les mains pour planter les porcinacées de Lilo qui donnaient un bacon de qualité supérieure. Ils étaient agenouillés dans une terre noire et chaude et discutaient tout en transplantant les petites pousses. La serre centrifugée se prolongeait au-dessus de leur tête, de l'autre côté du moyeu. Des lunettes teintées leur protégeaient les yeux, et leurs corps ruisselaient de sueur mêlée à la lotion contre les ultra-violets. Ils prenaient du bon temps.

Lilo passait le plus clair de son temps à cultiver soit dans la serre hydroponique, soit à l'extérieur lorsqu'il s'agissait des plantes pouvant pousser dans le vide qu'elle mettait au point. Ce que l'on servait à la cantine s'était déjà amélioré, ce qui lui valait une grande popularité. Lilo aimait cultiver, mais la cuisine ne l'attirait pas énormément. Elle se contentait de l'enseigner à Cass et aux autres enfants. Ils se débrouillaient bien, mais les journées étaient trop courtes.

– Tu penses que les Joviens sont pareils à cette créature ? demanda Cathay.

– Rien ne me porte à le croire, répondit Lilo. Jasmine pourrait te donner mille raisons de penser le contraire.

Jasmine prit une autre pousse dans le seau et commença un autre trou. Elle était petite avec de grands yeux, ses mains étaient grandes et agiles. Elle portait deux tresses blondes et épaisses ainsi qu'un collier de fourrure, sa seule modification chirurgicale. Avant l'arrivée de Lilo, Cathay partageait une chambre avec Jasmine depuis deux ans. Ils lui avaient laissé entendre qu'elle serait la bienvenue si elle désirait se joindre à eux. Lilo hésitait. Elle partageait sa chambre avec Chea. C'était la première fois qu'elle s'entendait si bien avec un collègue. Mais, d'un autre côté, cette période de bons rapports s'était terminée lorsqu'ils eurent fini de travailler sur l'organisme jovien. Chea travaillait à présent sur autre chose et sans Lilo. Depuis, elle ne le voyait pas aussi souvent qu'elle aurait aimé.

– On ne peut pas se prononcer à ce stade, dit Jasmine en tassant la terre autour de la plante. Je veux parler du rapport possible entre les conclusions de Lilo sur les organismes des couches supérieures et ce qu'il peut y avoir plus bas. Je ne pense pas qu'il y en ait.

– Pourquoi ?

Cathay était un vrai profane dès que la conversation devenait scientifique, mais cela ne le gênait pas. Il était le premier à admettre son ignorance. Son rôle n'était pas d'enseigner des connaissances mais d'éveiller des aptitudes et des vocations chez les enfants.

– Nous sommes bien renseignés sur la nature de

l'atmosphère jovienne, dit Jasmine. Elle est stratifiée. Hydrogène au-dessus, puis de l'ammoniaque, ensuite de l'hydrosulfite d'ammoniaque, de l'eau et de l'hydrogène liquide, tout ça plus ou moins à l'état cristallin, diffus ou mélangés les uns avec les autres. Rien ne permet de supposer que la créature de Lilo puisse survivre quelques centaines de kilomètres plus bas.

– Et tout porte à croire qu'elle ne le pourrait pas, ajouta Lilo.

– Tu as dit que cette chose avait une poche d'hydrogène, dit Cathay. Comment expliques-tu que l'on puisse flotter dans de l'hydrogène avec ça?

Lilo se mit à rire.

– Excellente question. Moi aussi je me la suis posée. Et je ne suis pas certaine d'avoir trouvé la réponse. Je pense l'avoir observée pendant la première phase de son développement. Peut-être cette chose prend-elle naissance dans une couche inférieure, avant de remplir sa poche d'hydrogène et de monter vers la lumière du soleil. Après ça, il lui faudrait autre chose pour rester en l'air. Ce ne sont pas les sources d'énergie qui manquent. Le milieu est agité.

– Il est possible que Jupiter ait plusieurs biosphères, dit Jasmine. Elles s'interpénètrent peut-être un peu. Comme le suggère Lilo, cette créature est peut-être née dans un niveau inférieur pour s'élever. Mais cela va être difficile à étudier, surtout les niveaux les plus bas, là où vivent sans doute les Joviens.

– Qu'est-ce qui vous fait penser qu'ils sont en bas?

– Eh bien... tu as raison. Ils pourraient être plus haut. Mais je ne le crois pas, c'est notre seule estimation sérieusement fondée. Ils pourraient occuper tellement de couches. Mes sondes ont identifié trente-sept milieux distincts, comme les différentes couches d'un oignon. Certains se mélangent selon les conditions atmosphériques, ce qui nous donne encore plus de combinaisons. Il est difficile d'imaginer quoi que ce soit qui puisse vivre dans l'ensemble de ces environnements. Au plus profond que mes sondes soient allées, il y a un noyau d'hydrogène métallique brûlant. Je ne vois vraiment pas ce qui pourrait vivre là-dedans, mais je ne me risquerais pas à dire qu'il est impossible de vivre dans la couche juste au-dessus.

– Et qu'est-ce qu'il y a dans cette couche?

– De l'hydrogène liquide, mais chaud. Environ douze mille degrés, une pression de trois millions d'atmosphères. Et ne me demande pas ce qui peut vivre là-dedans. Certainement pas quelque chose que Lilo ait déjà étudié. Mais si les Envahisseurs et les Joviens y vivent, il n'y a plus rien à faire. Il se peut qu'on ne les atteigne jamais.

Lilo était gênée par la tournure que prenait la conversation. La notion de recherche à des fins militaires lui était nouvelle. C'était une chose à laquelle elle n'avait jamais songé auparavant. Elle trouvait désagréable de penser que son travail n'avait pour but que l'extermination de ses découvertes quelles qu'elles soient.

9

Lorsqu'elle avait terminé son travail et qu'elle n'était pas occupée dans la serre, Lilo allait explorer les environs avec Cathay, Cass ou Jasmine; parfois ils y allaient tous ensemble. Au bout d'un mois, cependant, Jasmine commença de se désintéresser. Agée de cent cinquante ans, c'était la doyenne du groupe. Elle avait eu son enfant un siècle plus tôt. La maternité ne l'intéressait que modérément, et elle n'avait pas jugé bon d'avoir d'autres enfants sur Poséidon.

Ce ménage à trois commençait à présenter des problèmes. Lilo s'était installée chez Cathay et Jasmine, et tout alla bien pendant un temps. Mais Jasmine était de plus en plus attirée par Lilo. Jasmine parlait de changer de sexe ce qui acheva Cathay, mâle convaincu n'éprouvant aucun penchant pour les autres hommes. Par contre Lilo les aimait bien tous les deux. Elle avait une prédominance femelle, cependant pas aussi forte que la prédominance mâle de Cathay, et n'avait passé que trois années sur cinquante-sept en tant que mâle. Jasmine faisait partie de la majorité non préférentielle.

Les mois passèrent. Mari changea le sexe de Jasmine. Pendant un temps tout sembla aller pour le mieux entre eux trois, mais peu à peu Jasmine s'effaça de leur vie. Lilo et Cathay s'entendaient à merveille, sauf sur un plan.

– Tu es folle. Nous ne pourrons pas partir d'ici tant que Tweed ne l'aura pas décidé.

– C'est-à-dire jamais.

Elle aurait voulu éviter de se disputer avec lui, mais elle supportait mal sa résignation. Elle le regarda et s'imagina elle-même dix ans plus tard.

– Tu as raison, dit-il. Jamais, à moins que nous ne trouvions le moyen de vaincre les Envahisseurs.

– Nous ne trouverons pas. Pas le moindre...

– Nous serions fêtés en héros dans tout le système solaire. Sinon, un de ces jours, il va manquer d'argent et abandonner le projet.

– Et nous serons tous éliminés.

– Précisément. Tu ne penses quand même pas que ça me fait plaisir. Mais que pouvons-nous y faire?

– On pourrait concentrer toutes nos énergies pour essayer de faire quelque chose.

– Bien, bien, d'accord. Je suis entièrement d'accord. Quel est ton plan?

Lilo ravala sa colère et essaya de garder son sang-froid. Donne-moi quelque chose de concret, dis-moi ton plan et chaque fois qu'elle avançait quelque chose, une idée audacieuse, quelqu'un la sapait avec mille arguments.

– Je n'ai rien de spécifique, avoua-t-elle.

– Bon. Eh bien, penses-y encore et...

– Mais je n'arriverai jamais à rien si l'on ne m'aide pas. Ne vois-tu pas que de laisser tomber est le plus sûr moyen de finir nos jours ici? Je sais bien que tous mes plans étaient mauvais. Jusqu'ici! Mais je me heurte tout le temps à une attitude fataliste. Et venant de toi encore! Je n'en reviens pas.

Elle se tut pour retrouver son calme. Elle n'avait pas voulu le brusquer, maintenant il était blessé. Elle le prit dans ses bras. Il demeura impassible un moment, puis il se radoucit.

Elle aimait bien Cathay. C'était un amant attentionné, il était bon et elle pouvait lui faire confiance.

– J'en connais qui ont un plan, dit-il. Mais la dernière fois que j'ai entendu parler d'eux, ils étaient au point mort. Si tu veux les voir... Ils veulent déplacer cette sale caillasse tout entière. Quelque chose d'absurde.

– Qui sont-ils? Tout ce que je désire, c'est parler avec des gens qui veulent partir d'ici.

– Tu me parles. Tout le monde veut partir. Mais les seuls qui y travaillent encore sont Vejay et Niobe.

Vejay flottait au plafond de sa chambre. Maintenu par un pied, il fouillait dans une boîte pleine de paperasses. La pièce était encombrée, les six murs occupés par des meubles et des dossiers.

– Le principe est tout ce qu'il y a de plus simple, vraiment, dit-il. Cela a déjà été fait à deux ou trois reprises dans la ceinture d'astéroïdes. Mais ce n'est pas économique.

Il trouva ce qu'il cherchait, une feuille de papier blanc toute froissée qu'il déplia en l'air. Lilo se contorsionna pour arriver à ses côtés. Il sentait mauvais. Sur une planète civilisée il aurait toujours des ennuis avec la loi en négligeant de se laver.

Vejay oubliait aussi de se nourrir et ne prenait jamais d'exercice. Il négligeait de suivre son traitement contre les effets de l'apesanteur au point qu'il ne lui restait que la peau sur les os avec le peu de muscles nécessaires à se mouvoir. Mari avait dit à Lilo qu'il resterait relativement en bonne santé tant qu'il n'aurait pas à subir de gravité. Vejay, pour sa part, était un adepte des conditions optimales de fonctionnement, et sur Poséidon cela voulait dire avoir une masse de trente kilos tout mouillé.

Il ne pouvait y avoir plus grand contraste que celui que Vejay faisait avec le troisième occupant de la pièce. Niobe, la danseuse, avait un physique parfait. Chaque muscle de son corps était bien défini et se dessinait avec grâce.

– C'est un bon système de propulsion, dit Vejay. Mais ça ne peut marcher que pour quelque chose de très gros. Le trou lui-même a une masse supérieure à n'importe quel vaisseau de ma connaissance. Il est de l'autre côté, à l'opposé de l'endroit où nous sommes. Vous êtes allée le voir?

– Non. J'y ai songé et puis j'ai pensé que ce n'était pas important. Mais je crois que je vais y aller, maintenant.

– Vous devriez. C'est assez remarquable. Vous en lancez un sur Luna et si quelque chose va de travers, il s'enfonce dans le sol et se met en orbite à l'intérieur de la planète. Bientôt, plus de Luna.

Lilo frissonna. Personne n'aimait les trous noirs.

Il eût été facile de les ignorer comme la première spéculation scientifique venue s'ils avaient eu la décence de ne pas se mêler des affaires humaines. Lorsque l'on commença à en soupçonner l'existence, on pensait que seule une grosse étoile dans sa phase finale pouvait y donner naissance. Lorsque la réaction nucléaire au centre ne pouvait plus équilibrer la masse, la gravité prenait le dessus, l'étoile *s'écroulait* alors sur elle-même. Arrivait un moment où sa taille et sa densité lui donnaient une vitesse de libération supérieure à celle de la lumière.

Mais il fut établi qu'à la création de l'Univers, durant le Grand Bang, des forces se dégagèrent, suffisantes pour créer de petits trous noirs, certains plus petits que le noyau d'un atome. Peu après, on modifia cette hypothèse. Bien que des trous aient pu être formés, ils devaient s'être rapidement volatilisés et ne plus être un casse-tête pour la science humaine.

Cette théorie fut généralement admise jusqu'aux jours qui suivirent l'Invasion, lorsque l'on découvrit de petits trous noirs *quantiques* dans la zone des comètes au-delà de l'orbite de Pluton. Ces objets mystérieux étaient petits, le plus gros à être domestiqué n'avait pas plus d'une fraction de millimètre de diamètre. Seulement leur gravité était énorme. S'ils s'approchaient d'une matière quelconque, elle était réduite à néant et à la place se dégageait de l'énergie. Cette énergie était emmagasinée et retransmise par les stations orbitales.

Deux siècles plus tôt l'un d'eux s'était échappé alors que l'on tentait de le mettre en orbite autour de Pluton. Il creusa un trou de dix mètres de diamètre traversant la planète de part en part. La zone sinistrée fut plus étendue, si l'on tient compte des variations de marées, secousses et coulées de lave que cela entraîna.

– Qu'est-ce qui empêche la même chose d'arriver ici?, demanda Lilo.

– Rien. Ça pourrait arriver, dit Vejay. Mais ce n'est pas un gros trou et Poséidon est un petit rocher. Il tomberait lentement, et malgré des irrégularités de parcours nous pourrions le récupérer de l'autre côté. Tenez, voici comment cela fonctionne.

Lilo regarda le diagramme pendant que Vejay le lui expliquait. Elle trouvait cela extravagant d'utiliser un trou noir comme source d'énergie, et les chiffres confirmèrent sa façon de penser. Le trou pouvait fournir assez d'électricité pour une petite ville. Poséidon n'en utilisait qu'une petite quantité, le reste étant destiné à maintenir le trou en dehors du champ d'attraction.

– Il est là en ce moment, dit Vejay, avec un

champ-nul juste en dessous, en forme de coupe, comme ceci.

Il désigna un hémisphère flottant au-dessus de Poséidon, la partie concave tournée vers le haut.

– Le champ empêche le matériel placé juste en dessous de surchauffer et la roche de fondre. Cela permet aussi d'accéder à l'équipement pour son entretien.

Il désigna trois énormes dômes sur Poséidon.

– Le trou est chargé électriquement et il est maintenu en place par ces trois électro-aimants. Des gros, hyper-refroidis.

– Et en quoi cela peut-il servir pour notre évasion?

Vejay inclina la tête et considéra le plan comme s'il le voyait pour la première fois.

– La forme hémisphérique de ce champ-nul ne vous rappelle rien? La ligne n'en est pas parfaite, on pourrait l'arranger une fois la situation bien en main, mais il peut faire l'affaire tel qu'il est.

Lilo regarda à nouveau. Mais bien sûr! Comment avait-elle pu ne pas le voir plus tôt?

– Une tuyère de fusée.

– Bravo! Le trou se trouve juste là, à l'intérieur de la coupe qui s'ouvre vers l'espace. Lorsque nous jetons de la matière là-dedans, n'importe quoi, mais pas en trop grande quantité, la gravité du trou la compresse jusqu'à provoquer une réaction nucléaire. Une grande partie de la matière se désintègre et cela se traduit en énergie que nous pouvons utiliser pour nos besoins ici. Même à la cadence actuelle, nous subissons une légère poussée, puisque la coupe est tournée vers le haut, trop faible pour être mesurable par rapport à la masse de Poséidon; de plus le trou résiste à l'accélération. Alors il faudrait y jeter des roches comme nous le faisons déjà, seulement au lieu d'y aller au compte-gouttes il faudrait y aller à la pelle. Nous aurions besoin d'un approvisionnement régulier.

– Nous avons donc résolu le problème numéro *deux*. Maintenant reste le problème numéro *un*.

Lilo fronça les sourcils.

– Je ne vous suis plus.

Niobe se mit à rire.

– Ne vous inquiétez pas. Je pensais que tout était réglé lorsque j'ai vu ça moi aussi. Vejay, tu vas trop vite. Elle vient juste d'arriver.

– Excusez-moi, dit-il. Eh bien, voilà. L'autre problème est de savoir où nous irons une fois les Vaffa éliminés. Chacun des Huit Mondes nous exécuterait comme clones illégaux. Mais avec ça on peut aller n'importe où. Je propose d'aller *loin*.

– Vous voulez dire... un voyage interstellaire?

– Pourquoi pas? Cette poussée peut nous expédier presque à la vitesse de la lumière. On ne pourrait sans doute pas dépasser un vingtième de G, mais nous y arriverions. Alpha du Centaure, disons en vingt ans.

– Mais... et la masse? Oh! je vois.

– Nous avons tout ce qu'il nous faut. On utiliserait celle de Poséidon bien entendu, exactement comme nous le faisons déjà.

Lilo réfléchit un instant. Elle voyait à présent le problème dans son ensemble. C'était une entreprise d'envergure : il faudrait utiliser la machinerie lourde qui avait servi à creuser les corridors, une foule de détails dont il fallait tenir compte. Un voyage dans l'espace comme celui-ci ne s'improvisait pas.

– Combien de temps pour les préparatifs?

Il haussa les épaules.

– En y mettant un coup et s'il n'y a pas d'imprévu, je peux être prêt d'ici deux semaines.

Et Vaffa inspectait les lieux tous les jours. On en revenait toujours à Vaffa.

Mon sommeil était de plus en plus agité. Cette rencontre avec Vejay et Niobe m'avait fait perdre tout espoir ainsi que mon envie de partir. Je n'étais pas plus avancée qu'avant, à la différence qu'à présent cela ne m'intéressait plus. Nous avions résolu la partie facile de l'équation, mais les vrais problèmes se dressaient encore entre nous et la liberté. Il y en avait au moins six, peut-être dix, tous répondaient au nom de Vaffa.

On pouvait tuer un Vaffa. C'était difficile mais cela avait été fait à deux reprises ces dernières années, par des gens poussés à bout. On m'a raconté ces deux histoires une centaine de fois. On pouvait leur tendre une embuscade et les éliminer à l'intérieur. Dehors ils devenaient aussi invulnérables que leur combinaison. On pouvait les enterrer vivants, mais là encore leur combinaison les protégeait et leur réserve en oxygène leur donnait le temps d'être secourus.

Les enterrer tous à la fois? On pouvait aussi faire sauter Poséidon, mais où cela nous aurait-il conduits?

– Qu'est-ce que c'est?

– Des lilliputiens. Tu connais pas?

Cela ne disait rien à Lilo. Ils étaient dans un grand bocal au col étroit dans la cachette de Cass. Apparemment il s'en était désintéressé, mais les lilliputiens se portaient toujours bien. Le fond était recouvert d'une terre sombre dans laquelle poussaient cinq peupliers nains et de la mousse. Il y avait une caverne faite de petits cailloux empilés les uns sur les autres. A l'entrée de la caverne se dressaient trois petits bipèdes de quelques millimètres de haut. Leur corps était blanc, le dessus de leur minuscule tête, noir. On aurait dit de petits humains.

– On croirait vraiment qu'ils ont un visage, dit-elle en regardant de plus près.

– C'est vrai, tu n'en as jamais vu?

– Jamais.

Mais juste comme elle disait ces mots, elle eut l'étrange impression de ne pas dire la vérité. Elle secoua la tête, mais l'impression persistait.

– Ils ont des visages, tiens, regarde de plus près.

Il y avait une loupe incrustée dans le bocal. Lilo regarda et l'illusion disparut. Ce qui ressemblait aux cheveux n'était que la couleur de l'exosquelette englobant des yeux à facettes multiples. Le visage était représenté par trois points et un petit trait. La taille et les jointures étaient étroites comme celles de marionnettes ou comme...

– Des fourmis. Ce sont des fourmis.

– A l'origine, oui, c'en était, confirma Cass.

– On les a transformées. Tu peux voir les cinquième et sixième pattes à la taille. C'est vraiment petit.

Lilo se sentit mal, mais elle ne pouvait détacher son regard des créatures. D'autres sortirent de la caverne sur leurs pattes de derrière, stupides, les bras s'agitant en tous sens.

– C'est répugnant, dit-elle.

Elle se demandait si elle n'allait pas vomir.

Cass fit une grimace.

– Oui. C'est vrai. Je les ai eus quand j'étais plus petit et maintenant je ne sais plus quoi en faire. Je ne peux pas les tuer, il me semble que ce serait mal.

– Et Tweed te laisse...

– On peut commander des trucs de temps en temps. Je les ai trouvés dans un arrivage de fournitures en provenance de Luna. Tous les gosses en ont, ici. J'aurais préféré des œufs de chats à la place.

Lilo était troublée, une impression de déjà vu se précisait. Elle essaya de se souvenir, mais en vain. Son esprit travaillait malgré elle.

– Ils ne peuvent pas vivre en dehors du bocal, dit Cass. Il y a une terre spéciale, ou quelque chose dans ce genre; s'ils s'échappent ils ne peuvent pas proliférer. Je ne crois pas qu'ils puissent tenir longtemps... Hé! ça va bien?

– Tiens-toi tranquille un instant, veux-tu? ne dis rien.

Elle observait toujours les petits prisonniers. Etait-ce le fait qu'ils soient enfermés? Elle ne voyait pas en quoi cela pouvait la gêner à ce point. Elle n'aimait pas voir quoi que ce soit en cage, c'est la raison pour laquelle elle avait toujours évité de travailler sur des spécimens vivants. Mais cela n'expliquait pas sa réaction.

Elle remonta dans le temps, de plusieurs années, elle se rappelait avoir vu un bocal comme celui-ci dans un élevage de lilliputiens. Une fois... non, deux. Attendez. Elle était sûre que cela lui était arrivé trois fois. Elle était debout comme aujourd'hui, à fixer le bocal.

Des chiffres défilaient dans sa tête. Elle les voyait comme s'il s'agissait d'objets palpables. Elle se souvenait.

– J'ai participé à la création de ces choses, dit-elle doucement.

– Hein?

– Je faisais partie de l'équipe de recherche qui a développé cette mutation chez les fourmis. Il y a vingt-cinq ans, c'était pour les Laboratoires biologiques Copernic. Il y avait moi, Thessa, Zaire et... et Yao-kaha. Mon nom est sur le brevet. Ce fut un grand succès pendant un an, on en a beaucoup vendu et...

Elle dut reprendre sa respiration. Cass attendait patiemment, l'air visiblement inquiet.

Elle se sentait mieux et les chiffres étaient toujours là.

– Il y avait un gros problème, dit-elle, comme si elle lisait les pages d'un livre. La station dans les Anneaux ne me servait à rien si je pouvais dévoiler sa position au cours d'un interrogatoire. D'un autre côté, je ne pouvais pas la laisser ainsi. Je devais savoir et en même temps.... ne pas savoir.

– De quoi parles-tu? fit Cass. Lilo, tu me fais...

– Suggestion post-hypnotique, dit-elle sans l'entendre. Je ne pouvais pas savoir ce qui m'arriverait en prison. Cela devait être enfoui dans ma mémoire si profondément que je puisse mourir sans jamais me le rappeler. Je ne pouvais faire confiance à personne pour m'hypnotiser et pourtant il fallait que je puisse me rappeler le lieu si je n'étais pas arrêtée. Alors j'ai choisi quelque chose que je devais rencontrer plus ou moins au hasard comme stimulus pour provoquer en moi le souvenir, mais pas trop souvent. Pas quelque chose que j'aurais pu voir tous les jours ou une fois par semaine. C'est arrivé trois fois en cinq ans. Et à chaque fois j'ai réenterré l'information.

– Les lilliputiens te rappellent quelque chose?

Elle regarda encore une fois les créatures. C'était un bon choix. Pauvres petites choses. Comme ils essayaient de sortir de leur bouteille. Elle ne pouvait pas savoir qu'elle survivrait à sa propre exécution lorsqu'elle fit ses plans, et ce fut un pur hasard de trouver des lilliputiens sur Poséidon.

Elle savait.

– Je sais. Je sais où elle est.

10

Depuis un mois des rumeurs circulaient. On allait enfin effectuer des essais sur l'une des armes destinées à la guerre contre les Envahisseurs. Lorsque Lilo apprit ce dont il s'agissait, elle n'en crut pas ses oreilles. Tweed n'allait tout de même pas faire cela.

Mais très vite ce fut officiel. Tout le monde était inquiet mais personne ne savait quoi faire pour l'en empêcher. Tweed allait faire passer le trou noir de Poséidon au travers de Jupiter et attendre pour voir la réaction.

L'opinion générale était que si réaction il y avait, ce ne serait pas la peine d'en informer Tweed par radio, le système tout entier serait vite au courant.

Lilo en discuta avec Vejay, Niobe, Cathay et Cass pendant des heures. Tous avaient peur. Lilo se demandait par quel bout prendre le problème. Cathay pensait que toute tentative d'empêcher ce projet serait du suicide et que le mieux à faire était d'espérer que les

Envahisseurs ne s'apercevraient de rien. Après tout, c'était une grosse planète, elle pouvait être traversée sans qu'ils soient touchés.

Lilo n'était pas d'accord, pas plus que Vejay, Niobe et Cass.

– Vous savez ce que je pense? demanda Lilo. Je pense que le moment de prendre le contrôle de Poséidon n'a jamais été aussi favorable.

Elle attendit que les autres digèrent sa proposition. Elle respirait précipitamment, il fallait leur faire comprendre. Si seulement elle arrivait à les convaincre, peut-être pourrait-elle se convaincre elle-même. Elle ne voulait pas mourir et ce qu'elle proposait était dangereux, même à ses yeux.

– Ecoutez. Est-il un meilleur moment de risquer le tout pour le tout que lorsque ne rien faire peut être tout aussi désastreux? Je suis prête à prendre le risque. Qu'en pensez-vous?

La discussion se prolongea tard dans la nuit sans qu'aucune décision ne fût prise. Tout ce que Lilo put obtenir fut la promesse d'en débattre à nouveau et l'engagement d'être soutenue si elle pouvait proposer un plan.

Elle en avait un, encore vague. Tout dépendait de la tournure que prendraient les événements, mais il fallait réussir à prendre place à bord du vaisseau chargé de lâcher le trou sur Jupiter. Si elle y parvenait, elle trouverait bien un moyen de voler le vaisseau pour aller chercher les autres.

Elle demanda donc à Vaffa s'il était possible de profiter du vaisseau pour le lancement d'une nouvelle sonde biologique. Elle attira son attention sur les avantages qu'il y avait à combiner les deux missions. Le vaisseau pourrait d'abord lâcher le trou afin que celui-ci traverse Jupiter, puis dévier légèrement sa trajectoire pour placer la sonde.

Après avoir discuté avec ses clones et s'en être référé aux instructions laissées par Tweed, Vaffa donna son accord. Lilo dit qu'elle aurait besoin de quelqu'un pour l'aider et suggéra Vejay. Vaffa refusa tout de suite à cause de la mauvaise réputation de celui-ci. Lilo s'empressa de proposer Cathay : il ne fallait pas éveiller les soupçons.

Bien que Tweed fût en mesure de deviner ses intentions et de voir ses préparatifs, il ne pouvait savoir comment elle réagirait dans une situation improvisée. Elle comptait là-dessus. Son objectif était de faire en sorte d'être prête si une telle occasion se présentait.

Elle demanda à Vejay de trouver un moyen pour Cathay de tuer ou paralyser le pilote du vaisseau. C'est volontairement qu'elle ne fit aucun plan pour éliminer Vaffa. Non seulement cela paraissait impossible, mais elle était persuadée que c'eût été une erreur de sa part. Tout devait être improvisé. Elle serait à bord du vaisseau et se tiendrait prête.

Elle savait que c'était de la folie et essayait d'y penser le moins possible.

Tweed leur réservait une surprise qui faillit tout compromettre. Les conspirateurs se réunirent dès que Lilo eut appris ce qui allait réellement se passer.

– Voilà où ça mène, de se fier à des rumeurs, dit Niobe.

– On aurait dû y penser, se lamenta Vejay. Nous aurions manqué d'énergie ici, s'il avait utilisé notre propre trou noir. Le générateur à fission d'appoint aurait pu le remplacer, mais de justesse.

– Jamais je n'aurais imaginé qu'il puisse s'en soucier, dit Niobe.

Tweed avait acheté un autre trou noir sur le marché de Pluton. Il était en route vers Luna pour y devenir la neuvième station énergétique, mais ce que personne ne savait en haut lieu c'est qu'entre-temps Tweed allait le faire passer au travers de Jupiter.

C'était sans faille, c'était économique, c'était Tweed tout craché. A chaque fois qu'il le pouvait, il faisait d'une pierre deux coups. Le trou, une fois en orbite autour de Luna, lui rapporterait gros, ainsi le coût du projet était justifié et amorti. L'énorme vaisseau électromagnétique chargé de son transport le lâcherait sur Jupiter pour le recupérer de l'autre côté.

Lilo fit remarquer à Vaffa qu'il était toujours possible d'utiliser le petit scooter mis à la disposition de Poséidon pour rejoindre le vaisseau au passage. Vaffa y réfléchit puis donna son accord. Les Vaffa se doutaient peut-être de l'existence d'un complot, mais les propriétés du scooter les rassuraient. Le scooter avait en effet la particularité d'exploser dès qu'il échappait à l'attraction de Jupiter. Encore une des innombrables mesures de sécurité.

Le scooter était d'un modèle standard, réduit à un moteur auquel étaient fixés quatre sièges. Trois d'entre eux étaient occupés par des corps argentés. Vaffa régla la vélocité du scooter sur celle du gigantesque vaisseau remorqueur.

Ils s'étaient placés sur le trajet du vaisseau afin de se laisser rattraper. Personne n'aurait voulu s'approcher par l'arrière car il y avait là, quelque part, un trou noir, suspendu par les fils invisibles de forces magnétiques, plus petit qu'une tête d'épingle, mais d'une masse aussi importante qu'un astéroïde de taille moyenne. Mieux valait ne pas trop s'en approcher.

Lilo était sur le qui-vive, sachant que, le moment venu, elle n'aurait peut-être qu'une fraction de seconde pour saisir l'occasion. Rien ne lui échappait : un seul membre d'équipage à bord du vaisseau, seulement Vaffa en mesure de communiquer avec lui, la capsule de gaz de fabrication artisanale cachée dans la sonde atmosphérique, la sonde fixée sous le scooter, Vaffa l'arme à la hanche, le facteur temps, l'itinéraire, vingt minutes avant le largage du trou, trente minutes pour atteindre la position à partir de laquelle la sonde serait lancée.

Cathay devait être le premier à pénétrer dans le vaisseau. Le sas ne pouvait accueillir qu'une seule personne à la fois. Une fois à l'intérieur, c'était à lui de voir. S'il gazait le pilote, il leur resterait à maîtriser Vaffa. La chance aidant, ils pouvaient y arriver.

Lorsqu'ils furent à proximité du vaisseau, Vaffa arrima le scooter à l'aide d'un grappin magnétique. Ils s'élancèrent tous trois. Lorsque Lilo vit Cathay s'approcher du compartiment renfermant la capsule de gaz, elle essaya de s'interposer entre lui et Vaffa.

– Je vois bien ce que vous faites, dit Vaffa très calmement.

– Inspection, dit Lilo. Nous devons...

– Laissez-moi voir.

Il allait saisir son laser.

Lilo prit appui sur le scooter et plongea sur lui. Sa tête le heurta en pleine poitrine. Elle vit le laser s'agiter devant elle. Vaffa relâcha son étreinte l'espace d'une seconde. Elle en profita pour frapper violemment son poignet du tranchant de la main et l'arme s'éloigna en tourbillonnant dans le vide.

– Le sas! hurla-t-elle. Entre dans le sas! Vite!

Elle ne pouvait voir ce que faisait Cathay. Vaffa voulut la frapper à la gorge, mais la force de son coup le fit dévier de sorte qu'il la manqua. Son geste avait été instinctif, mais c'était la dernière chose à faire en état d'apesanteur. Il comprit vite son erreur et allait changer de tactique, lorsqu'il s'aperçut qu'il était déjà hors de portée du vaisseau et du scooter. Il réussit à attraper Lilo par la jambe juste au moment où celle-ci allait atteindre le scooter. Il la tira vers lui, elle le martela de coups de pied mais lâcha prise. Ils tournoyaient à présent tous les deux dans le vide, s'éloignaient lentement du scooter et n'avaient plus aucun moyen de dévier leur course. A moins...

Lilo le frappa encore, à la figure. Il s'accrochait désespérément, et elle dut s'arrêter car elle ne faisait plus face au vaisseau. Ce qu'elle voulait, c'était modifier sa course en prenant appui sur Vaffa. Mais il eut vite fait de comprendre et il essaya de se hisser le long de sa jambe. D'un instant à l'autre c'était lui qui allait être du bon côté. Elle frappa de nouveau pour lui faire lâcher prise, des deux pieds cette fois. Ses coups étaient si désespérés qu'elle pensait lui défoncer les côtes avec ses talons. Elle visait toujours au même endroit, sauvagement. Il se tordit de douleur et la lâcha. Elle flottait à présent librement, tournant doucement sur elle-même.

Tout n'était pas perdu si Cathay arrivait à prendre le contrôle du vaisseau. Elle vit Vaffa tourner, jambes par-dessus tête; il accomplissait environ un tour par seconde. Elle repéra le vaisseau. Elle s'en était beaucoup éloignée, cinquante mètres, et il lui était encore impossible de savoir si elle s'en rapprochait ou si elle s'en écartait.

Elle entendit Vaffa appeler le vaisseau.

– Cathay! Il parle au pilote. Maîtrise-le avant qu'il ne prévienne Poséidon...

Elle s'arrêta net. Il ne pouvait pas l'entendre s'il était dans le vaisseau et en mesure de faire quoi que ce soit. Et s'il n'était pas dans le vaisseau, c'en était fini.

Trois interminables minutes s'écoulèrent. Lilo était maintenant certaine d'une chose, elle ne se rapprochait pas du vaisseau, elle s'en éloignait. La direction importait peu. Devant elle Jupiter grandissait, occupant tout le ciel, avec le vaisseau bien centré en son milieu. Quelque part, là où elle se dirigeait, se trouvait un trou noir.

– Tu y arriveras le premier, cria-t-elle à Vaffa. (Elle perdait la tête.) Quelle impression cela fait-il, Vaffa?

La réponse ne vint pas tout de suite. Puis la voix se fit entendre, plaintive, douloureuse.

– Pourquoi avoir fait ça?

– Je ne saurais comment te l'expliquer. Mais ça a bien failli marcher. Ça peut toujours, j'ai bon espoir.

Vaffa ne répondit pas. Lilo crut entendre une plainte. Quelques secondes plus tard cela ne faisait aucun doute. Ce fut un cri incohérent qui l'effraya, même lorsqu'elle put l'identifier. Un hurlement d'agonie subvocalisé, amplifié par le vocodeur de Vaffa. Puis le silence. Lilo s'inquiéta. Elle n'avait pas frappé aussi fort.

– Lilo? Tu m'entends? Tu n'es pas morte?

– Oui, je suis là. Tu as pu entrer!

– J'ai mis un moment avant de régler la radio sur ta fréquence. Bon sang, j'aimerais bien que tu sois là. Tous ces boutons! Ce tableau de bord me fait peur.

Vejay l'avait entraîné sur une maquette de sa fabrication. S'il le fallait, il pouvait piloter, à condition qu'il n'y ait pas d'imprévus.

– T'en fais pas pour ça. Il faut que tu largues le trou. Et vite! Je crois que Vaffa a eu son compte. Je crois que c'est le champ magnétique qui l'a tué par interférences avec le générateur de sa combinaison. Je ne suis pas assez calée pour connaître les propriétés d'un champ magnétique puissant, mais ça n'avait pas l'air agréable. Peux-tu... en vitesse, tu comprends? Je ne sais pas combien de temps...

Elle se tut, comprenant qu'elle paniquait.

– Un instant. Je m'en occupe. (Elle l'entendit murmurer puis il s'exclama triomphalement :) Voilà. Tous les cadrans indiquent zéro. C'est bon?

– Je pourrai te dire ça bientôt. Maintenant, il va falloir réfléchir et vite. Ni toi ni moi ne voulons tomber dans le trou. Il faut que tu t'éloignes un peu plus avec le vaisseau. Vejay dit que l'attraction d'un trou est très faible même à courte distance, mais elle augmente très très vite dès qu'on s'en rapproche. Je vais m'en tirer. Mais tu dois sauver le vaisseau pour que l'on retourne...

– C'est trop tard. Je n'ai pas eu le temps de te le dire mais le pilote a parlé avec Poséidon avant que je le gaze. Ils savent que nous tenons le vaisseau. Ils doivent nous attendre. Ça se présente mal, Lilo. (Elle entendit sa voix s'étrangler.) Bon Dieu! Vejay, Niobe et Cass qui attendent dehors que l'on revienne avec le vaisseau...

– Cathay, nous en avons déjà discuté. Ils savent ce

qu'ils ont à faire. Si on les suspecte, ils ne sont au courant de rien et doivent attendre. Il *faut* que nous partions maintenant pour revenir avec des armes valables.

– Tu as raison. Nous...

Ce fut soudain. Il y eut comme un éclair intense derrière Lilo. Elle faillit se retourner pour voir, mais ne s'y risqua pas. Ce devait être Vaffa tombant dans le trou. Compressé par la terrible gravité, rejetant toute l'énergie contenue dans chaque atome de son corps sous forme de radiation.

Pas un beau spectacle. Mais devant elle le vaisseau se déplaçait. Une légère flamme jaillit sur le côté et les moteurs étaient en marche.

Jupiter emplissait tout le ciel. C'était magnifique. Elle dut le reconnaître, même si cela devait être sa perte. C'était quand même préférable au trou, quoique la mort ne serait pas aussi rapide.

Dès l'instant où, deux heures plus tôt, le pilote automatique avait effectué sa manœuvre programmée (les détails, les innombrables détails : comment aurait-elle pu penser à tout?), Lilo avait été gagnée par une étrange torpeur paralysante, une certitude de sa mort. Certes, elle ne s'était pas laissé faire. Avec Cathay, ils avaient tout essayé pour s'évader. Mais lorsque le défilé des étoiles devant elle ne lui laissa plus aucun doute sur son itinéraire, elle sut que c'en était fait d'elle. Elle avait manqué le trou, mais pas d'assez loin. Vaffa aussi était passé à côté, mais de plus près. Son corps s'était suffisamment rapproché pour se faire compresser jusqu'à devenir invisible, exception faite de l'éclair de son anéantissement qui se dispersa dans l'espace en une seconde.

Lilo n'était pas aussi près. Tomber dans un trou n'était pas le principal danger. C'était peu probable. C'était si petit et l'espace était si vaste. Mais passer légèrement à côté pouvait être fatal. La force du champ d'attraction augmentait très vite si l'on se rapprochait. Si Lilo avait suivi une trajectoire hyperbolique rapprochée, les différentes vagues d'attraction induites par la gravité sur les diverses parties de son corps l'auraient déchiquetée. Ou si, comme Vaffa, elle s'était trop rapprochée, la gravité aurait réduit son corps en une masse de neutronium guère plus grande qu'une tête d'épingle.

Elle avait eu de la chance, dans un sens, mais pas assez. Elle demeurait suffisamment éloignée pour rester en vie, mais elle tournait, sans erreur possible, autour du trou.

Elle en avait discuté avec Cathay. Il devait tenter de la repêcher à l'aide du scooter, mais elle avait vu ce dernier, arraché de ses amarres, se briser lorsque le vaisseau avait accéléré. Alors Cathay voulut rapprocher le vaisseau, mais c'était hors de question. Même un as du pilotage ne se serait pas risqué aussi près d'un trou.

Dans un sens, Cathay souffrait plus qu'elle. Il pouvait encore prendre des décisions et aucune n'était facile. Lilo lui dit ce qu'il lui restait à faire avec la brusquerie détachée de quelqu'un dont le sort ne fait plus aucun doute.

– Tu ne peux pas retourner sur Poséidon, pas maintenant. Ils t'y attendent certainement. Espérons que Cass et les autres sont hors de danger. Va sur Saturne, je t'ai donné les coordonnées, et attends. Emets sur la fréquence que je t'ai indiquée. Paramètre ne doit pas être bien loin du labo, même après un an. Je suis là-bas, quelque part. Tu dois me retrouver ainsi que Paramètre. Ils t'aideront. Tu as le vaisseau. Tu trouveras bien le moyen de te procurer des armes. Alors, reviens. Reviens, Cathay! Pour les enfants!

– Oui, je reviendrai. Mais je ne veux pas partir maintenant. Je ne peux pas te laisser là.

– Il le faut. Je ne veux pas que tu entendes lorsque... lorsque ce sera la fin. Je ne veux pas.

Elle sentit la panique la gagner à nouveau, alors elle dit d'une voix aussi dure que possible :

– Maintenant, pars. Tu as fait tout ce que tu as pu.

Ce n'est que lorsqu'elle sentit une légère pression dans le dos qu'elle commença à se demander comment elle allait mourir. La pression augmenta avec une extraordinaire rapidité. Elle entrait de plein fouet dans l'atmosphère de Jupiter, tel un météore, mais sa combinaison allait la protéger. Une lueur orangée entourait son corps, si intense qu'elle ne voyait qu'elle. Elle cessa de tourner sur elle-même. Les forces aérodynamiques la stabilisèrent, le dos tourné vers la planète, les bras et les jambes étendus devant elle par le frottement. La décélération était rapide, mais avec sa combinaison approvisionnant son sang en oxygène, elle pensait pouvoir tenir.

Sa combinaison devint rigide. A présent, elle ne sentait plus ses membres la tirailler. La seule indication de déplacement lui était donnée par son estomac qui s'écrasait contre sa colonne vertébrale, la peau de son visage tendue sur les côtés et ses seins qui cherchaient à se nicher sous ses aisselles.

Elle n'avait aucun moyen d'évaluer la durée de sa chute. Sans doute avait-elle perdu connaissance, bien qu'elle ne se souvînt pas être revenue à elle. La pression sur ses organes avait cessé. Elle avait atteint sa vitesse d'entrée dans la haute atmosphère et tombait à présent en chute libre. Elle chercha autour d'elle le trou qui aurait dû être rendu visible en absorbant les gaz environnants. Puis elle se rappela que l'atmosphère ne ralentissait pas un trou. Il devait déjà avoir traversé la moitié de la planète. Ainsi, c'était bien Jupiter qui allait la tuer.

L'air était limpide avec des colonnes de nuages ascendantes autour d'elle. De temps à autre, elle sentait de brèves secousses d'accélération lorsque le vent la déplaçait sur le côté.

La chute semblait interminable. Au début, par réflexe, elle calculait combien de temps il lui faudrait pour atteindre les sombres nuages qui l'attendaient plus bas, quelle pouvait bien être la température à l'extérieur de sa combinaison, à partir de quel moment la densité des gaz la ferait flotter au lieu de tomber. Mais bien vite elle se contenta d'observer. Le spectacle était vertigineux. Mourir pour mourir, cette fin n'était pas des pires.

Cela ne dura pas. Elle atteignit la couche de nuages et la visibilité devint nulle. Il n'y avait rien d'autre à voir que la main argentée qu'elle maintenait devant son visage pour s'assurer qu'elle était toujours en vie. Elle se demanda s'il était possible de mourir sans s'en apercevoir.

L'activité incessante de son cerveau commençait à l'embêter. Il n'y avait rien à faire, rien à voir. Elle se remit à faire des calculs. De quoi allait-elle mourir? Allait-elle survivre à sa chute et vivre jusqu'à l'épuisement de sa réserve d'oxygène? Ce serait une mort facile, perdre peu à peu connaissance et ne plus jamais se réveiller.

Elle se rappela la valve de sa combinaison, la fleur métallique sous sa clavicule par où l'excédent de chaleur et le gaz carbonique s'évacuaient. L'alliage en était très résistant, mais elle pouvait chauffer, se boucher, fondre, mille choses encore. La mort serait plus rapide ainsi et aussi plus douloureuse. Elle ne pouvait rien y faire. Elle regretta un instant de ne pouvoir arriver jusqu'à la couche d'hydrogène liquide et chaud. Elle aurait aimé ne pas manquer ça.

Plus tard, plus objective, elle se rendit compte que cela allait être aussi terne que la triste couche de nuages qu'elle traversait.

Mais soudain, elle sortit des nuages. Un vaste espace obscur s'ouvrit sous elle. Plus clair cependant que l'épaisse couche de nuages au-dessus l'aurait laissé supposer. Alors la peur revint, plus intense. Elle ne pouvait y échapper. Une partie de son cerveau venait de conclure qu'elle n'avait aucune chance de s'en tirer, et une autre partie ne voulait pas l'admettre.

Elle perdit de nouveau connaissance, ou peut-être

était-ce un bref accès de folie. Les nuages étaient plus proches à présent, un mélange de formes rougeâtres et violacées bordées d'étincelles, le tout bouillonnant comme un chaudron d'anguilles électriques.

Des formes jaunes apparurent : elles s'élançaient vers elle (*au-dessus de moi, flottant dans un ciel bleu*) là où l'atmosphère était plus dégagée, puis retombaient dans l'obscurité. Elles étaient certainement vivantes. Lilo se demanda s'il s'agissait là des Envahisseurs, de Joviens intelligents ou tout simplement d'animaux.

(Sous moi, le sol était mou, j'en pris une poignée et cela coula entre mes doigts. Du sable. Je me contorsionnai pour m'y enfoncer davantage. Une brise légère rafraîchissait mon corps et faisait passer au-dessus de moi des nuages blancs dans le ciel bleu. Une forme jaune jaillit d'un des nuages) – et retourna dans le nuage. Ils se rapprochaient. Elle avait retrouvé tout son calme à présent et elle se demandait s'ils allaient essayer de la dévorer. Elle avait mal aux yeux de les regarder.

(Gauche, droite, s'éloignant, puis... Aïe ! je louchais. J'avais des maux de tête. Je cachais ma figure dans mes mains, accueillant avec plaisir les griffures que me faisait le sable en me frottant. Je me roulais dans le sable dur, mouillé, glissant.) Ça venait droit sur elle. Elle n'arrivait pas à en voir clairement la forme. Au centre, si l'on peut dire que cela avait un centre, il y avait un trou, et dans ce trou, un arbre *(un arbre)* et le goût du sable dans sa bouche, de l'eau *(me tombant dessus en trombes, un ballottement, m'entraînant, dans ma bouche, dans mon nez)*, du sel et du sable et un grondement. Désorientation, écoulement latéral du temps, une nausée qui prend possession de l'estomac.

Je me suis levée dans le va-et-vient des vagues, comme saoule, nue, trempée, étourdie. J'ai fait un pas et suis retombée, titubante. A quatre pattes, j'ai vomi dans l'écume. J'ai rampé, somnolente, toute mon attention portée sur une des mèches mouillées de mes cheveux qui se balançait devant mes yeux. J'ai vu des mains saisir le sable, était-ce bien les miennes?

Le soleil se couchait. Lilo n'avait jamais rien vu d'aussi beau. Elle alla se blottir en chien de fusil sous un arbuste agité par le vent. Un vent glacé venait de la mer. Elle claquait des dents. Elle pouvait mourir de froid dans la nuit et elle n'avait pas la moindre idée des précautions à prendre. Elle ne retrouva pas le moment où elle avait décidé que ceci n'était pas la mort, qu'elle n'était pas dans l'au-delà. Elle était restée vautrée dans le sable des heures durant, la tête bourdonnant de choses inconcevables. Elle ne put rationaliser que progressivement, avec précaution, au risque de sombrer à nouveau dans son délire.

Le froid l'aidait. La prise de conscience de son inconfort l'avait forcée à se maîtriser, à ramper jusqu'au frêle abri qu'offrait l'arbuste, à se replier sur elle-même pour lutter contre le froid.

En regardant l'océan avec le soleil couchant derrière elle, elle sut où elle était. Les étoiles apparurent les unes après les autres en clignotant faiblement. Alors, c'était donc vrai, elles scintillaient vraiment, ce n'était pas un conte de fées.

La nuit tomba, et après de longues heures passées à grelotter et à sentir la faim la tenailler de plus en plus, elle vit quelque chose surgir au-dessus de l'eau. C'était Luna. Elle était sur le continent nord-américain, sur la côte atlantique.

Le terrain était plat. Lilo marchait depuis des heures vers le sud en longeant la plage. Elle avait bien essayé de s'aventurer à l'intérieur des terres, mais le sol y était marécageux et des nuages d'insectes s'abattaient sur elle pour la tourmenter. Elle était couverte de piqûres.

Elle n'avait pas de plan, seulement continuer d'avancer. Elle espérait trouver un abri et, peut-être, des plantes comestibles. Elle avait remarqué un fruit vert et une sorte d'algue brune. Après y avoir goûté, elle continua son chemin. Il faudrait que la faim la tenaille davantage avant de manger cela. Elle rejeta délibérément l'idée de capturer un animal pour le manger. Elle ne connaissait que la viande végétale. Elle ne s'était toujours pas demandé si elle serait capable d'attraper quelque chose. Elle n'arrivait pas à se défaire de l'idée qu'elle traversait un disneyland sous la surface de Luna. Seulement il y avait cet indice qui ne permettait aucun doute; la gravité qui lui faisait plier les jambes.

La plage s'était rétrécie. Une grande baie s'étendait à l'ouest. Elle s'écroula sur le sable et observa l'autre rive. C'était trop loin pour y parvenir à la nage, elle n'avait plus qu'à retourner sur ses pas ou à longer la baie. De l'endroit où elle était assise, elle ne pouvait vraiment savoir s'il s'agissait d'une baie ou si elle était sur une île.

Elle eut d'un seul coup conscience de sa fatigue. La tête lui tournait, la chaleur l'accablait. Elle trouva agréable de s'étendre sur le sable. Elle roula sur le côté pour se protéger du soleil et s'endormit aussitôt.

Lilo fut réveillée par une douleur telle qu'elle n'en avait jamais connue.

Elle se redressa en hurlant, comme si elle avait pris feu et cherchait désespérément à s'éteindre. Mais dès qu'elle touchait à son corps, la douleur se faisait plus intense.

Rien ne l'avait préparée à ça. Jusque-là, lorsqu'elle se blessait, il y avait toujours une boîte à pharmacie à proximité pour apaiser immédiatement sa douleur. Un quart d'heure plus tard la douleur était toujours là! Lilo devint hystérique et se mit à courir le long de la plage jusqu'à ce qu'elle tombe.

Au bout d'un moment elle fit une découverte : la douleur était toujours aussi intense, mais supportable, elle n'en mourrait pas. Elle s'assit, essuya ses larmes et s'examina. Elle était rouge des chevilles aux épaules, toute la surface de son dos était brûlée au premier degré. Elle n'avait pas pensé que cela puisse arriver sur Terre. L'atmosphère n'était-elle pas supposée la protéger des ultraviolets, ou alors comment pouvait-on vivre? Elle n'avait jamais eu à se préoccuper des dangers des rayons du soleil. Elle n'avait jamais eu affaire à eux qu'avec une combinaison ou derrière l'écran d'un solarium public.

Elle avait beaucoup à apprendre.

A présent le terrain était moins marécageux. Après avoir longé la baie, elle décida de s'enfoncer plus avant, là où la plage s'incurvait vers l'ouest.

Il n'y avait rien de comestible au bord de l'eau, elle espérait trouver quelque chose plus à l'intérieur.

Lilo remarqua qu'en montant vers le nord elle rencontrait relativement peu d'obstacles, tandis qu'à sa droite et à sa gauche la voie était obstruée par de larges fossés. Les arbres de la végétation l'empêchaient d'avoir une vue d'ensemble, et ce n'est qu'après avoir escaladé une petite colline qu'elle s'aperçut qu'elle traversait les vestiges d'une ville. Elle venait de remonter une grande artère. De chaque côté, régulièrement, de larges fossés à moitié remplis d'eau étaient envahis par les ronces. Des édifices s'étaient dressés là, mais il ne restait plus que la trace des fondations. La destruction semblait avoir été méthodique, mais pas systématique. Il restait encore des traces d'artefacts souterrains, objets à demi enterrés, en béton ou en acier. Elle vit un morceau de tube en cuivre de deux mètres, tordu, planté dans le sol.

Elle marcha toute la journée. Une heure avant le coucher du soleil, elle parvint en un lieu où la baie n'était plus qu'une rivière. Elle fut surprise de se rendre compte du peu que l'on pouvait apprendre d'un terrain en le parcourant. L'autre rive ressemblait à peu près à ce qu'elle avait déjà vu. Par endroits il y avait moins d'un kilomètre de traversée, mais le même spectacle s'étendait bien au-delà. Elle ne pouvait pas dire si la terre la plus proche était une île au milieu de la rivière ou une pointe avancée de l'autre rive.

Mais il y avait deux petites îles devant elle, et celles-là, elle n'en douta pas un instant, étaient artificielles. En examinant de plus près la colline qu'elle avait escaladée, elle vit des traces de maçonnerie. Il y avait eu à cet endroit un pont suspendu, elle en était sûre.

Lilo dévala la colline pour en explorer les alentours, espérant découvrir l'entrée d'une salle, cachée, qui aurait pu s'y trouver. La nuit tombait, il lui fallait découvrir un abri. Mais rien ne se présentait.

Un grand félin tacheté l'observait du haut d'une branche. Mis à part les mouettes et les crabes, c'était la première forme de vie animale qu'elle rencontrait. Lilo avait quelques notions de zoologie mais ne savait où classer l'animal. Il tenait du jaguar mais possédait plutôt la taille d'un lion d'Afrique. Elle lui tourna le dos et poursuivit son chemin.

Quelque chose la fit se retourner.

Elle vit le félin du coin de l'œil, puis face à face. Il était à terre et s'élançait vers elle à une vitesse inimaginable. Elle vit sa tête s'agrandir à mesure qu'il se rapprochait. L'animal ouvrit la gueule et bondit.

Ce fut si soudain que Lilo ne put suivre l'action. Elle garda le souvenir du bruit sourd de l'impact lorsque l'animal la renversa. La vision confuse du félin mordant sa propre patte arrière et d'un pieu trempé de sang. Puis l'animal se remit sur ses pattes, et Lilo se retrouva perchée dans un arbre à trois mètres de hauteur, les mains ensanglantées.

En bas un humain se battait avec le félin. Il le maintenait d'un bras et le frappait avec une hachette de l'autre. Elle vit la tête tomber et l'homme se redresser. Il leva les yeux sur elle, puis regarda son avant-bras et enfin le crâne fracassé de l'animal qui se convulsait encore. Lilo descendit prudemment de l'arbre.

– Mais tu n'es qu'un gamin, dit-elle, surprise.

Il la contemplait toujours. Sur le qui-vive, mais apparemment sans comprendre ce qu'elle disait. Elle finit par se demander s'il s'agissait réellement d'un enfant.

Il était petit, moins de deux mètres. Il lui arrivait sous l'aisselle. Il était blond et portait des vêtements et des chaussures en cuir. Elle fit un effort pour se souvenir des anciennes races et décida qu'il était scandinave. Son visage était allongé, son front haut.

– Merci pour ce que vous venez de faire, dit Lilo. Mais vous n'avez pas l'air de me comprendre?

Il releva la tête pour la regarder et sourit. Il lui manquait trois incisives.

– Je n'ai jamais rien vu d'aussi sale que toi, lui dit-elle. A l'exception de moi, peut-être.

Son ton était amical et le fait est qu'il ne lui faisait pas peur. Mais elle se demanda si elle était en mesure de bien le juger. Elle avait déjà commis deux erreurs; avec le soleil et avec le félin. Elle ne voulait pas qu'il soit la troisième. Elle essaya de se rappeler tout ce qu'elle savait sur les tribus primitives de Vieille Terre. Les quelques bribes qui lui revenaient ne la poussaient pas à lui faire confiance. Il parla et elle crut reconnaître quelques mots au passage. Il acquiesça et fit quelques gestes qui ajoutèrent plus de confusion dans sa tentative de communication, jusqu'à ce qu'il désignât le soleil à plusieurs reprises.

Il parlait un américain abâtardi et il était probablement question de la nuit qui allait tomber. Lilo était ravie. L'américain était supposé avoir des racines anglaises, ou bien était-ce le contraire? Lilo n'était pas historienne. Mais elle savait que son système-parlé était un mélange de racines anglaises et russes. Elle pensait pouvoir apprendre sa langue.

Elle prit la décision de le suivre, si d'aventure il avait de la nourriture et un abri à partager. Il se retourna et ne sembla pas contrarié de la voir lui emboîter le pas. Elle s'efforça de rester sur ses gardes au cas où il la conduirait vers une tribu de ses semblables. Mais la méfiance envers ce qui est étranger ne venait pas naturellement à Lilo. L'idée qu'il pût lui faire du mal était si éloignée d'elle qu'elle l'oublia vite.

Il la conduisit dans une caverne dont l'entrée était bien dissimulée. Vaste et aplanie à l'intérieur, on y descendait par un escalier en béton caché par d'épais fourrés. Elle pensa tout d'abord qu'il s'agissait d'une cave dont le plafond aurait subsisté, mais lorsqu'il alluma un feu, elle put identifier sans hésitation les lieux. La conception d'une station de métro urbaine était encore à peu près la même sur Luna.

Lilo ne savait vraiment pas à quoi s'attendre de la part de cet homme. Ses connaissances sur la vie et les coutumes des peuples barbares étaient pratiquement nulles. Cependant, elle avait de vagues réminiscences à propos d'une différence de rôle social entre les hommes et les femmes avant que la pratique courante de la transsexualité ne mît un terme à la question. Elle se demanda s'il allait vouloir lui faire l'amour. Peut-être considérait-il cela comme un droit. Elle fut troublée par cette éventualité et se promit de lui réserver une petite surprise si c'était le cas.

Mais il semblait plutôt avoir peur d'elle. Ses yeux revenaient sans cesse sur la fourrure de ses mollets et lorsqu'elle était debout il la considérait bouche bée. Lilo s'aperçut vite qu'il souffrait de ses blessures. Elle examina son bras. Il se laissa faire sans protester et, lorsqu'elle le rassura d'un sourire, il lui sourit de même. Cela n'avait pas l'air bien grave, seulement quatre entailles profondes dues à la morsure, et quelques écorchures.

Là encore, elle dut réfléchir. Une telle blessure sur Luna serait absolument bénigne une fois la douleur apaisée. Ici, cela pouvait prendre plusieurs jours avant de se cicatriser.

Il s'appelait Makel, cinq jours plus tard il était mort.

La blessure ne cicatrisa pas. Il se soigna avec de l'eau, des feuilles et divers onguents, mais cela empirait de jour en jour. Les plaies commençaient à sentir mauvais.

Maintenant Lilo comprenait sa bévue et s'en voulait d'avoir été aussi stupide. Les notions de stérilisation lui étaient tout aussi étrangères que l'instinct de prédateur du félin qui avait failli la tuer. Luna fut dès le départ un environnement entièrement stérilisé. Les gants de caoutchouc, les masques, même l'eau bouillie dont elle aurait pu se servir pour le soigner, étaient inconnus de la chirurgie pratiquée sur Luna.

Il demeura vigoureux jusqu'au dernier jour, ignorant l'infection qui s'étendait. Chaque jour il partait à la chasse et elle le suivait. Elle n'eut pas le temps d'apprendre grand-chose de lui, mais il lui montra quelques tactiques élémentaires de survie. Elle apprit à rester toujours sur ses gardes. C'était un tout autre monde, mortel si elle lui laissait la moindre occasion. Elle apprit à reconnaître les fruits comestibles et les racines bonnes à déterrer.

Enfin, il s'effondra avec une forte fièvre. Elle demeura à ses côtés, essuyant la sueur de son front, lui donnant à boire lorsqu'il le réclamait. Elle le déshabilla et le lava. Elle vit que sa première impression avait été la bonne, ce n'était pas encore un adulte, mais déjà plus un enfant. Il devait avoir entre dix et quinze ans.

En plein milieu de la nuit, elle s'aperçut que son corps était froid. Elle ne savait pas depuis combien de temps il était mort.

Lilo prit la tête du jeune homme dans ses bras et le berça en pleurant doucement. Elle n'avait jamais vu mourir un humain. Elle essayait de se répéter que ce n'était pas de sa faute, mais elle se sentait toujours aussi coupable.

11

Or. Tout était jaune et or.

Je flottais dans une lumière diffuse, consciente mais ne prêtant attention qu'à cette seule couleur. Le bain se vida de son liquide et je continuai de flotter dans l'air.

Je reçus comme un choc qui me fit prendre conscience de seize différentes parties de mon corps où seize centres de douleur commencèrent à me torturer. Mes bras et mes jambes se convulsèrent, mais mon cœur ne battait toujours pas. Puis, une sensation familière; je m'étais cogné le genou.

Un nouveau choc, et mon cœur se mit à battre. J'étais en vie, il était temps. J'aurais préféré mourir plutôt que de subir un nouveau choc. J'inspirai et je fus prise d'une quinte de toux. Je me cognai la tête contre le couvercle du bac et, en retirant les mains de ma bosse, je vis qu'elles étaient couvertes de sang. J'en avais dans les yeux. L'or virait au rose. Le couvercle se souleva avec le bruit de succion d'un joint en caoutchouc.

J'étais attachée par la taille et j'essayais maladroitement de me libérer, seulement mes mains me faisaient l'effet de gants de caoutchouc gonflés d'air. Pendant que j'étais là, assise, à masser mes pieds ridés, je recouvrai peu à peu mes esprits, ce qui eut pour effet de me faire vomir. J'aurais voulu cracher ma langue.

L'extrémité de mes doigts et la plante de mes pieds semblaient très anciens, momifiés. J'essayai d'accommoder pour avoir une vision claire de la pièce où je me trouvais, j'essuyai le sang.

– Qui êtes-vous, vous?

La pièce était petite, elle n'avait pas été conçue pour trois personnes. Heureusement, en apesanteur, personne n'avait besoin de s'asseoir, pas même Lilo, si faible qu'elle n'aurait pu lever un bras. Elle flottait, se réchauffant les mains autour d'un tube de bouillon chaud qu'elle aspirait à petites gorgées. Elle connaissait les effets désastreux qui s'ensuivraient si elle buvait trop vite.

– Attendez, là, je crois que je ne vous suis plus encore une fois, dit-elle.

Elle se sentait fatiguée. Ce qu'elle aurait voulu, surtout, c'était dormir. Elle sentait battre ses tempes et les voix étaient inaudibles.

– Quelle année sommes-nous, dites-vous?

Cathay soupira, ce qui eut pour effet d'impatienter davantage Lilo et de la faire douter encore plus de ce qu'il venait de lui apprendre. L'histoire était assez incroyable comme cela sans avoir besoin de rajouter que son clone ait pu tomber amoureux de ce type.

Mais Paramètre continua avec une patience infinie.

– Nous sommes en 571, au mois de Capricorne. On t'a arrêtée en Sagittaire 568 et exécutée un an plus tard. Ou plutôt, d'après Cathay, c'est ton clone qui a été exécuté. La vraie Lilo a vécu un peu plus longtemps, puis elle est morte elle aussi. Un autre clone, tout prêt d'avance, semble-t-il, si l'on veut que cela colle chronologiquement...

– Ça fait partie des méthodes de Tweed, dit Cathay.

– Oui. Alors cet autre clone se fait tuer en tentant de s'évader, comme ton original. Un troisième clone a été envoyé sur Jupiter. Là, elle a rencontré Cathay puis...

– Oui, oui, jusque-là j'ai compris, dit Lilo.

Ce qu'elle voulait surtout, c'était éviter qu'on lui dise encore une fois qu'elle était morte. Les aventures de son clone sur Poséidon lui étaient encore obscures dans le détail. Cela pourrait toujours être tiré au clair plus tard.

– Bon. Seulement... Il me semble que j'aurais dû être réveillée ici plus tôt. Que s'est-il passé?

Paramètre ne dit rien, comprenant peut-être que Lilo était ébranlée par toutes ces révélations.

– On ferait peut-être mieux de la laisser prendre un peu de repos avant de continuer.

Lilo leva la tête. Paramètre/Solstice était comique à voir. Elle avait d'humain ce qu'un enfant aurait réussi à faire avec de la pâte à modeler. La seule partie vraiment reconnaissable était la bouche, de laquelle Solstice s'était retirée afin de laisser Paramètre discuter avec les autres. Les hanches étaient protubérantes, la taille étroite, pas de cou, seulement un immense morceau de Solstice qui recouvrait la tête et les épaules. Mais Lilo n'avait pas le cœur à rire. Contrairement à la plupart des humains, elle était un peu effrayée par la perfection dans la symétrie que représentait la symbiose.

– Non, continuez. Je me reposerai plus tard. Merci quand même.

– Très bien. Tu es dans le corps d'un clone. Tu le savais et tu t'y attendais. Mais ce n'est pas le corps du clone que tu nous as laissé ici il y a sept ans lorsque tu as conçu cette station. Celui-là est mort.

– Hein? Pourquoi?

– Tu es sûre de vouloir entendre la suite? Je vois bien que cela te fait du mal.

Tout ce qu'elle aurait voulu c'eût été dormir, mais elle était décidée. Il lui fallait savoir. Tout. Si effrayant que cela pût être.

– Nous ne savons pas vraiment pourquoi. Lorsque nous sommes arrivées il était déjà mort. Tu avais dit que cela pouvait se produire, mais tu n'as pas précisé ce qu'il faudrait faire... Nous avons passé en revue tous nos entretiens avec toi et nous sommes arrivées à la conclusion que nous avions pris l'engagement de te réveiller. Seulement qu'est-ce que cela voulait dire à présent? Alors nous avons décidé de produire un autre clone pour le réveiller. Nous n'avons pas été très habiles avec tous tes instruments, aussi il y a eu quelques problèmes pour le réveil et j'ai bien peur que...

– Mais non, c'était très bien, tu t'es très bien défendue. Donc ça en fait deux ici. Alors, attends voir, avec les trois élevés sur Luna plus mon original, ça nous fait...

– C'est-à-dire que..., l'interrompit Paramètre. Nous avions étudié le problème bien à fond avant d'élever ce clone, mais j'ai bien peur que ce soit en forgeant que l'on devienne forgeron. Ce deuxième clone fut un échec. Il est mort pendant que l'on essayait de le réveiller. Tu es le troisième. Cathay nous a aidées, il est arrivé il y a trois mois.

– Et à l'heure qu'il est, ajouta Cathay, vous avez certainement un autre clone en route pour Poséidon.

Lilo se tenait penchée sur le clavier de son ordinateur. Cinq jours s'étaient écoulés depuis son réveil et elle se sentait déjà mieux physiquement. Des exercices pratiqués avec soin lui avaient fortifié les muscles, mais elle se savait loin d'être en parfaite santé.

On commençait à se sentir à l'étroit dans la station. Pas à cause de Paramètre/Solstice, cela ne les gênait pas de rester toute la journée dans un même coin. Elles ne se déplaçaient pas pour le plaisir de la chose. Mais avec Cathay, c'était une autre histoire.

Elle éprouvait une satisfaction perverse à ne pas l'aimer. Elle avait été profondément troublée lorsqu'il lui avait expliqué les méthodes de Tweed pour s'assurer de la loyauté de ses agents. Ce n'est certes pas agréable d'entendre dire que tout en soi est prévisible. Mais la dernière Lilo avait eu un penchant pour cet homme, du moins le disait-il. Peut-être même l'avait-il aimé. Eh bien, au Diable tout cela! Cette Lilo-ci ne l'aimait pas.

– Ne pourrait-on pas au moins continuer d'en parler, dit-il doucement. Votre attitude ne résout rien.

– En ce qui me concerne, il n'y a rien à résoudre.

Elle cherchait à l'aide de son ordinateur ce qui avait

bien pu se passer avec les deux précédents clones élevés à bord de la station. Mais elle était bien trop énervée pour pouvoir se concentrer sur les chiffres qui défilaient sur l'écran. Ce n'était qu'un prétexte pour tourner le dos à Cathay.

– Alors, vous laissez vraiment tomber?

Il semblait aussi las qu'elle. Se laissant un peu attendrir, elle admit que ce devait être dur pour lui aussi. Il se souvenait de son clone, de leurs rapports avant sa mort. A présent Lilo avait changé toutes ces données.

– Oui, je laisse tomber. Vous ne m'avez pas laissé le choix pour la bonne et simple raison...

– Ce serait l'occasion de sauver beaucoup de gens qui vous étaient chers... non, je retire ça. Qui vous seraient chers si vous les rencontriez.

– Mais Bon Dieu! On peut en dire autant de la moitié de la race humaine! Essayez un peu de penser à ce que vous me demandez là. Bon, c'est peut-être un peu brutal, mais ces gens ne représentent rien pour moi.

– Pas même votre clone? Il doit y en avoir un autre à présent.

– Oui, chuchota-t-elle avec colère. Vous n'avez pas cessé de me le répéter. *Mais elle n'est pas moi.* Je ne lui dois rien, pas plus qu'à quiconque. J'ai pitié d'elle. Mais franchement, rien que l'idée de la rencontrer me donne la chair de poule.

Elle retourna à son clavier en soupirant.

Bon, pensa-t-elle, une dernière fois pour toutes, et si après ça il vient à la relance, je le balance par le sas.

– Ecoutez. J'ai reconnu que l'idée de prendre cette lune et de quitter le système solaire me plaisait. C'est une idée folle, mais assez radicale pour résoudre tous mes problèmes. Si ça marche. Et rien de ce que vous m'avez décrit ne me laisse supposer que ça marchera. Vous me demandez de risquer ma vie, alors que j'ai pris des précautions inimaginables pour la préserver, sur le pari le plus aléatoire dont j'aie entendu parler. Dites-moi le contraire.

Cathay en resta coi. Jamais il ne la regardait lorsqu'elle en arrivait là. Elle savait que cela voulait dire qu'il lui donnait raison.

– Je ne dis pas que le mode de propulsion ne marcherait pas. Je sais que cela a déjà été fait. Je dis qu'avec le système de sécurité que vous m'avez décrit... avec... cette chose, là, *Vaffa*. Cette obscénité qui se dit humaine... à la douzaine...

Elle ne put continuer tellement la situation qu'il lui avait exposée était repoussante. Elle respira profondément pour retrouver son calme.

– Dites-moi comment se débarrasser de Vaffa et organiser la propulsion, et je reconsidérerai la chose.

– L'autre Lilo... (Sa voix se fit inaudible. Il reprit :) Eh bien, elle parlait de fusils-laser. Si nous pouvions les attaquer à l'intérieur pendant qu'ils n'ont pas leur combinaison...

– Je ne me suis jamais servi d'un fusil, et vous?

– Moi non plus, admit-il misérablement.

Il la regarda. Elle lut dans ses yeux qu'elle n'était pas la Lilo qu'il avait connue. Tant mieux, c'est ce qu'elle essayait de lui faire comprendre depuis des jours. Après plusieurs minutes de silence, Cathay sortit pour être seul.

– Moi, je sais tirer, dit Paramètre.

– Toi? lui demanda Lilo.

Elle était étonnée de cette déclaration, Paramètre parlait rarement pour ne rien dire.

– Et tu vises bien?

– Je suis une championne, reprit la voix de Solstice.

Lorsque Solstice se servait des cordes vocales de Paramètre pour s'exprimer, le timbre était plus grave. Cela surprenait, à moins d'y être habitué.

– Je ne rate jamais mon coup. Mes réflexes et mon sens de l'évaluation sont meilleurs que ceux des humains.

– Je le sais bien. Mais quelle différence cela fait-il? Pourrais-tu tuer tous les Vaffa avant de te faire abattre toi-même?

– Non.

– Tu vois. Il faut se faire une raison, ils sont plus nombreux. Je parie que chacun de ces monstres est aussi rapide que toi. Quant à Cathay et moi, nous ne servirions à rien.

– C'est vrai.

La paire se tut, mais Lilo les soupçonna de parler entre elles à toute vitesse. Il serait intéressant d'entendre le résultat de ces palabres. Elle ne fut pas déçue.

– C'est faisable, dit Paramètre.

– Oui? Tu viens pratiquement de reconnaître qu'une bataille serait perdue d'avance.

– Nous n'avons jamais dit cela. Nous avons dit que nous ne pourrions pas gagner une bataille avec des lasers. Nous venons d'envisager une tout autre approche. Nous n'irons pas, bien entendu. Une paire ne s'intéresse pas aux voyages interstellaires. Pas assez de soleil.

– Evidemment.

Lilo soupira en passant ses doigts dans sa chevelure. Elle grimaçait en se massant le bras. Elle souffrait encore de crampes et de brèves périodes d'affaiblissement général.

– Je dois reconnaître que je ne vois aucune autre solution. J'ai pensé... c'était une idée, comme ça, prendre un symbiote et rester dans les Anneaux. C'est ce que j'avais en tête quand j'ai installé cette station. Maintenant que je suis au pied du mur... je veux dire maintenant que je vis dans un corps de clone...

– Tu as peur, termina Paramètre. Cela ne me surprend pas.

– Pardon.

Paramètre se mit à rire.

– Ne t'en fais donc pas pour moi. Je sais depuis longtemps que la plupart des humains ont peur de vivre en symbiose.

– J'avais *prévu* de le faire...

– ... mais tu n'y as pas pensé sérieusement. Non, Lilo. Ce n'est pas pour toi. Ou plutôt, ce serait bien pour toi, mais tu ne verras jamais les choses de cette manière. Il y a longtemps que je sais cela.

Lilo savait que Paramètre avait raison. Ce constat la dégrisa. Avec tout le mal qu'elle s'était donné pour mettre la station de secours en place dans les Anneaux afin de garantir sa survie en cas d'arrestation pour expériences illégales, elle ne s'était jamais demandé où elle irait une fois ressuscitée. Elle s'était contentée de la vague possibilité de vivre en symbiose dans les Anneaux où aucune loi ne régnait, n'avait jamais régné et ne régnerait jamais.

Où pourrait-elle bien aller? Chacun des Huit Mondes lui était interdit. Dès que son génotype serait détecté, elle serait arrêtée puis subirait le sort de son original. Elle était hors la loi. Et là-bas, un monde de hors-la-loi, coincé comme elle, tournait autour de Jupiter.

– Tu as dit que c'était faisable, avança-t-elle prudemment.

La bouche visible de Paramètre grimaça.

– Au fond de toi, tu restes une rampante, Lilo. Tu penses en termes de combats au corps à corps, bien que tu n'y connaisses rien. Sors un peu la tête des corridors. Nous parlons de déplacer un monde, de le sortir du système solaire. Il faut voir *grand.*

12

STARLINE S.A.R.L.

TOP-SECRET : POUR AAA SEULEMENT.

OBJET : TRANSMISSION CANAL OPHITE 14/8/570 12 : 49 H 44" 3/10 TU. TRADUCTION : (POURCENTAGE DE PROBABILITÉ) DURANT (LAPS DE TEMPS; CONJONCTURE; 400 ANNÉES TERRIENNES ?) DES

DONNÉES ONT ÉTÉ ENVOYÉES. NOUVEAUX ABONNÉS (43 %) REÇOIVENT (INTRADUISIBLE) POUR RÉGLER. VOTRE LAPS DE TEMPS EST EXPIRÉ (TERMINÉ?) (PROLONGÉ?). S.V.P. FAIRE PARVENIR (SOLDE DÉBITEUR?) (ARRIÈRE?) OU SUBIR SUSPENSION (45 %) A UN (INTRADUISIBLE). ENVOYEZ RÈGLEMENT (30 %) SOUS FORME DE (INTRADUISIBLE) DANS PROCHAIN (LAPS DE TEMPS; CONJONCTURE; 10 ANNÉES TERRIENNES?). POSSIBILITÉ DE CRÉDIT (58 %) POUR LES (NOUVELLES?) (ANCIENNES?) FORMES DE VIE EN LUTTE. SANCTIONS SÉVÈRES, SANCTIONS SÉVÈRES, SANCTIONS SÉVÈRES (97 %). FIN DE CITATION.
MESSAGE RÉPÉTÉ TRENTE FOIS.
NOMBRE TOTAL D'UNITÉS D'INFORMATION : APPROX. $2{,}3 \times 10^8$

Or.

La mémoire et la prémonition du jaune et or.

Quelque part, il y avait une forêt sous un soleil bleu.

Le visage était toujours là lorsqu'elle se réveilla, toujours souriant. Lilo sourit de même, heureuse que ce soit terminé.

– Pas si vite, dit Mari, d'un ton léger. Je dois d'abord te débrancher et te refermer.

Quelque chose était différent. Elle ouvrit les yeux à nouveau et s'aperçut que c'était le décor. Quelque chose derrière Mari avait changé.

Les arbres. Ils avaient été verts et maintenant il n'y avait plus de feuilles à leurs branches.

Elle subit un stage de formation. Elle eut tout le temps de réfléchir à sa situation. Il était difficile de croire que l'on était maintenant en 571, que cela faisait deux ans que Mari l'avait enregistrée dans la clairière.

Tweed lui avait montré ce scénario effarant. C'était maintenant la troisième fois qu'il la voyait ressusciter au même endroit. *Trois* fois. Elle écouta l'histoire de son original, qui avait essayé de s'évader juste après sa libération du Centre de liquidation, et comment il était mort. Tweed avait des photos. Elle savait comment son premier clone Lilo 2 était mort. Puis il y eut une Lilo 3 qui tua Mari puis fut attrapée et tuée à son tour. Personne ne voulut lui dire ce qui était arrivé à Lilo 4. C'était certainement la plus rusée du lot, ou bien alors la plus intimidée, car elle avait tenu un an. A présent, elle était Lilo 5. (Et puis, il restait encore la station dans les Anneaux, y avait-il là un numéro 6 qui se préparait ?)

Elle décida d'être très prudente.

Ils la conduisirent à bord d'un vaisseau en partance pour Titan, accompagnée d'une Vaffa-femelle et d'un homme nommé Iphis.

Cela faisait trois jours que le vaisseau avait quitté Luna lorsque Tweed les appela. Lilo n'eut pas le droit d'entendre. Iphis et Vaffa prirent le message décodé et se retirèrent sur le pont. Elle entendit des éclats de voix. C'était celle d'Iphis qui portait le plus. Il était fortement question d'horaires et d'un autre vaisseau qu'ils allaient manquer. Lorsqu'ils furent de retour il était facile de voir qui avait gagné. Iphis était furieux, il valait mieux l'éviter. Vaffa, elle, était toujours aussi imperturbable, avec peut-être un peu plus de froideur dans le regard.

Il semblait à présent que l'on se dirigeait vers Mars.

Vaffa voulut parler à Lilo. Elle avait une façon bien particulière et directe de le faire comprendre. Elle lui saisit la cheville et la tira comme un ballon de baudruche.

– Nous allons nous arrêter sur Mars le temps qu'il faudra pour attraper un vaisseau rapide pour Pluton, dit Vaffa après avoir refermé la porte d'une petite cabine-dortoir.

– Comme c'est intéressant.

– Oui.

Elle paraissait songeuse, détendue. Puis, tout d'un coup, elle explosa littéralement. Lilo se retrouva attachée sur un lit d'accélération, le visage de Vaffa tout contre le sien. Ses joues lui faisaient mal, elle avait le goût du sang dans la bouche.

– Oui, répéta Vaffa. Intéressant.

Mais elle ne paraissait pas intéressée, elle était plutôt troublée. Lilo savait que Vaffa n'était pas très intelligente, qu'elle ne doutait jamais et qu'elle devait rarement prendre des décisions. A présent elle avait un problème à résoudre. Lilo sentit quelque chose de froid et dur contre sa gorge, elle s'efforça d'avaler sa salive.

– Il y a une urgence qui vient de nous être signalée par le Patron, dit Vaffa. Je dois aller voir et il veut que vous soyez avec moi. Je sais pourquoi. Une fois là-bas il y aura un problème à résoudre, mais ce n'est pas mon fort. Alors, c'est vous qui allez le résoudre et je vous surveillerai.

– Ecoutez, fit Lilo à voix basse, je suis sûre que vous vous débrouillerez bien toute seule. Je ne demande pas mieux que de rester enfermée dans le vaisseau et de ne me mêler de rien jusqu'à ce que vous...

Il n'y eut qu'une légère augmentation de la pression contre son cou, mais cela suffisait pour l'empêcher de respirer.

– Non. Nous allons faire ce que le Patron a dit. Moi, je veille à ce que vous ne vous évadiez pas. Nous allons rencontrer quelqu'un d'autre qui est supposé m'aider, mais je devrai le surveiller, lui aussi. Je tiens à vous signaler que j'ai parfaitement assimilé le profil que le Patron m'a donné de vous. Je connais bien votre façon de penser.

– Je vous crois...

Elle saisit les lanières de part et d'autre de Lilo et plaça son genou contre sa poitrine. Elle tira sur les lanières.

– Je ne veux pas dire de mal du Patron, fit-elle en appuyant un peu plus. Mais, à mon avis, il fait trop confiance à ses profils. Je crois que je pourrais mieux vous surveiller si vous me craigniez un peu plus.

– Vaffa, j'ai déjà peur de vous, honnêtement. Je ne vois pas comment...

Vaffa la fit taire d'un mouvement de tête. Pour la première fois, elle fronça légèrement les sourcils. Il devait s'agir d'un très gros problème.

– Je crois que vous auriez plus peur de moi si je vous amputais d'un bras ou d'une jambe sans anesthésie. Je peux vous garder la vie sauve et replacer le membre, mais cela sera plus douloureux que tout ce que vous pourriez imaginer. Croyez-vous que cela aiderait à vous persuader de bien vous conduire?

Lilo n'en revenait pas. Vaffa demandait cela en toute sincérité, elle voulait vraiment connaître son opinion.

– Non! Non... Vaffa, je ne sais pas. S'il te plaît, ne fais pas ça. Je crois que je ne ferais que te détester un peu plus.

Elle ne savait pas quoi dire. A son grand soulagement, Vaffa acquiesça.

– J'ai envisagé de vous tuer tout de suite. Je pourrais mentir au Patron, mais... non. Je ne crois pas que je le pourrais. Alors je vous propose un marché. Je pense que si vous vous évadez, j'aurai de grandes chances de vous rattraper. Si vous y parvenez, je consacrerai tout mon temps à cela. Voici le marché. Si je vous rattrape je vous tuerai très, très lentement.

– Oui, je comprends.

Vaffa réfléchissait encore. Elle massa son crâne chauve et relâcha un peu son étreinte contre la poitrine de Lilo. Cette dernière put respirer un peu mieux. Enfin, Vaffa la détacha. Elle saisit sa tête sans brusquerie et la regarda droit dans les yeux.

– Donnez-moi votre parole que vous n'essaierez pas de vous évader tant que nous serons sur Pluton. Votre parole d'honneur.

– Et si je ne te la donne pas? Tu me tues tout de

suite et fais croire à Tweed que j'essayais de m'évader?

Vaffa fut surprise et un peu offensée.

– Non. Je ne vous ferai rien quoi qu'il arrive, à moins que vous n'essayiez de vous échapper. Je ne veux pas vous forcer à donner votre parole. Si on le fait sous la menace cela n'engage à rien. Elle parlait comme s'il s'agissait là d'une loi naturelle et universelle.

– Bien. Je jure que je n'essaierai pas de m'évader tant que nous serons sur Pluton.

Elle prêta serment en mélangeant son sang à celui de Vaffa. S'ouvrir la paume de la main sans anesthésie fut bien l'une des choses les plus courageuses que Lilo eût jamais accomplies.

Ce n'est que plus tard que Lilo se rendit compte qu'il s'agissait là d'enfantillages. Sa parole avait-elle une valeur quelconque lorsque sa vie et sa liberté étaient en jeu? Elle ne voyait pas comment, mais cette question la troubla plus qu'elle ne voulut l'admettre.

Plus tard, Vaffa se tourna vers Lilo et baissa la lumière de la cabine. Iphis dormait, on l'entendait ronfler.

– Il faut que je te parle.

Lilo eut peur qu'elle voulût encore faire l'amour. Si elle s'entendait bien sexuellement avec Iphis, Vaffa lui faisait peur. Elles allèrent dans le petit gymnase.

– D'abord, lis ça.

Vaffa lui tendit une feuille recouverte de noms de codes, c'était une mauvaise traduction que Vaffa avait reproduite de son écriture en pattes de mouche. Lilo remarqua tout de suite le nom de Starline ainsi que la désignation top-secret pour A.A.A. seulement.

– Je ne sais pas où le Patron a eu ça, fit Vaffa sans qu'elle ne lui ait rien demandé. Il a ses sources.

Lilo se mit à lire, puis relut plus attentivement. Elle était habituée au système de pourcentage de probabilité utilisé pour décoder les transmissions du Canal.

Bien souvent le signal, après un voyage de 17 années-lumière, était considérablement dénaturé. Mais ce ne pouvait être le cas, pas avec trente répétitions. Ainsi le doute qui planait au-dessus des mots clefs venait du manque de contexte fourni à l'ordinateur pour une bonne traduction.

Lilo ne fut pas surprise. La plupart des gens pensaient que les transmissions du Canal étaient en code et qu'une fois le chiffre connu on pourrait obtenir quelque chose en bon système-parlé.

Seulement ces données venaient d'un mode de pensée qui leur était étranger. Tant que les messages étaient de nature scientifique, en termes mathématiques, on pouvait raisonnablement bien les traduire. Et encore, il subsistait des zones qu'aucun programme informatique n'avait réussi à comprendre. Lilo avait sa petite idée là-dessus. Ses recherches dans ces zones incompréhensibles l'avaient conduite en prison.

Les rares fois où le contenu du message se rapprochait tant soit peu d'un langage, les traductions étaient toujours approximatives. Cela ne surprenait pas les linguistes. Les langues sont pleines de contradictions, de choses qui *vont de soi* et de particularismes culturels. Plus ils recevaient de messages, plus les ordinateurs parvenaient à définir le sens des mots. Mais les Ophites ne parlaient pas beaucoup d'eux. Ils se contentaient d'envoyer des données techniques, pour le reste il pouvait aussi bien s'agir de publicité, de prosélytisme religieux que d'une chose n'ayant aucune équivalence humaine.

Lilo relut le message une troisième fois.

– Qu'est-ce que c'est que cette histoire de compte et de suspension de service? Un *règlement?* Qu'est-ce qu'ils peuvent bien vouloir? Qu'est-ce qu'on pourrait bien leur donner?

– Peut-être la même chose, des informations, proposa Vaffa.

– Mais nous... qu'est-ce que ça veut dire?

– Je pense que cela veut dire juste ce que cela dit.

C'est une note de téléphone pour quatre siècles d'utilisation.

– Mais... c'est complètement dingue!

– Vraiment? Qu'est-ce qui nous permet de penser que le Canal allait fonctionner éternellement sans qu'on paie rien en retour? Pourquoi seraient-ils moins mercantiles que nous?

Lilo se calma et réfléchit avant de répondre.

– D'accord. Ça, je peux le comprendre. Mais qu'est-ce qu'on pourrait bien leur donner? Et comment? Peut-être pourrions-nous construire un énorme laser, comme le leur – je ne dis pas que nous en sommes capables, on pourrait essayer –, mais pour leur transmettre quoi? Tout ce qui nous vient du Canal a toujours été en avance de deux ou trois mille ans sur notre technologie. C'est comme si l'on demandait à un primitif terrien des conseils pour réparer un moteur à fusion. Qu'avons-nous à leur apprendre?

Vaffa fit la grimace en lui reprenant le message.

– J'avais espéré que tu aurais une petite idée. Moi je ne vois rien et cela me travaille. Je crois que ce qui me travaille le plus ce sont les *sanctions sévères*.

– Je ne vois rien d'autre qu'un arrêt des transmissions. Enfin, après tout, ils sont à 17 années-lumière. Que peuvent-ils faire?

– Je ne sais pas.

Vaffa ruminait tout cela pendant que Lilo essayait de tirer l'affaire au clair. Puis elle releva la tête.

– Tout le monde dit que les voyages interstellaires sont impossibles, ou bien qu'il faudrait tellement de temps que cela n'en vaudrait pas la peine. L'argument principal, c'est les Ophites. S'ils connaissaient les voyages interstellaires, ils seraient ici, non? Ils ne resteraient pas chez eux à envoyer leurs messages. (Elle secoua la tête.) Maintenant je me pose des questions. Peut-être n'avons-nous rien compris. Peut-être ne viennent-ils pas pour une tout autre raison. Mais je ne vois pas pourquoi ils nous enverraient cela s'ils n'étaient pas intéressés d'un point de vue commercial.

Lilo aurait aimé continuer la discussion, mais Vaffa s'était retirée dans son monde intérieur. Elle avait peur. Lilo n'avait pas peur. Pas encore. Cela viendrait.

13

Starline, par le Programme de base des relations publiques, Ordinateur Principal, Starline S.A.R.L. Indice de lisibilité II.

Qui aurait pensé qu'ils pouvaient manquer leur cible? Personne. Dieu seul sait depuis combien de temps nous étions à l'écoute des étoiles. Comme le projet Ozma, dans l'ancien temps. Ça n'a rien donné. Plus tard nous avons orienté nos grandes oreilles vers le Centaure, Wolf, Lalande, Procyon, Eridani 40. Silence. Grand silence. Qu'est-ce qui se passe? On les écoute et pas le moindre bip-bip.

Puis nous avons appris à aller *loin.* Au-delà de Pluton, *deux fois* plus loin que Pluton. Et devinez quoi... des voix.

Enfin, pas exactement des voix. Vous me suivez? Des bip-bip. Pendant longtemps personne n'a pu les comprendre. (Venez donc y jeter un coup d'œil. Des milliards de milliards de pattes de mouche.) Même les ordinateurs ne comprenaient rien au message. Mais nous étions sûrs d'une chose, il y avait quelqu'un là-bas sur Ophiucus 70 avec un énorme laser. Ça voulait nous parler et ça aurait loupé une vache dans un couloir.

– Minute! Peut-être que ce n'était pas à nous qu'ils s'adressaient. Bien. Alors on s'est retournés pour voir ce qu'il y avait derrière. Mais il n'y a rien, juste une paire d'étoiles sous l'aisselle d'Orion. C'est nous qu'ils visaient. Mais comment avaient-ils pu nous louper? Construire un laser pareil et ne pas savoir s'en servir?

Pas question. Quelqu'un a dit : « Si ça se trouve, ça ne les intéresse pas de nous parler tant que nous ne sommes *pas prêts*. Il fallait être assez intelligent pour aller là-bas les écouter ou quelque chose dans ce genre. » Oui, ça a l'air de tenir, non? Oui. Ça fait quatre cents ans qu'ils parlent, maintenant. Ils nous arrosent et ils nous arrosent. Vous voulez écouter? Vous devez aller là-bas.

Quelqu'un d'autre a dit : « Et pourquoi ne construirions-nous pas un gros laser pour leur répondre? » Ça va pas? Et qui va le *payer*?

Même lorsque l'économie allait pour le mieux, peu de voyageurs s'arrêtaient sur Pluton. Les droits d'importation y étaient les plus élevés du système et les compagnies faisaient payer tellement cher chaque kilo de fret qu'il valait encore mieux tout laisser chez soi et se reconstituer une garde-robe à l'arrivée. Seules les informations valaient la peine d'être importées. Encore fallait-il que celles-ci fussent transportées de la manière la plus compacte possible.

Pluton était en pleine crise. Cela faisait deux ans que le gouvernement perdait une guerre économique contre Mercure. Il avait dû prendre des mesures draconiennes. Vaffa avait obtenu un peu d'argent liquide grâce à sa carte de crédit inter-système sur Mars. Lilo et Vaffa sortirent de l'express 5-G au port de Florida. Après avoir passé huit jours à flotter dans un compartiment à accélération, elles étaient dans un état pitoyable, assommées. Lilo n'arrêtait pas de tousser pour chasser de sa gorge des substances infectes. Un liquide coulait continuellement de son nez. Elle l'avait léché pour goûter, elle le regretta.

Elle cherchait quelque chose pour faire passer le goût. Elle s'arrêta devant un distributeur de boissons et y introduisit un des billets martiens que Vaffa lui avait donnés.

– Je ne peux pas changer cela, dit la machine. Ecoutez, si vous me laissez cet argent en dépôt, nous pourrions faire des affaires.

La machine expliqua qu'elle était une des succursales accréditées de la Banque planétaire de Florida. Des lettres s'allumèrent. On pouvait lire : INTÉRÊT 15%. Elles s'éteignirent au bout de quelques secondes. Lilo obtint son verre et sa facture lui fut retournée avec quelques pièces plutoniennes. Vaffa lui conseilla de les jeter dans le recycleur car elles ne valaient pratiquement rien.

Pluton subissait une inflation galopante. Le papier-monnaie perdait de sa valeur aussitôt qu'il était imprimé. Il fallait le dépenser le plus vite possible. Chaque lundi, mille Vieux Marks ne valaient plus qu'un Nouveau Mark. Si votre argent avait plus d'une semaine il ne valait même plus son propre poids en papier.

Lilo et Vaffa attendirent dans la salle de repos du port spatial que les médics certifient qu'elles n'étaient plus sous les effets du voyage en forte gravité. Un peu plus loin il y avait des boutiques spécialisées dans le rééquipement des voyageurs qui arrivaient nus des planètes intérieures. Lilo voulut s'arrêter.

– N'achète rien ici, lui conseilla Vaffa. Tu vas te faire avoir.

– Qu'est-ce que ça peut faire?, demanda Lilo. Nous sommes riches, non?

Elle entra dans une des boutiques de mode.

Une fois à l'intérieur, elle fut savonnée, douchée, passée à l'huile et massée jusqu'à ce qu'elle se sente plus humaine et dégrisée.

Elle n'était plus trop affectée par les courbatures dont souffrent les passagers Haut-G pendant plusieurs jours après le vol. Elle demanda aux vendeurs de l'habiller.

Elle examina ce qu'ils lui apportèrent et choisit une

robe rouge avec des boucles à la taille, aux poignets et au cou. A part les manches qui étaient bouffantes, c'était un vêtement fonctionnel, plein de poches et avec un chronomètre incorporé. Ils voulurent lui peindre les jambes, mais elle refusa fermement. Elle s'acheta un chapeau et une paire de sandales à cause de la plante de ses pieds, ridée comme un pruneau. On essaya de lui vendre de la peinture faciale, une combinaison holographique et brumeuse et un manteau de vison vivant.

Elle paya et sortit. Elle n'avait pas l'habitude d'être poussée à la consommation, elle n'aimait pas ça. Vaffa n'acheta rien.

– Tu ne portes jamais de vêtement?, lui demanda Lilo.

– Je ne les aime pas. Ça peut gêner au cours d'une bagarre. Parfois, je porte un ceinturon avec un laser, mais pas en public.

Vaffa regardait autour d'elle avec nervosité. Lilo avait déjà remarqué que sa compagne n'aimait pas la foule, même sur Luna. Ici, elle semblait très agitée. Ses mouvements étaient rapides et nerveux. Sur le qui-vive, elle essayait de tout voir en même temps.

– Où allons-nous?

– J'ai une adresse. On ferait peut-être mieux de consulter un plan.

Pluton se vantait d'être à la frontière, d'être la Frontière. Après trois cents ans de colonisation stable, cette idée commençait à s'émousser. Dans l'ensemble, Pluton avait le même style d'urbanisation que n'importe quel autre des Huit Mondes. Mais les villes plutoniennes avaient tendance à être plus bruyantes et plus criardes. On y décelait une note d'ostentation, on se sentait agressé par le mauvais goût et le déballage commercial ainsi que personnel. Les deux Lunariennes trouvaient cela détestable.

Les pignons des bâtisses étaient parfois laissés tels quels, inachevés. La moquette des corridors était épaisse et douce, mais par endroits elle était mal posée et n'arrivait pas jusqu'aux murs. Il y avait des crachats goudronneux et brunâtres dans les coins. Le tapis roulant les fit passer devant une section de roche nue sur laquelle des ouvriers passaient une couche de plastique isolant. La roche recouverte de givre aspira la chaleur d'un côté du corps de Lilo.

Elles arrivèrent au Centre, moyeu du réseau de tapis roulants de la ville et lieu de correspondance principal pour les capsules qui assuraient la liaison avec la banlieue, les enclaves et les communautés. Elles descendirent et regardèrent autour d'elles. Le plafond était à deux kilomètres au-dessus de leur tête, mais certains arbres de Parc Central semblaient le toucher. Huit arcades entouraient le vaste domaine cylindrique que l'on pouvait atteindre grâce à des ascenseurs de verre suspendus à des câbles transparents. Tout semblait bouger ou étinceler pour capter leur attention.

Lilo se sentait oppressée, étrangère. C'était vertigineux. En bonne Lunarienne, elle était conservatrice à bien des égards. Elle s'habillait par commodité, pas par coquetterie. Le gâchis et la frivolité l'offensaient : les conséquences de l'Invasion plaçaient la société lunarienne à l'écart du reste de l'espace humain.

Luna fut la planète directement colonisée à partir de la Terre. Lorsque les Envahisseurs arrivèrent, les quelques milliers d'humains de Luna durent se battre avec acharnement pour atteindre le stade d'autosuffisance. Ils n'étaient pas prêts. Cette autonomie n'était censée, lorsqu'ils arrivèrent sur Luna, ne survenir que trente ans plus tard. Ce qu'ils allaient faire déciderait de la survie de l'espèce.

Les cinquante premières années avaient été particulièrement difficiles. Beaucoup moururent des suites de loteries sélectives ou en leur résistant violemment lorsqu'il devint clair qu'il fallait trouver un remède à la surpopulation. Les survivants avaient tout sacrifié pour garantir que ces martyrs n'étaient pas morts en vain.

Les Lunariens gardaient les cicatrices de cette lutte.

Ils avaient tendance à être politiquement et moralement conservateurs. Ils demeuraient attachés à un semblant de démocratie alors que les autres colonies s'essayaient au sélectivisme par épreuve. L'asexualité n'avait jamais pris. Les modes martiennes et mercuriennes se vendaient mal sur Luna. Alors que la pudeur, devenue une aberration, était à peu près oubliée, le Lunarien moyen portait généralement une veste pleine de poches, un sac à main ou bien encore allait nu. C'était devenu comme une sorte d'uniforme. Le reste de l'humanité ne cessait de les plaisanter à ce sujet.

Un chirurgien imaginatif pouvait faire faillite sur Luna. Les jambes supplémentaires aux endroits les plus inattendus, les têtes inversées, les nouvelles lignes pour le nez ou les queues préhensiles intéressaient peu de monde. Ils changeaient de sexe à peu près une fois tous les huit ans, bien moins souvent que dans l'ensemble du système. Dix pour cent seulement de la population recouraient à la chirurgie esthétique. La plupart des Lunariens qui désiraient changer de visage le faisaient chez eux, comme passe-temps.

Pluton était à l'autre extrémité du spectre. Lilo trouvait l'endroit vulgaire. C'était un dégoût profondément ancré qu'elle n'arrivait pas à s'expliquer. Les Plutoniens se pavanaient. Ils exhibaient leur niveau social.

Lilo et Vaffa s'égarèrent dans un labyrinthe de publicités, fantômes de fumée et hologrammes qui suivaient le client éventuel en jouant avec la perspective, diffusant sans cesse leurs slogans directement dans l'oreille interne à cause des lois contre la pollution sonore.

Elles parvinrent à se réfugier dans un parc. Le tronc d'un arbre mettait à leur disposition des sièges sculptés à même l'écorce. Lilo leva la tête et songea qu'il lui faudrait bien cinq minutes pour faire le tour d'un tel arbre.

On se serait cru dans l'œil d'un cyclone. Des hologrammes s'approchèrent mais furent stoppés comme par un mur invisible.

VISITEZ LA BARQUE DE CHARON.
ACHETEZ ÉROTICON. UTILISEZ-LE, MANGEZ-LE, APPLIQUEZ-LE SUR VOTRE PEAU, ESSUYEZ-LE, FAITES-LUI L'AMOUR.
DONNEZ À LA BANQUE DE LA PERSONNALITÉ.
SOYEZ IN, ACHETEZ DES ASTAIRES, REPRISE POUR VOS VIEUX PIEDS. PLASTRONNEZ.

Le parc était pratiquement désert. Les Plutoniens ne semblaient pas apprécier le calme et le silence. Assises, Lilo et Vaffa regardaient les gens passer.

– Les seins sont à la mode, cette année, remarqua Vaffa au bout d'un instant. Ils en ont tous au moins deux. Hé! Mais qu'est-ce que c'est que ça?

– Des testicules électriques. J'ai lu un article là-dessus.

– C'est mignon. (Vaffa semblait s'amuser.) On dirait des lanternes.

– C'est censé être le moyen le plus rapide de garantir à ton partenaire que tu es stérile. Dis donc, tu sais où on va? J'aimerais prendre un autre bain dans un lieu tranquille.

14

Les trains à gravité partaient du niveau situé juste en dessous du Centre. Lilo glissa nerveusement sa main dans la fente d'une machine de contrôle d'identité avant d'acheter deux billets. Cela avait bien marché sur Mars.

Le bras nixonien de Tweed s'étendait à cinq milliards de kilomètres. Elle sentit la machine gratter la paume de sa main et la mémoire de l'Ordinateur Central de Pluton accepta les données suivantes :

JOVIAN-342 (ID-L-502-KC-98) EMBARQUÉE À BORD DE LA NAVETTE FLORIDA/BARROW LE 8/4/71 À 3 H 49.

La vérification se fit automatiquement et une lampe verte s'alluma. Le nom de Jovian-342 n'apparaissait sur aucune liste de personnes recherchées et c'était tout. Si l'ordinateur de Pluton avait eu l'idée de vérifier les archives de Luna, il aurait appris douze heures plus tard que Jovian-342 était une disciple de l'Eglise de l'ingénierie cosmique, une honnête citoyenne de Luna et qu'elle voyageait beaucoup, beaucoup. Ce qu'il n'apprendrait pas, c'est que Jovian-342 avait émigré dix ans auparavant et vivait maintenant probablement en symbiose dans les Anneaux, coupée de la civilisation et certes pas en mesure de porter plainte pour le vol de son identité.

Lilo ne savait pas comment Tweed s'y était pris. Elle savait que ceux qui s'occupaient des ordinateurs principaux étaient pratiquement intouchables, cela afin d'assurer une protection rigoureuse contre toute manœuvre illégale. Malgré tout, il y avait eu des exceptions et il y en aurait encore.

A l'intérieur de la voiture, tout était d'un velours brun pelucheux, chrome et lumières tamisées. Elle se laissa tomber dans l'un des fauteuils et s'y attacha, Vaffa à ses côtés. La voiture entra dans un tunnel et commença de monter doucement. Pendant qu'elle prenait de la vitesse, les portes-sas s'effacèrent et allèrent s'aligner à l'arrière. Lilo en compta douze. Puis des étoiles apparurent. Elle plia les jambes pour se frotter les pieds. Elle avait froid.

C'était un réflexe ridicule, mais elle avait l'impression de sentir le gaz glacé de l'extérieur. Elle avait horreur du froid. Rien n'était chaud ici, même dans la journée.

Un homme de forte carrure arriva par l'allée centrale et s'assit sur l'un des bras du fauteuil de Vaffa. Avec un grand sourire, il essaya de lui vendre une carte de membre d'un cercle sexuel. Vaffa fut agacée, mais lorsqu'elle voulut le repousser sa main lui passa au travers. Ce n'était que le premier, bientôt elles furent entourées. Vaffa sursauta lorsque l'un d'eux la toucha.

– Excusez-moi, dit l'homme. Je vois que vous venez de Luna.

– Oui, dit Lilo. Ça se voit tant que ça?

– Votre nez, dit-il. Il pointe.

Le sien était aussi aplati que celui d'un mauvais boxeur. Ses cils avaient cinquante centimètres de long, ce qui donnait une impression de ralenti lorsqu'il clignait des yeux.

– Et puis il y a d'autres détails. Sans vouloir vous vexer. J'ai pensé que vous seriez peut être intéressées par ce que j'ai à vous proposer.

– Vous savez, vous pourriez être remplacé par une illusion, dit Vaffa.

– Qu'est-ce que vous pouvez bien vendre qu'on ne puisse confier à un hologramme? demanda Lilo.

– Des générateurs anti-holos, répondit-il.

C'était un petit bracelet sur lequel était gravé le numéro à appeler en cas de panne. Ils n'étaient pas à vendre. On ne pouvait les avoir qu'en location, comme un terminal d'ordinateur. Il y avait toute une gamme de modèles et de prix. Certains se contentaient de maintenir les hologrammes à un mètre de distance. La plupart des Plutoniens trouvaient cela suffisant. S'ils ne pouvaient pas voir la publicité, comment auraient-ils su ce qui était à la mode?

L'homme ne manifesta aucune surprise lorsque Lilo et Vaffa lui prirent son modèle le plus puissant.

Lorsque le train arriva à Barrow, les fenêtres étaient embuées. Au moment de débarquer, les deux femmes remarquèrent que l'extérieur de la voiture était recouvert de givre. De la neige à demi fondue coulait le long des parois dans les caniveaux qui bordaient le quai recouvert d'un épais tapis.

– Que peux-tu me dire de ce type? demanda Lilo.

Vaffa observait les murs, elle n'arrivait toujours pas à se détendre.

– Ancien membre de l'enseignement, un type bizarre. Il a été viré par l'Académie et ne s'en est jamais tout à fait remis. Le Patron le laisse travailler seul sur Pluton. Son rôle n'est pas très important, en tous les cas pas jusqu'aujourd'hui.

– C'est par lui qu'on a intercepté cette transmission?

– Oui. Le dernier message du Patron m'en parle. Il peut se procurer des données du Canal. Il les envoie au Patron et nous les recevons à peu près en même temps que le Conseil d'administration de la Starline.

– Et à quoi cela vous a-t-il servi jusqu'à maintenant?

Vaffa haussa les épaules.

– Tweed aime être informé. Nous sommes en guerre.

Lilo l'oubliait toujours. Le Front de libération de la Terre contre les Envahisseurs. Aucun coup de feu n'avait encore été tiré, mais Lilo n'avait que peu d'espoir quant au résultat – si Tweed parvenait réellement à déclencher un conflit.

Vaffa ne vivait que pour cela. Elle était toujours sur ses gardes, – aujourd'hui plus que jamais, et Lilo crut deviner pourquoi. Vaffa était allée plusieurs fois sur Titan, mais sans s'aventurer loin du port spatial. Luna était le seul environnement qu'elle connût réellement. Elle souffrait de ce dépaysement.

Lilo était habituée à ce phénomène. Il n'est pas vrai que tous les corridors se ressemblent. Il y a des petits détails que l'on ne remarque pas consciemment; la décoration des plafonds, la disposition des contrôles sur les détecteurs atmosphériques, la forme inhabituelle des buvettes, des taxiphones, des extincteurs, des portes, des boîtes à pharmacie et des sas de secours. Même l'air avait un goût différent. L'air de Pluton n'était filtré que sept fois avant d'être réutilisé, il était lourd d'humanité.

Elles arrivèrent à destination et sonnèrent. La porte s'ouvrit. Elles furent aussitôt assaillies par un brouhaha.

La pièce était vaste mais bien remplie, avec sept ou huit enfants. Ils n'arrêtaient pas de bouger et de crier. Ils faisaient une course à pied dans laquelle les meubles servaient d'obstacles. Lilo et Vaffa reculèrent contre le mur pour ne pas se trouver sur leur chemin, et attendirent. De l'autre côté de la pièce un homme parlait à une femme enceinte. Il releva la tête.

– La récréation est terminée, hurla-t-il. Revenez plus tard. Vous, voulez-vous bien leur tenir la porte?

Vaffa tint la porte pendant que l'homme raccompagnait les enfants. Ils se ruèrent sur lui en ricanant, mais il étendit le bras et ils reculèrent, toujours en riant. Il avait l'autorité d'un magicien. Très vite ils furent tous dans le corridor.

– Revenez me voir plus tard, dit-il à la femme.

Il la prit par la main et la raccompagna jusqu'à la porte. Lilo regarda son ventre nu. C'était pour bientôt. Lorsqu'elle fut sortie, l'homme les regarda et haussa les épaules.

– Elle veut un maître au noir, leur dit-il. Une sale histoire. Le contrat qu'elle a signé avec le maître de son choix ne devait pas être bien sérieux. J'en reçois tout le temps.

– Avec un seul enfant par personne on pourrait penser que les gens feraient plus attention, dit Lilo.

– C'est bien vrai. Elle aurait pu demander à quelqu'un de lui expliquer les termes du contrat, même si elle est illettrée. Je... (Il la regarda, sourit et lui tendit la main.) Cathay.

– Lilo.

Elle prit sa main. Il regarda Vaffa.

– Je vous connais, dit-il sans changer de ton.

– Toutefois, nous ne nous sommes jamais rencontrés, répondit Vaffa.

– Alors, c'était votre frère, votre clone, je vous

connais. (Il allait en dire davantage, mais préféra se taire.) Eh bien, asseyez-vous. Choisissez ce que vous trouverez de plus confortable. Qu'est-ce que je vous sers?

Il regardait Lilo.

– Quelque chose pour grande personne, dit-elle. N'importe quoi.

– J'ai juste ce qu'il vous faut.

Il disparut dans l'autre pièce. Vaffa attendit un instant puis se leva pour le rejoindre. Ils revinrent l'un derrière l'autre avec les boissons. Ils semblaient tous deux sous pression. Il lui tendit une coupe de liquide vert.

Après avoir bu, elle se sentit mieux. Elle se mit à l'aise sur son siège et étudia Cathay. Ses cheveux étaient bruns et frisés, ses jambes longues, il avait un visage de petit garçon. Il était beau, mais sans exagération. Lilo aima cela. Elle se sentait physiquement attirée sans même l'avoir touché ou senti. Cela lui arrivait rarement.

– A quoi dois-je l'honneur de cette visite? demanda Cathay. Attendez. Laissez-moi deviner. Tweed est enceint et il cherche un maître au noir.

Vaffa qui s'était assise face à la porte se redressa sur son siège. Lilo la sentit se tendre et nota combien elle était sensible aux humeurs de la femme. Pendant le trajet de Luna jusqu'à Mars, elle s'était toujours arrangée pour rester en dehors de son chemin à bord du petit vaisseau.

– Je ne vous donnerai qu'un seul avertissement, dit Vaffa. Je ne veux pas entendre ce genre de blague à propos du Patron.

Elle les regarda tous deux, l'un après l'autre. Lilo prit un air résigné, voulant par là donner à Cathay une idée de ce que serait le deuxième avertissement. A sa grande surprise, il sembla comprendre. Il hocha imperceptiblement la tête et s'enfonça dans son siège.

– Entendu. Continuez. C'est à propos du Canal,

n'est-ce pas? Qu'est-ce que ça pourrait être d'autre? Le Patron a peur, et je le comprends.

– Vous avez pris connaissance du message? demanda Vaffa en se levant à demi. On m'aurait avertie, si vous aviez eu l'autorisation de le lire.

– Eh bien, je ne sais pas si j'en avais ou non l'autorisation, dit-il. Mais il était déjà traduit lorsque je l'ai eu. Le Patron vous a-t-il dit que mon contact travaille au service des traductions? Je ne peux pas obtenir les données à l'état brut.

Vaffa se détendit quelque peu.

– Oui, il me l'a dit, mais vous n'auriez pas dû le lire. Votre travail est de le transmettre au Patron.

Cathay haussa les épaules.

– Il fallait que je le mette en code pour le lui envoyer et je suis curieux, comme tout le monde. Personne ne m'a dit d'oublier ce que je lisais. Mais j'en prends bonne note. Ce que je ne comprends toujours pas, c'est la raison de votre venue. Je ne vois pas ce que vous pourriez faire de mieux que moi. J'ai mes contacts ici, et je connais le terrain. Vous... eh bien, vous êtes forte, ça je sais. Veut-il que vous transformiez le Canal en champ de bataille?

Lilo s'agita sur son siège, mais apparemment Vaffa ne relevait pas l'insulte.

– Non. Notre mission est simple. Vous avez dit que le Patron avait peur; ce n'est pas tout à fait vrai, disons qu'il est inquiet. Le message semble être très important, voire dangereux.

Lilo ne put s'empêcher de rire.

– C'est le moins qu'on puisse dire. On est en droit de se poser des questions.

– Pour ma part, dit Cathay d'un ton sérieux, je crois comprendre qu'on nous a envoyé là une note de téléphone.

– Mais nous n'avons jamais souscrit d'abonnement, précisa Vaffa.

– Ça n'a rien à voir, dit Cathay. C'est vrai que nous n'avons jamais rien demandé, mais nous l'avons utilisé. Cela fait des siècles que nous l'utilisons et, que je sache, personne n'a jamais essayé d'envoyer quoi que ce soit en échange.

– Le coût...

– La question n'est pas là. Je ne fais qu'y penser depuis que j'ai vu ce message. Ce qui me surprend le plus, c'est que personne n'ait jamais envisagé cette possibilité. Nous avons toujours considéré le Canal comme une ressource naturelle, comme le vide. Nous nous sommes demandé à quoi pouvaient bien ressembler les Ophites, mais puisqu'ils se refusaient à parler d'eux nous avons fini par considérer cela comme une sorte de service social interstellaire.

– Alors qu'il s'agit plutôt d'échange culturel? suggéra Lilo.

– Peut-être. Si c'est le cas, ils doivent être vexés de n'avoir jamais rien reçu.

– Mais qu'avons-nous qui puisse les intéresser? demanda Lilo. Ils sont tellement en avance sur nous.

– Qui sait. Ecoutez, ils se sont sûrement posé la même question. Et il semble qu'ils nous aient *tout* envoyé. Nous avons utilisé les nouvelles inventions, les techniques biologiques, etc., mais 90% des informations restent en dehors de notre compréhension. C'est peut-être de l'art ou de la philosophie, ou bien du bavardage ou encore neuf milliards d'Ophites qui passent des petites annonces à la recherche d'un partenaire sexuel. Mais je ne crois pas vraiment qu'il s'agisse d'échange culturel. Je crois que le message est assez clair, c'est une entreprise commerciale. Ils s'attendent que nous payions ce que nous avons reçu. Donnant, donnant. Quand même, j'aimerais savoir en quoi consistent les “ sanctions ” sévères.

Vaffa plissait le front en suivant le raisonnement de Cathay. Elle ramena le débat sur un terrain qui lui était plus familier et son visage se détendit.

– Nous nous éloignons du sujet, dit-elle. Nous parlions de notre mission, de la raison pour laquelle Lilo et moi sommes venues vous trouver. C'est bien simple. Cette affaire peut être très grave et le Patron voudrait un supplément d'information. Nous ne pouvons pas nous contenter de ce que nous avons. Comme il est impossible de demander des précisions aux Ophites, nous devons étudier l'original du message.

– Ça me paraît logique, dit Lilo.

Vaffa la regarda et Lilo comprit qu'elle lui était reconnaissante d'avoir dit cela. Vaffa n'y comprenait pas grand-chose, elle se contentait de faire confiance au Patron.

– Ce que je veux dire par là, continua Lilo, c'est qu'il est difficile d'imaginer qu'ils n'aient pas mis tout ce que nous devons savoir dans ce message. Même si nous pouvions leur demander des précisions, nous n'aurions pas la réponse avant trente-quatre ans.

– Précisément. Vous avez sans doute remarqué que le message contient beaucoup de mots dont la traduction est très approximative.

– C'est normal en ce qui concerne les données du Canal, dit Cathay.

– Oui, on me l'a dit. Mais tout ce que nous avons, c'est le message traduit que vous avez intercepté. Il nous faut les données à l'état brut. Le Patron veut les faire analyser lui-même.

Cathay fronça les sourcils.

– Ça ne va pas être facile. Pour tout dire, c'est impossible.

– Expliquez-vous, s'il vous plaît.

– Eh bien, je... bon. Mon contact travaille au service de traduction de la Starline. Elle... vous savez comment ils obtiennent les données. (Il regarda les deux femmes, hocha la tête et continua.) La Starline a une station dans la zone où le signal du Canal est à son maximum. Avant, il y avait plusieurs stations là-bas. La Starline a obtenu du gouvernement plutonien le monopole. Luna a bien essayé de la concurrencer une ou deux fois... Enfin, cet aspect politique de la question ne nous intéresse pas ici. Sachons pour mémoire que Pluton contrôle pratiquement tout ce qui se trouve à l'extérieur de son orbite. La station Starline n'émet rien vers Pluton. Le signal pourrait être intercepté. Ils enregistrent tout ce qui arrive par le Canal et l'expédient dans une petite fusée rapide, qu'ils récupèrent ici sous haute-surveillance.

» A l'époque où il y avait encore de la concurrence, ces petites fusées étaient extrêmement rapides. Les gens de la station ne faisaient que trier les informations. Lorsqu'ils tombaient sur quelque chose qui paraissait intéressant, après la traduction préliminaire par ordinateur, il leur fallait l'expédier plus vite que la concurrence, afin de décrocher les brevets. Maintenant cela n'a plus aucune importance, mais ils ont gardé une de ces petites fusées. Lorsqu'ils ont reçu ce message, ils l'ont utilisée. Mon contact m'a mis au courant, en précisant qu'elle ne pensait pas pouvoir me procurer ce message-là. J'ai usé de toutes les formes de pression et elle a réussi à me l'avoir. Du moins la traduction. C'est tout ce qu'elle peut faire. C'est tellement surveillé qu'il n'existe qu'une seule copie des données originales. Elle se trouve dans l'ordinateur de la Starline. Et si vous pensez pouvoir dévaliser cette mémoire... eh bien, bonne chance.

Vaffa fronça les sourcils.

– Non, il n'en est pas question. Le Patron a étudié cette possibilité avant de nous envoyer sur Pluton. Il a un projet de raid, mais les programmes de défense sont fantastiques.

– Les meilleurs de Pluton, dit Cathay. Je ne sais pas ce que vous avez sur Luna.

– Et votre contact, elle ne pourrait pas faire cette opération pour nous? de l'intérieur?

Cathay réfléchit.

– Seules quatre ou cinq personnes, les plus haut placées, y ont accès. Ils ne sont qu'une vingtaine à connaître l'existence de ce message. On ne lui donnera jamais le code pour accéder à de telles informations. Et elle n'a aucun moyen de l'avoir.

– Par quel moyen pouvez-vous exercer une pression sur cette femme?

– Je... eh bien, son enfant est l'un de mes élèves. Elle aussi s'est fait avoir, comme la femme que vous avez vue tout à l'heure : enceinte et aucun maître disponible. Elle est venue me trouver et le Patron m'a donné le feu vert. Aussi, et cela a son importance, cette fois pour avoir ce message j'ai dû lui donner de l'argent de Tweed *en plus* de la menace de ne plus m'occuper de son enfant.

Il évitait leurs regards. Lilo en était gênée pour lui. La seule excuse valable pour abandonner un enfant en cours d'éducation était la mort du maître.

Vaffa sembla ne rien remarquer.

– Et pourquoi cela ne marcherait-il plus à présent?

– Maintenant, elle a suffisamment d'argent pour obtenir un maître titulaire à coups de pots-de-vin. Cela se fait, quoi qu'en dise l'Académie.

– Voyez toujours ce que vous pouvez faire de ce côté-là.

– Entendu.

Vaffa fronça une nouvelle fois les sourcils.

– En attendant, nous allons faire comme si vous aviez vu juste et chercher un autre moyen.

Lilo regarda Cathay, qui semblait aussi surpris qu'elle.

– Quel autre moyen? demanda-t-elle. Tu as dit que la seule copie du message est dans l'ordinateur de la Starline. Il n'y a pas d'autre moyen de l'en sortir.

– C'est vrai. Le Patron a fait une enquête et n'a trouvé personne de mieux placé que le contact de Cathay. Et l'on continuera de travailler à accéder à l'ordinateur par ses voies de sortie habituelles. Mais rien de tout cela n'a de chance d'aboutir. Alors il va falloir aller chercher l'information nous-mêmes. Nous achèterons un vaisseau et irons jusqu'au Canal.

Cathay réagit mal lorsqu'il comprit qu'il ferait partie

du voyage. Il discuta pendant des heures pour en arriver à une position qu'il jura de ne pas abandonner.

– C'est tout simplement impossible, je ne peux pas partir avant au moins trois ans. Même si je ne prends pas d'autres enfants, le plus jeune que j'ai actuellement a encore besoin de moi, pour au moins cette période.

– Vous n'aviez pas l'autorisation de signer des contrats d'enseignement, lui précisa Vaffa. Ce que vous avez fait vous regarde. Mais votre premier devoir, le *seul* qui compte, est envers le Patron.

– Tout ça, c'est des histoires. Vous ne pouvez pas me demander d'abandonner ces enfants, c'est un devoir sacré. Lorsque l'on signe un contrat, on le termine.

– Vous ne terminerez pas ceux-ci.

Lilo remarqua comment Vaffa avait dit cela calmement, d'un ton officiel. *Attention!* pensa-t-elle.

– Je les terminerai. Il n'y a rien que vous puissiez...

Vaffa l'avait frappé au cou du tranchant de la main et s'était retournée vers Lilo, prête à bondir. Mais Lilo n'avait pas bougé, et Vaffa se détendit peu à peu, puis se rassit en grommelant. Elle ne prêtait aucune attention à l'homme inanimé sur le sol. Lilo le releva et le porta en titubant jusqu'à sa chambre. Elle l'étendit sur le lit et s'assit à ses côtés dans l'obscurité.

– Lilo, viens ici.

Elle se releva et retourna dans la pièce principale.

– Je crois que je vais devoir le tuer, dit Vaffa.

Lilo s'assit doucement.

– Pourquoi? Il n'a rien fait.

– Oui, mais c'est ce qu'il peut faire qui me tracasse.

Elle soupira en se frottant le cou. Ce qu'elle allait devoir faire semblait l'ennuyer, mais pas au point d'ébranler sa résolution.

– C'était une erreur de m'envoyer toute seule ici,

dit-elle. Je ne peux avoir confiance ni en toi ni en lui. Et je ne peux pas vous surveiller tous les deux en même temps. Il faut que l'un de vous disparaisse.

– Pourquoi ne pas le laisser ici? Il y était bien tout ce temps.

– Le Patron a des craintes à son sujet. Il en sait trop sur ce message. A part les gens de la Starline, toi et moi, il est le seul sur Pluton à en connaître l'existence.

– Mais, n'est-il pas... heu... comme moi... un criminel condamné?

– Non. Ce n'est qu'un maître radié de l'enseignement. Le Patron l'a trouvé alors qu'il commençait de dégringoler la pente. Il lui a promis que s'il travaillait pour le Front il pourrait encore enseigner sous une autre identité. Il devrait en principe en avoir encore pour deux ou trois ans. Nous n'étions pas au courant de ce travail au noir. Il s'agite de plus en plus. Il n'aurait pas dû faire cela, d'après ce que nous...

Elle s'arrêta brusquement, regarda désespérément Lilo et se cacha le visage dans les mains.

Lilo songea que Vaffa en avait trop dit. Mais elle avait absolument besoin de parler.

– Je ne peux pas t'aider à prendre une décision si tu ne me donnes pas tous les détails.

– Qui t'a dit que je demandais ton aide?

– Personne, mais tu as dit que tu me ferais confiance. Nous avons fait un marché.

– Je sais. Je veux te faire confiance. Il faut que je te fasse confiance si je le laisse vivre.

– Mais tu n'es pas sûre de pouvoir le faire, et mieux vaudrait que le Patron n'apprenne pas que tu as fait un marché avec moi. Là, tu as outrepassé tes consignes, n'est-ce pas?

– C'est vrai.

Elle avait l'air abattue. Vaffa était faite pour obéir aux ordres. D'avoir à prendre elle-même une décision la troublait profondément.

– De toute façon, tu ferais mieux de voir avec le

Patron, suggéra Lilo. Voir ce qu'il pense de Cathay, peut-être a-t-il encore besoin de lui. Tu n'as pas besoin de lui parler de notre marché.

Vaffa y réfléchit un long moment, puis acquiesça. Lilo se détendit. Il s'écoulerait au moins douze heures avant que Vaffa ait une réponse de Tweed.

Cathay n'était pas encore revenu à lui. Lilo prit une cuvette d'eau et s'assit à son chevet. Elle épongea la marque sur son front, là où il s'était cogné en tombant. Il grogna, ouvrit les yeux un instant puis les referma. Lilo le brancha au contrôleur médical incorporé à son lit et apprit qu'il n'était pas commotionné et qu'il dormait.

Elle se déshabilla et entra dans le lit avec lui. Elle se coula contre son dos et le serra dans ses bras. Elle resta ainsi une heure sans bouger. Elle essaya de s'endormir, mais ne put s'empêcher de penser à Cathay et à l'aide qu'elle pourrait lui apporter.

Finalement, elle se décida à le réveiller. Elle passa sa main doucement sur sa poitrine et sur son ventre plat et dur. Il avait une érection. Elle lui saisit le pénis et frotta doucement le gland avec son pouce. Il s'étira.

– Comment va votre tête?

– Pas si mal. Ma joue me fait mal.

– Parlez doucement, lui dit-elle. Vous savez vous battre?

Il se mit sur le dos.

– Je pense pouvoir faire mieux que ce que vous venez de voir. Elle m'a eu par surprise. Mais je ne suis pas un bagarreur. Elle me tuerait. Et vous?

– Même chose. Vous savez, il faut absolument que vous veniez avec nous. Elle a reçu l'ordre de ne pas vous laisser ici et si vous ne venez pas...

– Je sais. Je le savais depuis le début. Avec elle...

– Alors, qu'allez-vous faire? Heu... vous voulez que j'arrête ça?

– Non, continuez, c'est délicieux. (Il se tourna vers

elle et commença à se frotter contre son corps.) J'aime mieux ne pas y penser, cela me fait trop mal.

– Il faut encore que nous parlions. Je dois savoir ce que vous comptez faire. Il nous reste à peu près une journée.

Il se remit sur le dos. Elle continua de lui frotter doucement le pénis, et il mit sa main par-dessus la sienne. Ils restèrent ainsi un long moment sans bouger.

– Pourquoi? finit-il par dire.

– Si vous restez, elle va vous tuer. Vous allez tout faire pour l'en empêcher. Je... je pensais... oh, et puis allez. Je me demandais si je ne pourrais pas risquer le coup avec vous, et peut-être que tous les deux... Notez bien que ce n'est pas une proposition, j'ai simplement pensé que nous devrions envisager...

– Et vous me feriez à ce point confiance? Vous ne me connaissez même pas. Si je décide de rester, je n'ai rien à perdre en complotant avec vous, au mieux j'aurais peut-être ainsi une chance de rester en vie. Mais vous, pourquoi prendre ce risque?

– C'est peut-être ma dernière chance. Que savez-vous de moi?

Il se tourna de nouveau vers elle.

– Rien de précis et je ne veux rien savoir. Ce que vous avez bien pu faire ne m'intéresse pas. Je sais que vous êtes le clone d'un des criminels de Tweed. (Il remarqua l'expression de surprise sur son visage.) Oui, j'en ai appris un bout sur lui, suffisamment pour lui causer de gros ennuis. Il a raison de vouloir se débarrasser de moi.

Il soupira et se rallongea sur le dos, loin d'elle, les doigts croisés derrière sa tête.

Lilo pensa qu'il en avait assez de parler, et cela ne la dérangeait pas vraiment. Ils pourraient toujours parler plus tard. Dans l'immédiat, elle avait envie de lui. C'était un bel homme. Elle aimait son odeur et la sensation de ses mains contre sa peau. Elle descendit le long de son corps, prit appui sur son coude et se pencha vers lui.

– Il les collectionne, dit Cathay, l'air absent, tout en lui massant le crâne d'une main. Il en a des douzaines sur une base secrète quelque part, pauvres diables. Ils sont en train de préparer une guerre contre les Envahisseurs. (Il rit amèrement et la regarda.) Mais si vous étiez libre-terrienne, vous n'auriez pas peur de cette femme. Enfin, vous en auriez peur, mais vous la respecteriez, vous voyez ce que je veux dire?

Elle expira doucement et reposa sa joue contre son ventre. Bon! maintenant il voulait parler.

– J'ai vu ce qu'elle peut faire. Je crois aussi connaître certaines de ses faiblesses. Elle est très troublée en ce moment. Tweed n'aurait jamais dû l'envoyer ici toute seule.

– Il ne l'a pas envoyée seule, l'interrompit Cathay. Vous êtes avec elle.

– Qu'est-ce que vous voulez dire? Vous me prenez pour une Libre-Terrienne?

– Non. Mais il vous a envoyée, et avec lui, il y a certainement une raison.

Elle leva la tête pour le regarder.

– Ma présence ici semble être accidentelle. Nous allions sur Titan lorsqu'il a entendu parler de ce message que vous lui avez envoyé.

– Non, vous n'y êtes pas du tout. Je lui ai envoyé ce message il y a trois mois. Je me moque de ce qu'il a bien pu vous raconter. C'était bien ici votre destination. Il est probable que le pilote lui-même n'était pas au courant. Le message vous est arrivé juste à temps pour mettre le cap sur Mars.

– C'était tout juste, admit-elle.

– Pas du tout. Cela veut dire qu'il voulait que vous soyez ici. Il voulait que Vaffa soit son seul agent loyal parmi nous. S'il avait pensé que Vaffa n'était pas en mesure de s'occuper de vous, soyez certaine que quelqu'un vous aurait pris en filature depuis le port spatial.

– Je ne comprends pas. On dirait un jeu. Veut-il que nous travaillions pour lui ici, ou que nous nous battions entre nous?

– Ce n'est jamais simple avec lui, soupira Cathay.

Il la prit par le bras et la caressa doucement. Elle se blottit dans ses bras.

– Cela va faire quinze ans que je travaille pour lui. Encore cinq... il m'a promis une nouvelle identité. Je commence à avoir des doutes, mais il faut bien avoir un espoir dans la vie.

A présent il ne voulait plus en parler. Il se serra davantage contre elle puis commença à embrasser ses seins. Mais ce fut au tour de Lilo de le repousser. Elle redressa la tête pour mieux l'étudier.

– Je ne comprends toujours rien de ce que vous dites.

– Bon. Très bien. Vaffa est un très bon soldat, mais un mauvais général. Elle n'a aucune initiative. C'est la raison pour laquelle vous êtes ici. Pour décider des choses importantes qui ne peuvent pas attendre un jour afin que le Patron soit tenu au courant. *Pas* les questions de vie ou de mort ni celles de principe, principes libre-terriens; là-dessus, il peut faire confiance à Vaffa. Il vous a parfaitement bien jugée. Je sais à peu près ce qu'il a pu vous faire subir, et combien il vous connaît. Vous n'allez pas vous attaquer à Vaffa : c'est hors de question.

– Qu'est-ce que vous en savez? dit-elle.

Elle se sentit rougir de colère ainsi que de honte. Elle venait juste de se dire que toute résistance à ce stade serait futile, que sa meilleure chance était d'attendre qu'ils reviennent sur Pluton. Alors elle connaîtrait mieux son adversaire.

– D'abord parce que vos meilleures chances de vous évader viendront plus tard. Vous le voyez bien. Votre prison n'a pas de murs, vous n'en découvrirez pas les limites en frappant contre les barreaux. Vous gagnerez votre liberté petit à petit en découvrant ce que vous pouvez vous permettre de faire : à partir de là, vous pourrez réussir votre évasion. Si c'est possible – ce qui reste encore à prouver. Pour l'instant, il y a de fortes chances que Vaffa ne soit pas seule. Tweed n'aura pas besoin de lui dire que quelqu'un d'autre vous surveille. Il pense que vous pouvez comprendre cela et que vous n'essaierez pas de vous évader.

Cela ressemblait au piège dans lequel était tombé son premier clone, Lilo 2. Elle se rappelait sa décision de se méfier des évasions apparemment trop faciles, de ne rechercher que l'occasion improbable. Mais elle était toujours en colère.

– Et si je décidais d'être déraisonnable? Qu'il aille se faire voir! Risquer le tout pour le tout avec vous, et on assomme Vaffa. Comment peut-il savoir si je ne vais pas être irrationnelle? A moins que ce soit encore un test, et qu'il n'y ait pas de message en provenance du Canal.

– Le message existe, mais je suis content que vous ayez vu cette possibilité. Vous savez, vous m'avez fait confiance bien trop rapidement.

Sa langue était revenue sur ses seins, et cette fois elle ne protesta pas. Elle frotta son dos doucement et ferma les yeux. Les dernières courbatures du voyage disparaissaient sous cette chaleur enveloppante, expulsées par un doux picotement qui allait du lobe brûlant de ses oreilles jusqu'à ses doigts de pied. Mais elle rouvrit les yeux et le regarda.

– Vous n'avez pas répondu à ma question.

– Il ne sait pas. Votre meilleure tactique serait peut-être de faire une tentative maintenant. Il n'a aucune défense contre vous si vous faites quelque chose d'illogique. Cela, il ne peut le prédire.

– Alors, comment peut-il courir ce risque?

Cathay soupira.

– Parce qu'il me connaît également très bien. Vous ne pouvez vous joindre à moi si je n'en ai pas envie. Et je n'en ai pas envie. Je suis du voyage. Je choisis de vivre. Je vais abandonner mes élèves. Sacrifier mon amour-propre, ou ce qu'il en reste, encore une fois.

Maintenant que je vous ai révélé cela, que vous avez vu ma honte toute nue, voulez-vous bien vous taire et écarter les jambes.

Il avait dit cela d'un ton léger et avec un demi-sourire, mais lorsqu'il la pénétra ce fut avec ardeur, bien déterminé à s'oublier dans un excès de passion. Lilo se rendit et le laissa donner le rythme, du moins la première fois. Elle fut surprise d'aimer autant cela. Bien sûr il y avait ce besoin physique, il avait toujours été là, mais aussi, elle avait pitié de lui, ce n'était pas agréable d'avouer ce qu'on accepterait de faire pour rester en vie. Mais il y avait encore autre chose, peut-être une ébauche de ce sentiment qui peut un jour transformer la copulation récréationnelle en une chose à la fois très proche et très éloignée, l'acte d'amour.

15

Orientation professionnelle. Exemple d'un sujet type, présenté par la Compagnie périphérique d'enseignement E-Z.

SUJET : Je ne sais pas lire.
ORIENTATEUR : Cela ne fait rien. Je te répondrai oralement à partir de maintenant. Tu n'as qu'à ignorer ces mots sur l'écran. D'accord?
S : Heu... d'accord. Comment que j'peux, heu... j'veux dire, heu... Comment qu'on fait pour être chasseur de trous?
O : Un chasseur de trous, hein? C'est l'une des ambitions les plus fréquentes. C'est romantique, n'est-ce pas? Tu es ton propre patron. Tu as un vaisseau à toi tout seul et tu peux devenir riche. C'est cela qui t'attire dans la chasse aux trous?
S : Ouais, j'pense.

o : Nous n'encourageons pas les jeunes à devenir chasseur de trous. Cela pose des tas de problèmes, par exemple : sais-tu combien peut coûter un de ces vaisseaux?
s : Pas mal, j'imagine.
o : Ouah, tu l'as dit! Tu dois d'abord économiser pour acheter le vaisseau. L'équiper pour un voyage coûte encore plus cher. Et c'est dangereux. Et qu'est-ce qui se passe? Des fois que tu ne le saurais pas, tu es là dans ton vaisseau tant que les moteurs tiennent le coup. Tu es là, tu es assis et tu regardes ton détecteur de masse. Tu peux attendre comme cela quinze ans sans rien découvrir. Alors, tu t'arrêtes et tu rentres bredouille. Trois voyages sur quatre ne donnent rien. Et tu seras fauché comme les blés à ton retour. Ton premier voyage sera le dernier. Si tu en reviens...
s : Qu'est-ce que vous voulez dire?
o : C'est dangereux! Si tu découvres un trou, tu dois ralentir bien avant pour essayer de le localiser et de repérer sa trajectoire. Tu peux aussi rentrer en plein dedans. Mais si tout se passe bien, tu dois revenir le chercher avec un remorqueur électromagnétique. Il y a plein de types qui n'attendent que cela sur Pluton. Ils te suivront. Tu peux te retrouver à une demi-année-lumière du soleil. Qui va appeler la police? Il faudra que tu te battes.
s : Je peux me défendre, comme tout le monde. C'que j'veux savoir, c'est si j'dois apprendre à lire?
o : Je ne vois pas pourquoi. A quoi sert ton ordinateur?

Le verdict concernant Cathay fut clair et net. Vaffa me l'a montré après l'avoir décodé. Essayait-elle de se justifier à mes yeux? Je l'espérais. Si elle attachait de l'importance à mon opinion, que ce soit consciemment ou pas, cela ne faisait que renforcer ma position. Le Patron n'avait pas besoin de Cathay si lui laisser la vie sauve signifiait l'abandonner sur Pluton sachant ce qu'il savait. Je crois que Vaffa avait fait ses plans dès la lecture du message. Elle pensait de façon linéaire. Cela lui a été difficile de changer de longueur d'ondes lorsque je lui ai appris que Cathay venait avec nous.

– Mais il veut quelque chose en échange, dit Lilo, pendant que le fer était encore chaud.

– Cela ne lui servira à rien, que veut-il?

– Il sait qu'il n'est pas en position de négocier, improvisa-t-elle. Mais il a rendu des services à Tweed par le passé, il peut encore être utile à l'avenir, lorsque nous rentrerons, si tu ne fais pas de lui, dès maintenant, un ennemi irréductible.

– Vas-y, je t'écoute.

– Les trois contrats d'enseignement qu'il a signés. Bien sûr ils n'étaient pas légaux, c'était du travail au noir, mais à ses yeux ces contrats avaient une valeur légale parce qu'il avait donné sa parole.

– Les mères de ces enfants vont être dans le caca *very* profond, tu sais. Avec la pénurie d'enseignants, comment vont-elles faire pour trouver quelqu'un qui s'occupera de leur enfant? Cathay dit que la liste d'attente est de dix ans ici. Ils seront adultes avant qu'on ne leur trouve un remplaçant. Tous les maîtres affichent complet, ils ont signé des contrats pour des enfants qui ne sont pas encore nés.

– Ce n'est pas mon problème.

– Non. Mais Tweed est riche. On peut trouver d'autres maîtres au noir, seulement ils sont chers.

Vaffa réfléchit.

– Je vais demander au Patron.

Le lendemain apporta la confirmation de Tweed. Il paierait ce qu'il faudrait aux mères des enfants. Cela sembla surprendre Vaffa, elle n'avait posé la question que pour faire plaisir à Lilo, au jugement de qui elle commençait à porter crédit.

Cathay fut encore plus surpris, mais ravi. Il essaya

de cacher sa joie à Vaffa. Lilo s'en rendit compte et cela lui fit plaisir. C'était la première fois qu'elle obtenait quelque chose de sa propre initiative depuis son évasion du Centre de liquidation. Mais, là encore, elle se demanda si Tweed ne s'y attendait pas. Pourquoi acceptait-il aussi rapidement? Est-ce que l'argent comptait si peu pour lui? Avait-il avalé cet argument que Cathay lui serait plus fidèle à son retour? Ou bien avait-il peur que sans cet argent les mères en colère risquent de dénoncer Cathay, ce qui conduirait à une enquête et lui créerait des problèmes, même si les mères devaient en pâtir également? Comme d'habitude, les motifs de Tweed lui demeuraient obscurs.

A présent il leur fallait se procurer un vaisseau, et Vaffa ne savait pas comment s'y prendre. Lilo non plus, mais elle fit comme si. Elle était bien certaine de mieux se débrouiller que Vaffa.

Grâce au téléphone de Cathay ils purent se faire rapidement une idée du marché des vaisseaux d'occasion. Les vaisseaux étaient là, disponibles dès qu'un chasseur de trous faisait faillite et se trouvait obligé de vendre le sien. Mais le marché était animé et les prix très élevés. Lilo contacta une douzaine de courtiers et retransmit les résultats à Tweed par l'intermédiaire de Vaffa. Il ressortait de ses recherches qu'en payant trois fois la valeur déjà surestimée par rapport au marché, ils pourraient peut-être obtenir un vaisseau dans les quatre ou cinq mois.

– Pourquoi tant de temps? demanda Vaffa.

– C'est compliqué, répondit Lilo. Il y a plus de demandes que d'offres. Alors il y a une liste d'attente. Le tribunal distribue les biens d'un chasseur de trous en faillite à des courtiers qui touchent une commission. Dès qu'un chasseur en faillite est de retour, son vaisseau est vendu. Ils peuvent en demander ce qu'ils veulent. La liste d'attente est de trois à quatre ans. Pour avoir une meilleure place sur la liste, il faut verser un pot-de-vin au courtier. Pour être dans les premières places, le pot-de-vin va chercher dans les trois fois le prix du vaisseau.

– N'est-ce pas illégal?

– Non. Si surprenant que cela puisse paraître. Ils en parlent très ouvertement. C'est le courtier qui fait la liste. Le tribunal n'a pas à savoir qui achète le vaisseau. Alors le courtier ramasse la galette. C'est un joli petit racket.

– Et si l'on a affaire directement à un chasseur de trous?

– Non. Ceux qui sont solvables ne vendent pas, quel que soit le prix offert, et ceux qui sont en faillite ne possèdent plus leur vaisseau. Ils vont voir le receveur et le tribunal les remet toujours à des courtiers. Je te le dis, c'est un racket.

– Et un vaisseau neuf?

– La liste d'attente est encore plus longue. Les prix plus élevés et les pots-de-vin plus nombreux.

Vaffa semblait amère. Elle n'était pas douée pour les affaires.

– Je vais transmettre au Patron.

– Pendant que tu y es, tu pourais lui signaler une chose, dit Lilo, songeuse. Nous n'avons besoin de ce vaisseau que pour un seul voyage, c'est idiot de l'acheter. Autre chose, peux-tu le piloter?

– Je croyais que l'ordinateur s'occupait de cela.

– C'est juste. Mais les chasseurs de trous vont loin. Beaucoup d'entre eux ne reviennent pas parce que quelque chose tombe en panne, parfois dans l'ordinateur, et ils ne savent pas le réparer. Ils s'imaginent que de chasser les trous est aussi facile que d'aller de Luna à Mars. Ils se trompent. La moitié ne reviennent pas de leur premier voyage. Alors, nous allons avoir besoin d'un pilote parce que ni moi ni Cathay ne savons comment nous occuper d'un vaisseau. Je peux m'occuper de l'ordinateur tant qu'il s'agit d'opérations simples. Mais je n'y connais rien en moteur à fission. Il nous faut un pilote.

Vaffa soupira.

– Qu'est-ce que tu proposes?
– Je ne sais pas si c'est possible, mais ça vaut d'être essayé. Nous pourrions louer juste pour le voyage un vaisseau appartenant à un chasseur, même le dixième du prix du vaisseau pourrait l'intéresser, il me semble. Enfin, je ne sais pas ce que le Patron est prêt à mettre.

Je ne crois pas que l'on puisse devenir riche au point que l'argent ne soit plus un obstacle. Ceux qui pensent comme moi ne deviennent jamais riches ou alors ils ne le restent pas. Tweed était fabuleusement riche, mais mon idée l'intéressait. Certaines des sommes que nous lui avions annoncées auraient pu faire fonctionner une ville de bonne taille pendant un an.

Je me moquais bien de l'argent de Tweed. Le problème était ailleurs. Si l'on pouvait acheter un vaisseau par téléphone, pour en louer un, il fallait sortir et commencer par mettre la main sur un chasseur de trous. Il n'y avait pas d'agence pour ce genre de location – et qui aurait loué un vaisseau de cette taille?

Vaffa n'était pas à la hauteur, pas toute seule. Il fallait donc que je me débrouille et pour cela que je sorte... et si une occasion de fuir se présentait, qui sait...?

Deux semaines plus tard, ils n'avaient toujours rien. Jour après jour ils rentraient en suivant les corridors résidentiels éclairés par des lampes bleu pâle bien espacées et allaient s'affaler sur leur lit.

Tweed commençait à s'impatienter. Vaffa dit qu'il parlait de leur donner une date limite. S'ils n'avaient pas trouvé un vaisseau à louer dans les deux semaines, il leur donnerait l'ordre d'en acheter un. Ils auraient alors perdu un mois, et Tweed ne voulait pas gaspiller davantage de temps.

Lilo n'était pas satisfaite. Elle se moquait bien du temps perdu, mais pensait que s'ils devaient acheter un vaisseau ils auraient toujours le problème du pilote. Ceux-ci ne manquaient pas, mais Lilo était certaine qu'il serait difficile d'en engager un, pour la même raison qu'ils avaient du mal à trouver un vaisseau à louer : Vaffa faisait peur aux chasseurs.

Les chasseurs de trous sont les êtres les plus capricieux que la race humaine ait jamais produits. A leur manière, ils sont aussi éloignés de l'humanité que les gens vivant en symbiose dans les Anneaux. Il faut avoir un tempérament très spécial pour s'enfermer dans un vaisseau à une place pendant vingt à quarante ans pour chaque voyage. La plupart de ces vaisseaux n'ont que 50 m^3 d'espace vital, parfois moins. Ils peuvent se retrouver à une demi-année-lumière du soleil. Des gens capables de supporter une aussi longue solitude ont tendance à être différents.

– Pour la plupart, ils n'aiment déjà pas les rapports humains avant de partir, dit Cathay. Lorsqu'ils reviennent, cela fait au moins vingt ans qu'ils n'ont vu personne. Beaucoup trouvent que cela ne leur a pas manqué.

Ils étaient de retour chez Cathay après une nouvelle journée passée à faire les salles de jeux aux alentours du port spatial. Ce soir-là, Cathay fit comme Lilo le lui avait demandé. Il baissa la température de l'air ambiant pour rendre plus accueillant le coin du feu qui camouflait un chauffage électrique. Ils s'étaient tous appliqué une crème hallucinodisiaque sur les organes génitaux et avaient prisé une poudre de relaxant musculaire. Le reste de leur corps était recouvert d'une huile phosphorescente. Lilo était lavande, Cathay était perle et Vaffa pourpre. Le résultat fut une longue heure de glissades corporelles au ralenti qui ne laissa aucune trace de fatigue. A présent, ils étaient allongés sur le ventre, Lilo au milieu.

Elle se sentait bien. C'était le même bien-être que l'on ressent lorsqu'on retrouve sa respiration après une course de dix kilomètres, la douleur et la fatigue en moins. Pour ce qu'elle voulait lui dire, Lilo tenait à ce que Vaffa fût bien disposée. Elle semblait avoir réussi. Vaffa ne montrait pas beaucoup d'enthousiasme pour le sexe. Lilo pensa que Vaffa, n'ayant sans doute jamais réussi à se faire aimer, avait décidé, comme tant d'autres, que l'on y attachait trop d'importance. Ce soir-là elle s'était peut-être rendu compte pour la première fois que faire l'amour pouvait être un délice des sens et pas seulement la recherche d'un orgasme.

– Eh bien, moi, en tout cas, je ne les comprends pas, dit Vaffa.

– C'est parce que tu n'as jamais rencontré personne qui ait autant horreur des gens que toi, dit Lilo.

Elle espérait que Vaffa, qui n'avait jamais eu la prétention d'aimer les gens, ne se sentirait pas insultée par la remarque.

– Tu as peut-être raison, dit-elle.

On aurait dit qu'elle allait sourire, mais ses lèvres ne savaient comment s'y prendre. Lilo s'accouda et fit face à l'apparition légèrement fluorescente. Sa tête, à peine soulevée, lui parut lourde. Elle avait trop bu, trop fumé et trop prisé au cours de la journée. De petites flammes dansaient sur le dos bien lisse de Vaffa. Lilo les pourchassa du bout des doigts en appuyant fermement sur les muscles consentants. Vaffa s'arc-bouta langoureusement et laissa échapper un grognement de plaisir.

– Ils sont très sensibles, ces chasseurs de trous, dit Lilo. Pas vrai?

– Très, murmura Cathay.

Il secoua la tête pour se réveiller et des étincelles jaillirent de ses cheveux. Lilo était enchantée.

– Je crois qu'ils réagissent à ta présence, dit Lilo.

– Comment cela?

Vaffa leva la tête. Elle ressemblait ainsi à son boa domestique.

– Je ne sais pas au juste. Des fois, on dirait qu'ils sont télépathes. Ils ne voient personne pendant vingt ans. Lorsqu'ils reviennent, ils sont très sensibles, très susceptibles.

– Rien ne leur échappe, à ces chasseurs, ajouta Cathay.

– Je crois qu'ils arrivent à sentir si quelqu'un est dangereux. Je crois qu'ils sentent cela en toi.

Vaffa réfléchit un instant et laissa sa tête retomber.

– Tu as peut-être raison.

Lilo saisit le cou et les épaules de Vaffa.

– Oui, je crois que je vois juste. Tu es un tueur. Nous le savons tous les deux, alors inutile de mâcher les mots.

– En effet, ce n'est pas la peine.

– Je pense que tu vaux mieux que cela, mais peut-être n'as-tu jamais eu la chance de t'extérioriser. Enfin, les chasseurs ignorent peut-être que tu as tué, mais ils sentent la menace.

– Oui, je crois que tu as raison.

– Alors, que pouvons-nous faire? Comment pouvons-nous trouver un vaisseau à louer et économiser l'argent du Patron?

Lilo aurait pu en rajouter, mais elle préféra s'en tenir là. Il valait mieux que Vaffa trouve elle-même la réponse.

Cathay sourit à Lilo et tourna la tête prudemment avant que Vaffa ne pût le voir. Ils restèrent silencieux pendant une demi-heure. Finalement, Vaffa se tourna sur le côté et appuya sa tête sur son coude. Elle parla d'une voix à moitié endormie.

– Alors, tu n'as qu'à y aller toute seule.

16

Le Casino Saint-Pierre flambait, comme lors de sa dernière visite. Des flammes léchaient les tapisseries, on entendait craquer les panneaux de chêne qui brûlaient, les bancs de la nef étaient la proie d'un véritable brasier qui atteignait le plafond. Des meubles saccagés avaient été entassés autour de la Pieta et livrés au feu... Le marbre blanc était recouvert de suie. Lilo prit un sandwich et un verre au snack-bar de l'autel. Elle était restée toute la nuit debout autour des tables de jeu et elle avait mal aux pieds. Saint-Pierre l'ennuyait profondément, mais c'était bientôt l'heure de la fermeture, Jésus allait apparaître.

Elle retourna dans la chapelle Sixtine et se fraya un passage entre les tables pendant qu'un des murs s'écroulait. La fumée se fit moins dense et elle put voir le plafond de Michel-Ange, considérablement endommagé. Il y avait des lézardes autour des trous percés à l'origine pour suspendre des lustres au-dessus des tables. Maintenant que le mur s'était effondré, on pouvait voir le Vésuve cracher feu et soufre. Lilo pensa que l'on cherchait plus à faire de l'effet qu'à respecter la géographie.

– Vingt sur le quinze, dit-elle en s'asseyant à la gauche d'un homme qu'elle avait observé durant toute la nuit.

Il avait beaucoup perdu aux dés et s'était rabattu sur la roulette pour essayer désespérément de se refaire. Le croupier féminin en habit noir et blanc fit tourner la roue et la boule s'arrêta sur le numéro huit. Lilo vit ses jetons ratissés avec ceux de l'autre homme.

– Excusez-moi, fit quelqu'un sur sa gauche. Etes-vous libre?

Elle jeta un œil sur lui. Ses yeux étaient vitreux et son haleine chargée de Zongo, un puissant aphrodisiaque. Il avait certainement ingurgité d'autres choses, et

Lilo se demanda ce qui pouvait bien défiler devant ses yeux tandis qu'il la regardait. Elle le regarda de haut en bas et éclata de rire. Ses organes génitaux avaient été radicalement modifiés pour suivre une nouvelle mode.

– Casse-toi, lança-t-elle. Qu'est-ce que tu veux que je fasse avec ça?

– C'est pas grave, enchaîna-t-il en tombant presque sur elle. J'ai là une rallonge.

Il brandit quelque chose de rose et mou qui semblait respirer. Lilo le poussa et il tomba dans les bras d'un videur qui se trouvait là.

– Hé! vous m'avez porté chance! s'exclama l'homme à ses côtés.

Le croupier poussait vers lui une grande pile de jetons.

– Qu'est-ce que j'ai fait?

– Vous m'avez cogné le coude. J'allais jouer le vingt-six, vous m'avez fait bouger et c'est allé sur le vingt-huit. Je l'ai laissé là, hein? Au point où j'en étais...

Si le petit roquet avait encore été là, Lilo l'aurait embrassé. Durant toute la nuit, le chasseur de trous avait semblé broyer du noir, repoussant les discrètes avances de Lilo.

– Allez-vous vous arrêter pendant que la chance est de votre côté? demanda-t-elle.

– De mon côté?... je ne sais pas. Vous, vous avez de la chance, qu'est-ce que vous en pensez?

– Je ne crois pas que nous ayons le choix, voilà Jésus-Christ.

En effet, Jésus arriva, ensanglanté, nu, couronné d'épines. Le barbu venait chasser les changeurs d'argent du Temple avant de le rebâtir.

– Saint Pierre restera une heure dans les limbes, mes enfants, cria-t-il. Restez avec nous, mais retirez-vous des surfaces de jeu pendant que nous nettoyons. Vous trouverez des rafraîchissements à l'étage au-dessus, dans la bibliothèque de la Papesse Agnès. Revenez-nous avec votre argent.

Il appuya sur un bouton, et le décor changea. La moitié des clients disparurent avec la plus grande partie de la cathédrale. Le plafond était bas et blanc avec un éclairage direct. Les robots préposés au nettoyage commencèrent de ronronner entre les tables, klaxonnant nerveusement lorsque des clients trop lents se trouvaient sur leur passage.

– Qu'est-ce que vous dites? demanda Lilo. Vous en avez assez de vous faire avoir?

Il se mit à rire.

– Je ferais mieux de sortir un peu. Vous m'avez porté bonheur, je suis à votre entière disposition.

– D'accord. Je crois qu'un bon bain nous ferait du bien à tous les deux. Cela fait combien de temps que vous êtes là-dedans?

Lilo savait parfaitement qu'il venait de passer les trente-sept dernières heures dans le Casino. Vaffa et Cathay l'avaient relayée dans cette surveillance. Toutefois, Vaffa ne s'était pas montrée. Lilo connaissait également son nom, il s'appelait Quince, mais elle ne le lui dit pas. C'était un chasseur de trous d'un genre un peu particulier, ce qui avait attiré leur attention sur lui.

Depuis six jours que Vaffa lui avait donné un certain degré de liberté, Lilo ne s'était pas tourné les pouces. Vaffa avait décidé que Lilo devrait opérer seule. Bien qu'elle ne fît confiance ni à l'un ni à l'autre, c'est encore de Cathay qu'elle se méfiait le plus. Cette situation lui pesait, elle n'était toujours pas rassurée.

Ce n'était pas un travail facile, même sans Vaffa. Quince était de loin leur meilleure trouvaille. Seulement, les chasseurs de trous qui possédaient leur propre vaisseau ne semblaient pas disposés à les louer. Un chasseur de trous chasse les trous, on le lui avait répété plusieurs fois d'un ton dédaigneux, ce sont les taxis qui vendent des courses. Les rares chasseurs en activité qui se trouvaient sur Pluton attendaient que leur vaisseau revienne de la révision avant de repartir et ils n'avaient certainement pas l'intention de faire un détour par le Canal.

Avec Quince, ce n'était pas tout à fait la même chose. C'est Vaffa qui l'avait découvert. Il avait fait trois voyages, tous d'une trentaine d'années. Il eut de la chance la première fois et fit fortune à son retour. Grâce à cet argent, il put financer ses deuxième et troisième voyages, au cours desquels il ne trouva rien. Lorsqu'un chasseur rentre bredouille, il est généralement mis en faillite et le tribunal se charge de partager ses biens. Mais Quince possédait toujours son vaisseau. Il lui restait un peu d'argent, mais pas suffisamment pour s'équiper une quatrième fois. Il avait tenté, mais sans succès, d'emprunter de l'argent. Les spéculateurs évitent d'investir sur une personne qui vient d'essuyer deux échecs. Ainsi, depuis un an, il essayait de gagner au jeu ce qui lui manquait pour partir encore une fois.

Saint Pierre était au dix-huitième sous-sol du Complexe des loisirs, sous le port spatial. Ils prirent un ascenseur jusqu'à la grand-place et trouvèrent rapidement des bains publics. Ils se déshabillèrent et plongèrent dans le bassin. Lilo faisait la planche en l'écoutant se lamenter sur son sort. Elle interrompait son récit çà et là pour glisser quelques mots compatissants, et peu à peu elle se mit à parler d'elle. Il était plus abordable que les autres chasseurs. Elle comprit que cela était dû à son séjour prolongé sur Pluton.

Ils allèrent au sauna et se turent pendant que la vapeur chauffait leur corps. Puis ils plongèrent dans l'eau glacée pour finir dans un bassin peu profond où ils se détendirent. Lilo était en train de lui frotter le dos lorsqu'elle aborda le sujet du voyage.

– Pour nulle part? dit-il. A quoi bon?

Il n'avait pas manqué de remarquer les piles de monnaie forte qu'elle avait littéralement jetées à la table de jeu. C'était « une riche touriste lunarienne ».

– Comme ça. Ce serait amusant. Je pourrais dire à tous mes amis jusqu'où je suis allée. Pluton, c'est banal.

– Et quelle distance envisagez-vous?

– Oh! je ne sais pas, je verrai plus tard.

Elle était assise sur le rebord du bassin pendant qu'il lui savonnait les pieds et les jambes.

– Mais vous n'avez pas l'air intéressé.

Il ne répondit pas. Elle ne voulait pas le brusquer. Ils traversèrent un petit jardin tropical où des jets d'eau rincèrent le savon de leur corps. Il semblait préoccupé. Ils s'arrêtèrent sur une passerelle en bois et s'appuyèrent à la balustrade. Un autre couple miroitait, à peine visible derrière le voile d'une chute d'eau. Elle passa son bras derrière sa taille et le caressa pendant qu'ils regardaient. Mais il n'eut aucune réaction. Ils traversèrent un corridor dans lequel des souffleries envoyaient de l'air chaud et de la poudre. Lilo s'acheta une brosse à un distributeur et s'assit sur un coussin pour démêler la fourrure de ses jambes.

– Combien êtes-vous prête à mettre pour un tel voyage?

– Ho là là! je ne sais pas. Combien, à votre avis?

Le silence fut plus lourd cette fois. Elle décida de l'appâter.

– Il me semble, heu... eh bien, vos frais, naturellement, ce que cela coûte pour aller jusque là-bas, et puis un cachet.

Ils se dirigèrent vers les lampes et s'allongèrent sur une longue table avec une douzaine d'autres personnes alignées comme des tranches de bacon roses et brunes sur un gril. Au bout de dix minutes ils se retournèrent.

– Vous n'avez toujours pas dit où vous voulez aller.

– Que diriez-vous du Canal?

Elle pouvait presque l'entendre faire ses calculs dans

sa tête, estimant le coût et la durée du voyage. Elle savait déjà à combien s'élèveraient ses frais, compte tenu de la taille et de l'accélération de son vaisseau.

– J'aimerais vraiment aller là-bas et l'écouter. Vous vous rendez compte, des milliers d'années-lumière, des gens qui me parlent, à *moi!*

– Dix-sept années-lumière, corrigea Quince, l'air ailleurs. Et puis, vous n'entendrez pas vraiment... (Il se reprit.) Peut-être que cela vous plaira, acheva-t-il.

Ils se rincèrent à nouveau, passèrent au séchoir et se firent poudrer. Ils délaissèrent le massage, se rhabillèrent et retournèrent sur la grand-place. Quince semblait encore hésiter. Aussi Lilo ne le dérangea-t-elle pas. Elle le conduisit dans un petit salon et commanda à boire pour tous les deux. Ils trouvèrent un petit coin tranquille où la lumière était tamisée. Lilo regardait nerveusement les chiffres phosphorescents sur la manchette de sa robe. Elle était en retard. Elle savait que Vaffa l'avait suivie les deux premiers jours où elle avait été autorisée à sortir seule. A présent, elle devait être exacte aux rendez-vous. Avant longtemps, Vaffa se mettrait à sa recherche, et Lilo ne savait pas ce qui se passerait lorsqu'elle la trouverait. Elle redoutait de voir Vaffa arriver à l'improviste et tout gâcher. Elle décida donc de précipiter un peu les choses.

– Bon. Eh bien, je vous paierai vos frais plus, oh...

Elle dit un chiffre représentant une fois et demie la somme dont il avait besoin pour équiper son vaisseau. Il fut tenté. Il eut quand même le réflexe de demander plus. Cela ne représentait encore que la moitié de ce que Lilo avait été autorisée à payer.

– Marché conclu, dit-elle en tendant la main.

Il la serra, et elle sentit un grand soulagement l'envahir. Vaffa ne pourrait pas lui en vouloir d'être en retard. Il fallait que le marché se fasse.

– J'aurai l'argent dans quelques heures, le temps de prévenir ma banque. Alors, appelez-moi dès que vous serez prêt à appareiller.

Elle retint sa respiration un instant, puis lâcha le paquet. Ça devait marcher, il fallait que cela marche.

– Oh! Il y a autre chose, c'est pour que vous puissiez calculer les poids, les masses et ces trucs-là. Mon mari et ma femme viennent également...

– Vous êtes trois?

Ce n'était pas une question, mais une façon de dire que le marché venait de tomber à l'eau.

– *Où étais-tu?*

Vaffa était en colère et en même temps soulagée, mais elle le cacha bien. Cela faisait une demi-heure qu'elle attendait près de Parc Central, se demandant combien il fallait de retard avant d'être considéré comme déserteur. Elle faillit briser le poignet de Lilo en l'attrapant pour la tirer à l'intérieur du parc. Elles prirent une crémaillère en osier qui les conduisit à trois cents mètres de hauteur, dans l'un des arbres gigantesques. Lilo aurait bien bu quelque chose, mais au lieu d'entrer dans le bar aérien, Vaffa l'entraîna sur l'une des grosses branches. Le feuillage et des vignes pendantes les dissimulaient aux regards.

– Je n'aime pas cela, dit Lilo en regardant vers le bas.

– Tu as raison, car c'est là que tu vas aller si tu ne me donnes pas une bonne explication pour ce retard. Je t'ai dit que je ne tolérerais pas...

– Tais-toi! *Tais-toi!* Tu peux me jeter en bas si tu préfères cette solution, mais je ne veux plus entendre tes menaces. Bon Dieu! je fais de mon mieux, je veux être traitée comme un être humain.

Elle attendit. Lentement, à contrecœur, Vaffa lui relâcha la main.

– Merci. Nous avons fait un marché. Je parle de la promesse que je t'ai donnée en venant ici. Oui ou non, me fais-tu confiance? Et à quoi cela sert-il de donner sa parole si tu ne me fais pas confiance?

– Je ne sais pas *jusqu'où* je peux te faire confiance.

Mon instinct me dit de ne pas te faire confiance du tout.

Lilo haussa les épaules.

– Ton instinct a raison, mais pas dans l'immédiat. Je suppose que notre heure viendra, mais plus tard. Sache que je suis décidée à aller avec toi jusqu'au Canal.

– Tu veux dire que...

– Doucement. Je n'ai pas terminé.

Sa respiration était saccadée, elle avait envie de se battre. Comme elle ne pouvait pas se mesurer physiquement à Vaffa, les mots seraient ses armes. Elle se sentit un peu grisée, elle lui avait répondu.

– Tu me rends folle, tu sais. Nous n'allons pas du tout ensemble et pourtant nous devons l'être constamment. Lorsque je t'ai fait cette promesse, je ne savais franchement pas si j'allais la tenir. Mais maintenant je comprends toute sa valeur, si tu veux bien respecter ma parole comme *moi,* je la respecte.

Vaffa était au supplice. Lilo pensa que le rituel du sang devait avoir une grande signification pour elle et qu'elle avait mauvaise conscience de douter de quelqu'un qui s'y était prêté.

– Comment? Comment pourrais-je te faire confiance? A ta place je ne penserais à rien d'autre qu'à m'évader.

– Au début, je ne pensais qu'à cela et ce n'est pas complètement oublié. Mais je peux te donner deux bonnes raisons pour lesquelles je ne me sauverai pas maintenant. Et j'espère qu'elles apaiseront tes soupçons, sinon tu ferais aussi bien de me pousser. Primo : je suis persuadée que tu n'es pas la seule à être loyale à Tweed, ici sur Pluton, nous sommes probablement suivies. Et même si ce n'est pas vrai, Tweed mise sur le fait que je le pense. Les deux sont possibles, mais je crois plutôt que nous sommes suivies. Quoi qu'il en soit, cela veut dire que si je me sauve, j'ai au maximum une chance sur deux de m'en sortir, sans compter ce que tu feras pour me rattraper. Eh bien, dis-toi que lorsque je m'évaderai, il me faudra des conditions autrement plus sûres.

– Et la deuxième raison?

– Je ne sais pas si tu vas me croire, aussi concentre-toi sur la première. Enfin, si tu veux savoir, je suis inquiète. Je n'aime pas l'allure de ce message en provenance du Canal. Pas du tout. Je crois que l'on ferait mieux d'aller y voir de plus près, alors autant que ce soit moi. Je veux y aller pour me rendre compte par moi-même.

Vaffa baissa les yeux en frottant son crâne chauve. Puis elle acquiesça et s'assit en tailleur sur la branche.

– Entendu, je... je te demande pardon. J'ai dit que je te ferais confiance, à partir de maintenant tu peux me croire. Mais nos termes demeurent inchangés, ne l'oublie pas. Si tu me trahis, je mettrai le temps qu'il faudra pour te retrouver et te tuer.

– C'est tout ce que je demande.

Lilo s'assit à ses côtés puis s'allongea sur le dos, les bras derrière la tête.

– Alors, comment cela a-t-il marché avec le chasseur de trous? demanda Vaffa.

– C'est à l'eau. Il ne le fera pas.

– Quoi?

– Rentre tes dents, c'est pour cela que je suis en retard. J'y étais presque, on parlait chiffres.

– Alors, quel est le problème?

– Toi. Oh! pas toi personnellement, toi et Cathay. Il se refuse absolument à prendre plus d'un seul passager. Comme, bien entendu, aucun d'entre nous ne peut y aller seul, il n'y a plus rien à faire.

– Mais pourquoi? J'ai vérifié, son vaisseau peut facilement emmener quatre personnes jusque là-bas.

Lilo soupira.

– Je sais. Mais essaie de comprendre les pilotes. Ils n'aiment pas les gens. Rien qu'à l'idée de m'emmener seule, il était comme crucifié. Alors, trois personnes, ça l'effrayait tellement qu'il ne pouvait plus parler.

– Je crois que je ne comprends toujours pas.

Lilo essaya encore de lui expliquer, car elle ne s'y retrouvait pas bien elle-même.

– Mets-toi à sa place. Il a passé pratiquement toute sa vie seul dans ce vaisseau. C'est comme s'ils ne faisaient qu'un. Ici, sur Pluton, il devient fou et il le sait. Pour lui, partager son vaisseau, c'est aussi déplaisant que... (Elle eut un geste désespéré de la main.) Je ne sais pas... prêter sa brosse à dents, trouve ta propre métaphore. Pour rien au monde il ne le fera.

– Alors, il faut repartir de zéro.

Lilo fit la moue puis tourna la tête et sourit.

– Eh non, justement pas! Je l'ai engagé comme conseiller. Je lui ai donné juste de quoi retourner au Casino et je lui ai posé la grande question : y a-t-il quelqu'un qui pourrait nous conduire là-bas plus rapidement que nous ne pourrions y arriver en achetant notre propre vaisseau? Ou bien est-ce inutile de continuer les recherches? Est-ce que tous les chasseurs réagiraient comme lui?

– Alors? Qu'a-t-il dit?

– Il m'a donné un nom. Aucune promesse, tu comprends? Mais si quelqu'un le fait, ce sera elle. Même les chasseurs de trous pensent qu'elle est folle. Je vais la voir dans deux heures, je prends la prochaine navette.

– Pourquoi ne l'as-tu pas dit plus... Non, rien. Et je présume que je ne peux pas venir?

– Exact. Inutile de l'effrayer en arrivant à trois tout de suite. Il va falloir du doigté.

– C'est-à-dire Lilo, bien entendu.

Lilo tourna la tête pour voir si elle avait essayé d'être drôle. Ce serait bien la première fois. Mais le visage de Vaffa était toujours aussi impassible.

– Comment s'appelle-t-elle?

– Javeline.

17

Le singulier personnage qu'était Javeline vivait dans son vaisseau, le *Cavorite,* en rade au port spatial de Pluton, le port proprement dit, pas le terminal de Florida qui n'accueillait que les navettes. Le port était vaste mais très encombré, comme le montrait le radar du scooter de Lilo. Il y avait là presque toute l'industrie lourde de Pluton; usines, générateurs, miroirs et fermes, près d'un millier de bâtiments flottant dans l'espace. C'est avec plaisir qu'elle laissa son ordinateur de contrôle du trafic la conduire.

Le scooter s'engagea dans le sas du *Cavorite.* En quittant son propre véhicule, Lilo fut surprise par la taille du vaisseau, tout comme elle l'avait été, en s'approchant, par son aspect général. C'était surtout un énorme moteur et un grand réservoir, semblable sur ce point à la plupart des vaisseaux des chasseurs de trous, mais encore plus démesuré. Quant au système de pressurisation... était-ce du *cuivre?*

Le fuselage était aérodynamique, sans raison apparente : une pointe de sein, dressée à l'extrémité d'un cylindre massif (le réservoir). Aucune de ces formes bizarroïdes que Lilo associait aux voyages spatiaux de longue durée. C'était un gros obus, arrondi à la pointe et légèrement effilé à l'arrière. Quatre ailerons tronqués étaient placés à égale distance les uns des autres à la poupe. Le nez était surtout fait de vitres et l'on pouvait voir des hublots alignés le long du vaisseau.

Le sas lui sembla ordinaire jusqu'à ce qu'elle découvrît les gros cadrans de cuivre des manomètres dont les aiguilles ornementées en volutes s'agitaient. Elle ouvrit la porte intérieure et retira son casque.

Elle se trouvait dans une pièce à peine trois fois plus grande que le sas. Il y avait de la moquette violette sur les deux murs d'en face, les quatre autres étaient recouverts de panneaux en acajou. Chacune des parois moquettées retenait un fauteuil de cuir et une table basse en ébène sculptée, le tout solidement vissé. Sur les deux tables, il y avait des lampes rococo avec des abat-jour en mousseline et plusieurs magazines. Lilo jeta un coup d'œil aux dates, le plus récent remontait à deux siècles.

La seule porte d'accès était celle du sas. La paroi face à la porte comportait une ouverture circulaire, juste assez grande pour y passer la tête. Lilo s'en garda bien. Elle prit place dans l'un des fauteuils, faisant de cette paroi son « plancher » temporaire, et regarda l'autre siège au « plafond ». L'effet ne la troublait pas.

Elle n'avait pas réussi à identifier le rectangle de verre sur l'un des murs. C'était un écran de télévision en noir et blanc, un canon à électrons qui balayait un tube cathodique. Javeline devait l'avoir soufflé elle-même : on n'en trouvait plus que dans les musées. L'écran s'alluma et Lilo vit apparaître la tête, grandeur nature, de la femme. Elle était belle, mais plus âgée que ne le préconisait la mode du moment. Il était rare de voir quelqu'un porter plus de vingt-cinq ans. Javeline faisait dans les trente-cinq ans. Lilo fut déçue de ne voir que sa tête.

– Alors comme ça, vous voulez louer un vaisseau, dit Javeline. Ce n'est pas banal comme intention, je vous le concède. Je suis probablement le seul chasseur de trous que cela puisse intéresser. Mais pour l'instant cela ne m'intrigue pas au point de faire affaire avec vous. Alors, je vous écoute, il faut que votre histoire soit vraiment bonne.

Lilo s'était attendue à tourner longtemps autour du pot avant d'en venir au fait. Elle avait dû en passer par là avec tous les autres chasseurs. L'attitude de Javeline la désarçonnait.

– Heu... puis-je me permettre de vous poser une question ? Je croyais que vous vouliez me voir en tête à tête. Apparemment je ne peux même pas pénétrer dans votre vaisseau.

– Ceci est un tête-à-tête, répondit Javeline. Je ne me suis jamais fait installer de système vidéo. Pour vous voir il fallait que je vous fasse venir dans cette pièce. Bien. Où comptez-vous aller? Et je vais vous donner un bon tuyau : dites-moi exactement ce qu'il en est. Pas de racontars.

– Très bien. Je... c'est-à-dire, moi, ma femme et... non. Je recommence.

Elle était en nage. Elle avait la désagréable impression que Javeline savait quelque chose sur elle et qu'elle voulait connaître toute la vérité. Peut-être Quince lui avait-il dit quelque chose.

– Deux autres personnes et moi-même devons nous rendre au Canal.

– Où ça, au Canal? Voulez-vous dire à l'émetteur à... Orphiucus 70? Voilà un voyage! Mais je suppose que vous parlez de l'endroit où le signal qui traverse le système solaire est à son maximum.

– Précisément. Pourriez-vous nous conduire jusque-là?

– Certainement. Pourquoi voulez-vous vous y rendre?

– Je ne peux pas vous répondre. Je suis navrée, cela, je ne peux pas le dire.

– Très bien. Vous avez le droit d'avoir vos petits secrets.

Elle paraissait songeuse, et Lilo s'inquiéta. Elle se sentait en présence d'une personne très perspicace, probablement très âgée. Elle ne pouvait pas en être certaine, mais elle éprouvait toujours un étrange sentiment lorsqu'elle avait affaire à quelqu'un de plus de trois cents ans.

– D'où venez-vous? Et comment s'appellent les deux autres personnes qui seraient du voyage?

– Luna. Vaffa et Cathay. Quel âge avez-vous?

Cette question lui avait échappé.

– Si je puis me permettre?..., ajouta Javeline en ébauchant un sourire. Je suis assez vieille pour figurer sur le tronc de votre arbre généalogique, Lilo. Je suis née en 1979, Ancien Style. A l'époque je m'appelais Mary Lisa Bailey. Je suis la première femme à avoir foulé le sol de Mars, si cela vous intéresse. Ma contribution de deux lignes dans les livres d'histoire.

Lilo ne savait pas si elle mentait. Elle avait déjà entendu émettre des prétentions analogues qu'elle n'avait jamais prises au sérieux. A sa connaissance, il ne restait plus de personne vivante assez âgée pour être née sur Terre. L'invasion remontait à cinq siècles et demi : à l'époque, la biologie n'en était qu'à ses premiers pas. Et pourtant...

– Cela fait que vous seriez...

– Le plus vieil être humain vivant. Ne le criez pas sur les toits. Je ne tiens pas à refaire la une des journaux. J'y pense, je viens de me décider à vous embarquer avec vos amis. Quand pouvez-vous partir?

– Vous... heu, voyons voir. C'est un peu rapide pour moi.

Jamais elle n'aurait pensé dire cela à un chasseur.

– Eh bien, décidez-vous, ma belle. Pas besoin de vaccination ou de passeport, là où nous allons. Je vous accorde à chacun trente kilos de bagages. Quand serez-vous prêts?

– Eh bien, demain? Ne devez-vous pas...

– Alors nous décollons dans quatre-vingt-quatre mille secondes standard. Préparez vos cartes d'embarquement. Vous vous occuperez de votre cuisine et de votre lessive. Je coupe, maintenant. Il faut que je fasse quelques changements ici si je veux m'accommoder de vous. Des cloisons à abattre, etc. Je compte sur vous pour apporter le champagne!

L'écran redevint gris.

– Mais je ne sais pas pourquoi elle a accepté aussi vite, dit Lilo. Arrête de m'embêter avec ça. Peut-être qu'elle nous le dira.

Ils approchaient de l'énorme coque du *Cavorite* sur

un scooter. Chacun portait une combinaison, ainsi qu'une petite valise.

Lilo s'était répété sa conversation avec Javeline pendant toute la journée. Elle avait conseillé à Vaffa de ne s'inquiéter de rien : Javeline était farfelue et elle les emmenait probablement pour se distraire.

Pourtant, certains détails gênaient secrètement Lilo. Rien de bien précis. Tout de même, pourquoi avait-elle accepté? Plus elle y pensait, plus Lilo était convaincue que les noms de Luna et de Vaffa avaient été les facteurs décisifs. Quelque chose s'était produit derrière le visage impassible de la femme lorsqu'elle les avait prononcés.

Et la discussion à propos du Canal. Pourquoi Javeline s'intéressait-elle autant à la destination? Etait-ce son curieux sens de l'humour qui lui avait fait suggérer un voyage jusqu'à Ophiucus 70? La pénétration interstellaire humaine la plus avancée n'était que d'une demi-année-lumière; il en fallait dix-sept pour atteindre Ophiucus 70. Mais elle avait marqué une pause, non? avant de mentionner l'étoile.

L'entrée avait changé depuis sa dernière visite. La cloison face au sas avait été abattue et les fauteuils dévissés. La pièce était tellement encombrée de meubles et d'antiquités qu'ils ne voyaient pas comment ils pourraient la traverser.

Javeline apparut à l'autre extrémité du bric-à-brac. C'était la première fois qu'ils l'apercevaient, même partiellement.

– Bonjour tout le monde, fit-elle en les observant par-dessus les meubles. Il faut que vous m'aidiez à transporter tout ça dans le scooter avant de vous installer. Autrement, je ne pourrai pas partir avec vous trois à bord.

Puis, si vite que l'œil ne pouvait la suivre, elle fut derrière eux.

– Sainte Mère la Terre! Ne faites jamais ça!

Vaffa semblait véritablement secouée. Lilo était un peu étourdie elle-même. Javeline avait traversé le labyrinthe de meubles à une vitesse qui défiait les sens.

Lilo la regarda et vit un tube de deux mètres, un plus gros vers le centre, avec une main à chaque extrémité. Le cylindre était flexible en quatre endroits, le genou, la hanche, l'épaule et le coude. La tête, légèrement inclinée, partait de l'« épaule ». Les cheveux bruns étaient coupés court, pour ne pas gêner. Elle portait un tube bleu pour tout vêtement, son bras et sa jambe étaient nus.

Telle était Javeline en position tendue. Le « bras » plié, elle ressemblait à un couteau de poche.

Elle s'était tout simplement débarrassée de son bras droit et de sa jambe gauche. Se passer de deux membres, généralement les jambes, était courant dans l'espace. Mais Javeline possédait une vision esthétique de la minceur. Sa cage thoracique, son épaule droite et sa hanche gauche avaient été remodelées en plastique. Elle s'était également débarrassée de son rein gauche, de son poumon droit et d'une bonne partie de son intestin. Son coude et son genou étaient montés sur roulement à billes.

Elle était aussi souple qu'un serpent. Ce qui restait d'elle pouvait passer par un trou de vingt centimètres de diamètre.

– Qu'est-ce que j'ai fait? demanda Javeline innocemment.

– ... Ça. Ce que vous venez de faire à l'instant. Je n'aime pas que l'on m'arrive dessus à cette vitesse.

– J'essaierai de m'en souvenir. Alors, vous me donnez un coup de main?

Ils chargèrent tout sur le scooter. Ils auraient pu faire plus vite, mais ils étaient fascinés par les déplacements de Javeline. Elle s'agrippait d'une main à une poignée de la porte du sas et de l'autre attrapait un colis qu'elle ramenait à elle en se contorsionnant comme une anguille.

– Par ici, dit-elle lorsque ce fut terminé.

Ils la suivirent maladroitement, à cause de l'apesanteur. Ils débouchèrent dans une longue salle dont deux murs étaient recouverts de moquette, les deux autres de panneaux en chêne avec des ornementations en cuivre.

– Ici, système de pressurisation, dit-elle en montrant les murs. Les cabines sont à l'avant.

Elle repartit main à main, en se pliant et se dépliant le long d'un rail. En trois mouvements, elle fut au milieu du corridor, la jambe en avant, les regardant en souriant. Arrivée au bout, sa jambe alla chercher une prise hors de vue et elle disparut.

– Qu'est-ce qu'on ne va pas chercher! fit Cathay.

– Laisse, dit Lilo. Ça a l'air efficace. Tu sais, je me sens toute démodée en la voyant.

– Ouais, j'aimerais bien la voir dans un champ gravitique.

– Je te parie qu'elle ne descend jamais. *Jamais.*

Javeline les attendait au bout du couloir. Elle leur fit franchir deux portes tout en leur expliquant les règles à suivre pour ne pas détraquer le système d'aération. Ils étaient dans leurs cabines.

– Excusez-moi si c'est un peu petit, ce n'est pas le *Queen Mary*. Il a fallu que je retire ma collection de timbres pour faire de la place. Il n'y a que deux cabines, alors deux d'entre vous devront partager, à moins que quelqu'un ne préfère camper dans le solarium. Posez vos affaires. Suivez-moi.

Lilo n'en revenait pas. Elle ne savait pas si c'était de l'humour ou si la femme regrettait sincèrement de n'avoir que deux « chambres d'amis » à bord d'un vaisseau qui par règle d'économie ne devrait pas en avoir du tout. Les pièces étaient petites mais somptueuses : panneaux, moquette, comme partout ailleurs dans le vaisseau. Ils passèrent devant deux autres portes : un atelier et un laboratoire médical. Lilo jeta un œil sur ces deux pièces.

Le solarium était la plus grande pièce habitable. Javeline les y conduisit puis continua son chemin.

– Je reviens tout de suite, dit-elle. Faites comme

chez vous. Café là-bas, les verres et les bouteilles sont ici contre ce mur.

Et elle plongea à travers un petit orifice qui donnait vers l'avant.

– C'est dingue, fit Cathay. Complètement dingue.

Lilo était bien d'accord. Elle avait vu toute sorte de vaisseaux mais rien qui ressemblât au *Cavorite*

– Qu'est-ce que c'est que ça? Du Victorien? Du capitaine Nemo?

Mais Cathay ne trouva rien à répondre et Javeline avait disparu.

Le solarium mesurait une dizaine de mètres de long sur quatre de large. Contrairement au reste du vaisseau, il possédait un plancher permanent, ce que Lilo n'arrivait pas à comprendre. C'est tellement plus économique de tout faire en chute libre. De plus ce plancher était parallèle à l'axe de poussée. Durant l'accélération la pièce se tiendrait sur une de ses extrémités. A aucun moment le bas ne serait vers le plancher. Vaffa en fit la remarque.

– Après tout, elle passe si peu de temps à subir une accélération...

Cela n'en demeurait pas moins étrange.

Le plafond était incurvé suivant la forme cylindrique de la coque extérieure. Douze grandes vitres, six de chaque côté, épousaient la même forme et se rejoignaient au plafond, contre une poutre en bois richement décorée qui faisait toute la longueur de la pièce. On comprenait pourquoi elle l'appelait le solarium.

Des plantes, de la vigne et des fleurs étaient disposées en festons. A une extrémité se tenait un grand orgue et à l'autre un aquarium centrifugé. Des anges de mer vinrent regarder bouche bée Lilo lorsqu'elle se pencha au-dessus de leur monde rotatif. Au centre, ce n'était que canapés, fauteuils de velours capitonnés, boiseries sculptées et arrimages de cuivre. Lilo ne savait plus où poser les yeux, chaque détail était ornementé.

Lilo passa la tête dans l'orifice par lequel avait disparu Javeline et eut un choc. Comme elle s'y attendait, la pièce était le centre de contrôle du vaisseau, non moins bizarre, avec ses cadrans de cuivre et ses manettes archaïques. Près de l'étroit siège du pilote, elle put voir un long levier coiffé d'une poignée sur laquelle elle lut en toutes lettres : MARCHE et ARRÊT. Mais la grosse surprise fut de trouver la pièce vide : elle se situait dans le nez du vaisseau, au-delà c'était le vide. Lilo trouva cela pour le moins étrange.

Elle ressortit la tête juste à temps pour voir Javeline entrer dans le solarium par la poupe. Elle devait avoir ses chemins à elle.

– Ce vaisseau est étonnant, lui dit Cathay.

– Vous trouvez? Merci. Je l'aime bien. Cela vaut mieux, j'y vis depuis trois cents ans. J'ai trouvé sa forme, du moins sa forme externe, sur la couverture d'un vieux magazine d'avant l'Invasion. Je dirais même d'avant la conquête spatiale.

– C'est de la folie, dit Vaffa froidement.

– Vous trouvez? Pas moi. Bien sûr, l'artiste qui l'a dessiné n'y connaissait rien en matière de vaisseaux spatiaux. Son but était de vendre des magazines, alors au lieu de faire quelque chose d'efficace, il a fait quelque chose de sexy. Cela m'a plu.

– Mais le poids, fit Lilo qui tombait des nues. Si la forme ne suit pas la fonction, n'y perdez-vous pas en efficacité?

– C'est intéressant, ce que vous me dites là. C'est en partie vrai, mais votre âme est-elle complètement dénuée de poésie? Je me bats contre les ingénieurs mal embouchés depuis la première base *lunaire*. Nous sommes devenus une race d'ingénieurs. Ce que nous n'arrivons pas à comprendre, c'est qu'une fois que nous avons inventé le chemin de fer, l'heure sonne de construire un *beau* chemin de fer. Nos techniques sont suffisamment avancées, nous pouvons nous permettre de perdre un peu d'efficacité. Mais les vaisseaux spatiaux ressemblent toujours à des portemanteaux en train de baiser des sapins de Noël.

– Je vous demande pardon?

– Faire l'amour. Excusez-moi, c'est un anachronisme. D'ailleurs, tout dans cette métaphore est anachronique. Mais le *Cavorite* est plus efficace que vous ne le croyez. Une fois prise la décision extravagante de partir seule dans un vaisseau cinq fois trop grand pour mes besoins, ces petits aménagements ne m'ont presque rien coûté. Un métal mince pour la fausse coque externe. Des meubles qui paraissent lourds mais ne le sont pas; ce n'est qu'un fin revêtement de bois accolé à une structure en mousse. L'orgue sert également de terminal pour l'ordinateur et la bibliothèque que l'on ne voit pas. L'aquarium fait partie du système de recyclage, et si les poissons se portent bien c'est que je vais bien aussi. Vous verrez. Ça marche.

Lilo n'était toujours pas convaincue. Mais Quince avait parlé d'elle avec respect. Elle passait pour le meilleur chasseur de tous les temps.

– Si vous êtes prêts, je pourrai commencer le compte à rebours. J'ai encore des choses à faire. J'ai fouillé vos bagages et examiné les radiographies que j'ai prises de vous en...

– Vous avez *quoi?*

C'était Vaffa. Sa figure vira instantanément au rouge.

Javeline la considéra de haut en bas.

– Oui, votre réaction ne me surprend pas, dit-elle sèchement. Vous aviez plusieurs cristaux ainsi que quelques pièces dans vos affaires qui, une fois assemblés avec un peu de salive et de chewing-gum, pouvaient faire une paire de lasers. J'ai tout jeté dans l'intérêt général.

Vaffa avait pris appui contre la paroi et s'était élancée à travers la pièce, bras tendus et dents découvertes, en direction de Javeline. Lilo préféra ne pas regarder. Javeline était si petite, semblait si fragile.

Vaffa tourna sur elle-même pour lui assener un coup du tranchant de la main.

Ce fut terminé avant même d'avoir commencé. Javeline se contorsionna, s'assura d'une prise au plancher, laissa passer Vaffa, puis se retourna pour frapper le cou de la robuste femme. Vaffa se cogna aux tubes de l'orgue et se mit à flotter.

Javeline la regarda puis porta son attention sur Lilo.

– Il faut que je connaisse la nature du mécanisme qui se trouve dans votre abdomen, dit-elle. Ainsi que de cette chose fixée à gauche dans votre bassin.

– Je ne sais pas ce que c'est, dit Lilo. Mais il me semblait bien que j'avais quelque chose là.

Javeline acquiesça.

– Vraiment? Bon. L'un d'eux ressemble à un émetteur de poursuite. J'ai pensé que l'autre était une bombe, mais je crois plutôt qu'il s'agit d'une ampoule de narcotique. Cela irait bien avec cet émetteur destiné à vous repérer, n'est-ce pas?

– En effet.

Ses joues étaient brûlantes.

– C'est parfait. (Javeline semblait vouloir changer de sujet elle aussi.) Il faut m'enlever tout ça. La salle d'opération est à votre disposition. Je peux les jeter par-dessus bord, à moins que vous n'ayez une meilleure idée.

Son regard se posa sur Vaffa toujours inconsciente, puis elle sourit à Lilo.

– On part dans six cents secondes. Vous feriez mieux de regagner vos cabines.

18

Cathay et moi avons emmené Vaffa dans une des cabines, avant de gagner celle que nous avions décidé de partager. A l'instant où nous l'attachions à son lit de bord, le vaisseau subit des changements. Vaffa et sa couchette quittèrent le plancher pour se coller sur la paroi de poupe. Dans le solarium l'aquarium se vidait.

L'accélération était de un G, ce qui correspondait à peu près à l'attraction de Pluton. A présent, nous vivions sur le mur. On entendait un clapotis en provenance du lavabo et des conduites d'eau. L'éclairage s'orienta de façon à ne pas nous éblouir.

Dehors, le corridor était à la verticale. Cela serait supportable durant les vingt-quatre heures d'accélération.

Ils ne quittèrent pratiquement pas leurs cabines et ne virent pas Javeline. Lilo se rendit au solarium une fois. Pour ce faire, elle emprunta une échelle qui était sortie de la paroi du couloir. A présent le solarium ne paraissait plus aussi accueillant. L'orgue se trouvait au plafond, à dix mètres de haut. Lilo monta le long d'une autre échelle et passa sa tête dans la salle de contrôle, mais Javeline ne s'y trouvait pas. Elle comprit qu'ils ne la verraient pas pendant la durée de l'accélération. Javeline se déplacerait à travers son réseau de tubes étroits où ils seraient incapables de la suivre.

Cathay et Lilo pouvaient voir Vaffa à l'autre bout de la salle. Elle faisait les cent pas et ne cherchait pas à leur parler. Cela rendait Lilo nerveuse : elle se demandait à quel point Vaffa la tiendrait pour responsable de cette situation. Elle la soupçonnerait de complicité avec Javeline, ce qui allait rendre la vie impossible.

Il n'y avait rien d'autre à faire que dormir. Ils passèrent une nuit avec les lumières tamisées. Javeline ne les contacta qu'après vingt heures d'accélération. Ce fut encore par l'intermédiaire d'un écran de télévision, incrusté, cette fois, dans le plafond.

– Vous allez m'en vouloir, dit-elle. C'est l'heure des grandes décisions, mes enfants. L'heure a sonné de jouer cartes sur table et de révéler les motifs cachés. Peut-être vous demandez-vous ce qui m'a poussée à vous emmener pour cette petite promenade ?

– Plus ou moins. Allez-vous nous le dire ?

Lilo jeta un coup d'œil à l'autre bout de la salle. Vaffa était à sa porte, penchée au-dessus du corridor, et écoutait attentivement.

– Oui. Du moins ce que j'en sais. Si je vous ai pris, c'est, je crois, pure perversité de ma part. Ce n'est pas une chose que je ferais normalement, c'est pourquoi je l'ai fait. Il faut se surveiller à mon âge. Il faut essayer de nouvelles choses, parfois simplement parce qu'elles sont nouvelles. Sans quoi on se rouille.

– Qu'en savez-vous ? demanda Cathay.

– Je n'en sais rien. Mais jusqu'à présent cela a marché. Ce serait folie de ma part de changer de tactique à l'heure qu'il est. Maintenant, pourquoi ai-je envie d'aller jusqu'au Canal, que ce soit avec ou sans vous ? Eh bien, disons que je m'intéresse beaucoup au Canal depuis ces derniers mois.

Lilo vit Vaffa dévaler l'échelle pour les rejoindre. Elle se plaça à leur côté, la tête levée vers l'écran.

– Qu'est-ce qui vous intéresse ? demanda Vaffa.

– La même chose que vous. Tout le monde serait intéressé, vous ne croyez pas ?

– Comment pouvez-vous le savoir ? Il s'agit d'informations ultra-secrètes. Seuls quelques...

Javeline leva un sourcil.

– Et moi, je pourrais vous demander comment *vous* le savez ? Mais j'ai ma petite idée là-dessus. Comment suis-je au courant ? Toujours de la même manière, en ce qui concerne le Canal. A tout moment, il y a au moins un ou deux chasseurs qui traversent la trajectoire du signal du Canal. Comme ils n'ont pas grand-chose à faire, ils écoutent. Puis nous nous parlons. Cela peut prendre quelques années pour terminer une conversation, mais nous avons tout le temps, nous ne sommes pas pressés. La communauté des chasseurs connaissait l'existence de ce message avant le Conseil d'Administration de la Starline. Cela fait des mois que nous en discutons. Cela a inquiété certains d'entre nous. Alors je vais voir ce qu'il en est.

– Vous voulez voir si cela se traduit bien comme nous le supposons ?

– Non, non. (Javeline éclata de rire.) La traduction est bonne, cela ne fait aucun doute. Il s'agit bien d'une menace. Ecoutez : si vous allez là-bas, c'est pour trouver la forme originale du message, c'est la seule raison qui peut vous motiver. Cette forme originale, je l'ai ici, dans mon ordinateur. Nous l'avons étudiée en long, en large et en travers. Ce qui nous intéresse à présent, c'est d'apprendre ce que peuvent bien être les " sanctions sévères ". Pour cela, j'ai été... disons déléguée, quoique le terme soit un peu trop ronflant. S'ils ont les moyens de mettre leur menace à exécution, nous autres chasseurs risquons d'avoir à nous trouver de nouveaux clients.

Si cette déclaration choqua Lilo, elle scandalisa Vaffa.

– Comme ça ? Vous voulez voir de quel côté le vent va tourner ?

– Plus ou moins.

– Pour qui voulez-vous travailler ? Les Ophites ? Les Envahisseurs ?

– Pour le plus offrant.

– Alors, je vous crache dessus, et sur ceux de votre espèce. Vous parlez de trahir votre race.

– Et je chie sur ta race, Libre-Terrienne.

Lilo se dépêcha d'intervenir.

– Pensez-vous qu'il y aura un second message ? Décrivant les sanctions ?

– C'est possible. Mais ce n'est pas pour cela que j'y vais.

– Alors, je ne comprends pas. A quoi peut vous servir ce voyage ?

Javeline sourit à nouveau.

– Nous en arrivons aux décisions dont je parlais tout à l'heure. D'après notre marché, je dois vous déposer quelque part sur la trajectoire du Canal. Mais c'est un long Canal. Vous vouliez certainement dire le point le plus proche, mais vous ne l'avez pas spécifié. Je me propose de vous emmener à un point situé à une demi-année-lumière du soleil. J'ai des raisons de penser que l'endroit peut être intéressant.

– Comment cela ?

– Afin de rencontrer les Ophites face à face.

L'idée troubla Vaffa. Cathay sourit comme s'il s'agissait d'une bonne blague et, lorsque Lilo le regarda, il haussa les épaules. Lilo avait mal au cou à force de regarder en l'air, elle suivit l'exemple de Cathay qui s'était allongé par terre, les mains derrière la tête.

– Vous vous demandez sans doute pourquoi je pense qu'ils se trouvent là?

Javeline était un peu déçue par leur réaction.

– Je crois en effet que cela peut nous intéresser, dit Cathay.

Il avait l'air de bien s'amuser.

– Bien. Les chasseurs voient le Canal dans une tout autre perspective que la Starline. Celle-ci se contente de maintenir une station d'écoute là où le signal est à son maximum. Et elle a bien raison, les messages sont assez embrouillés comme ça. Mais cela limite leur point de vue. La Starline écoute à partir d'un point immobilisé dans l'espace.

» Nous autres, nous croisons le Canal dans tous les sens à des distances variables du soleil, plus loin et plus près d'Ophiucus 70 que la Starline. Lorsque nous traversons le signal, nous écoutons. Nos ordinateurs notent l'heure à laquelle nous commençons à recevoir le signal et l'heure à laquelle nous le perdons.

» Il y a environ cent ans, nous avons remarqué des petites choses. Ce n'est qu'après plusieurs années que nous avons pu les confirmer. Il est difficile d'avoir des chiffres bien précis à la vitesse où nous nous déplaçons, et cela prend du temps de comparer toutes les données. Mais maintenant nous en avons la certitude.

» Le rayon d'un laser est conique. Il est très étroit, mais il a un sommet à une extrémité et va en s'élargissant avec la distance. Nous avons noté des changements de parallaxe. D'un côté du cône, le signal semblait provenir d'Ophiucus 70, mais une fois de l'autre côté, il s'était déplacé. Nous avons réussi à faire le tracé du cône. Autre chose, la coupe du cône variait selon l'endroit, de même que la perte d'intensité du signal. Tout semble indiquer ceci : le signal ne provient pas d'Ophiucus 70 mais d'un point situé à environ une demi-année-lumière du soleil, dans la même direction. Et ce n'est pas par hasard. Ils voulaient nous faire croire qu'ils nous parlaient de là-bas. Cela nous amène à toutes sortes de possibilités intéressantes.

– Il faut que je passe un appel radio, dit Vaffa.

Elle semblait subjuguée.

– Je m'y attendais. Voyons voir si j'ai le numéro de Tweed dans mon fichier...

Vaffa regarda Lilo et Cathay. Lilo allait protester, mais Javeline l'interrompit.

– Ils ne m'ont rien dit. J'ai vérifié vos appels téléphoniques avant de vous prendre à bord : vous avez appelé Luna plusieurs fois. J'étais certaine que vous étiez une Libre-Terrienne, et vous venez de me le confirmer il y a un instant. Maintenant, vous crevez d'envie que l'on vous dise ce qu'il faut faire pour ne pas avoir à penser. Qui d'autre pourriez-vous appeler si ce n'est le Patron, Tweed ?

– Cela ne vous regarde pas, hurla Vaffa. Maintenant, donnez-moi une ligne. J'ai loué ce vaisseau et...

– Est-ce que vous vous rendez compte que l'on ne parle pas au capitaine sur ce ton ? Au cas où vous ne l'auriez pas remarqué, je contrôle entièrement ce vaisseau. Vous ne pouvez même pas venir sur le pont. Votre petite tête, oui, mais pas vos épaules. Ce vaisseau ira là où bon me semblera, et surveillez votre langage si vous ne voulez pas que je vous coupe l'oxygène.

Lilo s'était relevée. Elle donna un violent coup de coude dans les côtes de Vaffa. Celle-ci ne réagit pas, ce qui montrait qu'elle avait beaucoup appris en un mois.

– Il faut quand même que nous contactions Tweed, dit Cathay d'un ton raisonnable. Ce que vous évoquez entraîne des frais beaucoup plus importants et nous n'avons pas cet argent. Il nous faut l'autorisation.

– Vous avez à la fois raison et tort, dit Javeline calmement. Comprenez que votre situation a changé radicalement. Je sais pourquoi elle est ici. (Elle fit une grimace.) Elle est fidèle à Tweed. Mais vous, je ne le crois pas, si mon instinct vaut encore quelque chose. Je pense qu'il vous tient d'une manière ou d'une autre. Eh bien, c'est terminé. Je trouve l'esclavage inadmissible et je ne suis pas prête à obéir à un homme qui se trouve à six milliards de kilomètres de distance. Vous allez appeler Tweed, mais pas pour prendre des ordres, pour lui dire ceci. Soyez attentifs, je ne le répéterai pas : « Le *Cavorite* se dirige vers la station émettrice du Canal. » Ici, vous pouvez lui expliquer ce que je viens de vous apprendre. Il est intelligent. Il comprendra. « Le coût de ce voyage est quatre cents fois supérieur à la somme déjà débattue. Un réservoir vient de quitter Pluton et se dirige vers nous. La rencontre aura lieu dans vingt millions de secondes. Vous savez que ces engins ne sont pas récupérables, d'où augmentation des frais. Sans ce réservoir, nous aurions de quoi faire l'aller, mais pas le retour. Si vous, Tweed, désirez être représenté dans cette expédition, faites parvenir à ma banque de Lowell la somme que mon banquier vous a déjà communiquée. En cas de non-paiement, je considérerai que vous n'avez plus aucun intérêt dans cette expédition. Le vaisseau continuera comme prévu pour le compte de l'Association commerciale des Chasseurs de trous, chose que vous pouvez vérifier. Quant à votre agent

Vaffa, elle sera invitée à rentrer à pied. Signé : vos humbles serviteurs, ex-esclaves, etc. »

– Vous ne pouvez pas faire ça !

Des veines saillaient sur le cou de Vaffa. Ses ongles mettaient en sang ses poings serrés. Cathay était aux anges, quant à Lilo, elle aurait aimé s'accorder un peu d'euphorie, mais elle ne se sentait pas tranquille. Prudemment, doucement, elle frotta l'épaule de Vaffa. Si elle piquait une crise maintenant, cela pourrait être fatal.

– Ecoute-moi, Vaffa, murmura-t-elle. Il faut que tu fasses ce qui convient le mieux pour le Patron. Ne fais pas de bêtises. *Laisse-moi tranquille !*

Cathay se rapprocha.

– Elle a raison, dit-il. Ne perds pas ton sang-froid. Réfléchis. Bien sûr, elle tient le Patron, mais son offre est intéressante. Elle te tuera si tu n'arrives pas à le comprendre, et le Patron ne saura *jamais* ce que les Ophites...

– Elle ne pourra jamais me tuer ! Cette espèce de monstre, ce...

– Pense à ce que tu dis, Vaffa. C'est son vaisseau. Tu ne peux même pas pénétrer dans sa cabine. Tu n'as pas d'arme et tu ne sais pas ce qu'elle peut bien avoir en réserve. Elle t'a même battue à mains nues. Il faut que tu ravales ta fierté. Il faut que tu le fasses pour Tweed. Pense au Patron.

Doucement, à regret, elle relâcha le bras de Lilo. Ses épaules retombèrent lourdement et elle sortit, la tête dans les mains. Lilo regarda le visage toujours impassible sur l'écran. Elle descendit au solarium. Un autre écran s'alluma à ses pieds. Elle y distingua une nouvelle fois les traits de Javeline.

– J'aimerais vous remercier, dit-elle.

Des larmes coulaient de ses yeux. Elle ne les essuya pas.

– Ce n'est rien. Ce problème est réglé.

– Pas encore. C'est de cela que j'aimerais vous parler. Je... je viens de m'apercevoir que vous pourriez tout aussi bien vous débarrasser de tout le monde une fois que vous aurez touché l'argent.

Javeline haussa les épaules.

– Il n'en est pas question. C'est pourtant un risque que vous devez prendre. Je ne dis pas que je ne serais pas prête à faire un coup fourré pour récupérer de l'argent – tous les chasseurs de trous en sont capables. On est âpre au gain, c'est comme une seconde nature chez nous. Mais je ne romps jamais un marché. Je me suis engagée à vous conduire là-bas, et je le ferai.

– Pourquoi ?

Javeline parut embarrassée.

– Nous allons rencontrer des êtres d'un autre monde. Peut-être ai-je des restes de fidélité envers la race humaine. Cela ne me semblait pas correct d'y aller seule. J'ai pensé que ce serait bon d'emmener un échantillon représentatif de la race, dans la mesure du possible.

Lilo partit à rire.

– Un chasseur de trous, un tueur, un maître radié de l'enseignement et une criminelle condamnée.

– Ah bon. C'est ce que vous êtes. Il faut me raconter cela un de ces jours. Nous aurons le temps.

Lilo eut un soubresaut. Elle voulait en parler. Elle n'avait pu le faire avec Cathay. Peut-être Javeline serait la personne à qui le dire.

– Et Vaffa ? demanda-t-elle.

– Je ne sais pas. Je la garde si elle se tient bien. Mais je n'aurai pas le sentiment d'avoir manqué à ma parole envers Tweed si je dois l'abattre comme un chien enragé qui menace la sécurité à bord.

– Nous y voilà. Elle m'inquiète. Elle n'est guère capable de raisonnement. Je peux lui faire comprendre que bien se conduire correspond à la volonté du Patron. Sinon vous allez la tuer et Tweed sera perdant. Bon Dieu. Pourquoi essaierais-je de lui sauver la peau ? Elle a menacé de me tuer plusieurs fois. Elle a tué deux de mes clones.

– Tout ce que vous avez à faire pour la tuer,

remarqua Javeline, c'est de laisser les choses suivre leur cours. Elle va se heurter à moi et ce sera terminé, c'est bien ça?

– Je crois. (Lilo soupira.) Je ne sais pas si c'est l'idée de voir quelqu'un se faire tuer qui me déplaît, ou si j'ai encore peur qu'elle me règle mon compte avant que vous l'éliminiez. C'est une situation explosive. Voici ce que j'aimerais : je ne crois pas que Vaffa puisse désobéir à un ordre venant directement de Tweed. Je voudrais rajouter une demande à votre liste. Il doit lui ordonner de ne faire de mal ni à vous, ni à moi, ni à Cathay. Qu'elle soit relevée de sa tâche de gardien. Il doit lui faire comprendre qu'elle le représente sur ce vaisseau et que tout dépend d'elle. Il faut qu'elle reste en vie pour faire son rapport – par conséquent, elle doit nous laisser tranquilles.

– C'est comme si c'était fait. Vous pensez que cela marchera ?

– J'en suis certaine. Ça la tranquillisera. Tweed acceptera de mauvaise grâce, mais il n'a pas le choix.

– C'est comme ça que je le voyais, dit Javeline, l'air satisfait.

Lilo sourit et, enfin, osa se croire libérée. Elle était enfermée dans ce vaisseau, mais elle était libre.

– A propos, combien de temps allons-nous mettre ? demanda-t-elle.

– Environ trois cents millions de secondes à l'aller.

– Cela ne vous ferait rien de me dire cela en mois terriens standard ?

– Environ cent vingt. Vingt ans, aller et retour.

19

Nous aurions pu rejoindre Poséidon plus vite que nous ne l'avons fait, même en remorquant ma station depuis les Anneaux. Ce vaisseau était conçu pour tracter des trous noirs quantiques sans effort. Mais le tour de force était d'arriver sur Poséidon au bon moment et suivant l'angle voulu. Il nous a fallu tenir compte des positions respectives de Jupiter et de Saturne au moment du départ, ainsi que de la vitesse orbitale et de la rotation de Poséidon.

Je ne me suis jamais souciée de trouver un nom pour ma cachette rocheuse. Lorsque nous sommes arrivés à proximité de Poséidon et que nous avons utilisé les moteurs du vaisseau pour donner de la vitesse à ma station, Cathay l'a baptisée Vengeance.

Ils étaient suspendus à cinquante kilomètres de distance, immobiles par rapport à Poséidon. Sans agrandissement, on ne voyait qu'une petite tache grise et irrégulière, mais sur son écran Lilo pouvait voir plus de détails. Poséidon était sombre, dentelé. Au-dessus de l'horizon, il y avait une petite coupe avec une lueur bleu vif à l'intérieur.

Lilo se rappela ses derniers instants avec Paramètre/Solstice. Elle aurait aimé qu'elles se joignent à eux, mais bien entendu c'était hors de question. Si Cathay et elle réussissaient ce qu'ils projetaient, ils n'auraient pas le temps de les déposer où que ce soit. Il leur faudrait quitter le système solaire au plus vite. Mais Lilo aurait bien aimé qu'elles soient présentes pour assister à la réussite de leur plan. Si cela marchait, se rappela-t-elle en avalant nerveusement sa salive.

– Dix secondes, annonça Lilo.

Elle était branchée sur l'ordinateur et dirigeait les opérations qu'elle suivait par l'intermédiaire de la caméra de *Vengeance*. Elle sentit de légères poussées engendrées par les fusées de positionnement alors que le programme de guidage ajustait avec précision la trajectoire. A présent, la cible arrivait à une vitesse aveuglante mais perceptible aux sens de Lilo grâce à son branchement sur l'ordinateur. Elle entrevit un éclair argenté, et l'impact détruisit la caméra.

– Touché, dit-elle calmement.

Elle débrancha de son crâne la prise qui la reliait à l'ordinateur.

Vengeance était entré dans le champ-nul en forme de coupe qui contenait le trou noir. Aussitôt, la masse du rocher fondit en un mélange de lave, de gaz brûlants et de plasma, tout en projetant des éclaboussures aux alentours.

Le trou se mit immédiatement à le dévorer. Sa gravité attirait la matière dans une chute sans fond en dégageant de l'énergie. Au fur et à mesure que la matière se volatilisait, il en arrivait encore qui était rejetée par la réaction déclenchée autour du phénomène. Il y eut une gigantesque explosion qui libéra 90 % de la masse de *Vengeance* de l'attraction de Poséidon et du trou. Le reste retomba à nouveau dans le trou.

Cela ne changeait rien pour le champ-nul hémisphérique. Il était à l'épreuve de tout ce que la race humaine avait pu concevoir jusque-là. L'impact de *Vengeance* ne l'affecta en aucune manière.

Mais Lilo observait attentivement le comportement des générateurs de champs électromagnétiques. Leur solidité était l'inconnue de l'équation de Paramètre. Ils supportaient déjà la masse du trou, mais allaient-ils tenir le coup sous la soudaine accélération causée par l'impact? S'ils ne résistaient pas, le trou tomberait et aurait vite fait de détruire les générateurs du champ-nul. Sans ce dernier, le trou passerait au travers de Poséidon comme s'il n'y avait là que du vide, et il ne leur resterait plus qu'à essayer de le récupérer de l'autre côté.

– Je ne vois aucun mouvement, et toi? demanda Lilo.

– Non, ça a l'air de tenir.

Il y eut encore d'autres explosions espacées de quelques secondes, jusqu'à ce que les restes liquéfiés de la roche aient perdu suffisamment de masse pour se stabiliser. Maintenant, il y avait là une petite étoile blanche, très dense, plus brillante que la surface du soleil, et mesurant seulement un mètre de diamètre.

– Laissons donc nos chers astronomes essayer d'expliquer ça, dit-elle. (Puis elle brancha l'émetteur.) Vous me recevez en bas? Vaffa, Vaffa vous m'entendez?

Il n'y eut pas de réponse immédiate, et Lilo répéta plusieurs fois son appel jusqu'à ce qu'une voix masculine se fasse entendre.

– Qui appelle?

– C'est Lilo, revenue d'outre-tombe. Cathay est avec moi. Nous vous ramenons votre vaisseau, avec le petit cadeau de tout à l'heure. Vous avez dû le sentir. Il y a des blessés?

– Je ne sais pas, dit Vaffa, impatienté.

Lilo comprit qu'il s'en moquait éperdument. Elle eut un frisson. C'était son premier contact avec Vaffa.

– Qu'est-ce que vous avez voulu faire? Vous savez bien que vous ne pouvez pas nous tuer, quoi que vous fassiez. Au mieux, vous pouviez ensevelir quelques-uns d'entre nous, ce que vous avez réussi à faire, mais nos combinaisons nous protégeront jusqu'à ce que nous soyons tous dégagés. Ce à quoi nous nous occupons en ce moment-même.

La voix était autoritaire, habituée à être obéie, mais en écoutant attentivement on pouvait y déceler un soupçon d'hésitation.

– Il sait bien que tu n'es pas si bête, dit Cathay avec satisfaction. C'est parfois mauvais pour les nerfs d'en savoir trop sur quelqu'un.

– Je l'espère, chuchota Lilo. (Puis, dans le micro :)

Nous venons de sortir Poséidon de son orbite. C'est fait et on ne peut plus revenir là-dessus. Permettez-moi de vous dire que, vu d'ici, ce fut assez spectaculaire. Dans très peu de temps, tout le système solaire va se poser des questions. Ça ne vous inspire rien?

Il y eut un silence pour toute réponse.

– Avant que vous ne couriez consulter le Patron, il y a quelques petites choses qu'il doit savoir. Voilà, c'est simple. Tout le monde va se demander ce qui se passe ici, mais ils penseront que cela vient des Envahisseurs. Nous sommes près de Jupiter, après tout. Ils n'oseront envoyer personne pour enquêter. Voyez si Tweed est d'accord là-dessus.

Toujours pas de réponse. Lilo continua :

– Nous vous précisons que nous sommes en possession d'un émetteur très puissant. Je suis certaine que Tweed a dû s'en inquiéter depuis quelque temps, il a dû se demander où était passé Cathay et ce qu'il pouvait bien fabriquer. Il est probablement sur le qui-vive, des fois que les choses tourneraient mal. Tout ça, c'est très bien. Mais il lui faut gagner du temps. Nous voulons que vous lui demandiez s'il veut avoir ce temps devant lui.

– Expliquez-vous, s'il vous plaît.

– J'y arrive. Tout d'abord, répondez-moi. Combien de temps vous faut-il, sans tenir compte des 96 minutes d'attente, pour joindre Tweed, lui parler et avoir sa réponse? N'hésitez pas! Dites-le-moi tout de suite.

Cathay avait insisté sur l'importance de cette tactique. D'après lui, Vaffa n'était pas très intelligent et ne savait pas bien mentir. Il ne fallait pas lui laisser le temps de réfléchir. Le réflexe de Vaffa, qui était de toujours se référer à Tweed avant d'agir, travaillait pour eux.

– Eh bien, je...

– *Maintenant!* La vie de Tweed en dépend. Ne nous laissez pas douter de ce que vous allez dire.

– Je lui parle en code, par l'intermédiaire d'un laser relayé vers Luna par satellite, pour brouiller l'origine du signal. Aujourd'hui il faudra compter 97 minutes. Il porte un signal d'appel sur lui, ça ne m'a jamais pris plus de trois minutes pour l'avoir.

– Parfait. L'heure des négociations a sonné. Cathay et moi, nous nous intéressons au sort des gens qui sont sous votre garde. Nous savons parfaitement que vous êtes capables, si vous en recevez l'ordre, de les abattre tous. Et nous avons pensé que Tweed peut effectivement vous donner cet ordre.

Lilo avait eu du mal à le croire, mais Cathay en savait plus qu'elle sur Tweed et Vaffa.

– Nous voulons que vous disiez au Patron que cela serait une grave erreur.

» Nous allons diffuser la vérité sur Poséidon dans tout le système solaire. S'il se fait prendre, c'est un homme mort.

» Ce qui lui importe est de savoir quand nous commencerons la diffusion. Alors, écoutez bien. S'il fait ce qu'on lui dit, nous lui donnons un mois standard. Bien entendu, ce n'est pas dans votre intérêt d'attirer l'attention sur cet endroit car nous sommes tous illégaux d'une manière ou d'une autre, vous compris. Si un vaisseau des Huit Mondes se pose sur Poséidon, nous serons tous exécutés.

» Nous avons donc un intérêt commun. Nous avons besoin de temps, et Tweed aussi. Mais nous voulons également la garantie que ces gens, en bas, ne seront pas massacrés. (Elle prit une profonde inspiration.) Voici notre proposition : Tweed doit vous ordonner, ainsi qu'à vos frères et sœurs clones, de quitter la station et de vous rassembler à l'extérieur, à plus d'un kilomètre de l'entrée la plus proche. Sans armes. Avant de sortir, vous devrez neutraliser l'écran qui empêche l'accès à vos quartiers et laisser Niobe et Vejay voir s'il n'y reste plus personne. Ensuite...

– Je viens juste d'apprendre que Vejay est porté manquant, dit Vaffa. Il est sans doute enseveli. Niobe est ici.

– Bien. Lorsque Niobe aura visité vos quartiers et se

sera assurée de votre départ de la station, elle nous le confirmera. Alors seulement, nous descendrons et vous ferons prisonniers. Tweed doit vous donner l'ordre, en présence de Niobe et de toute autre personne de son choix, de ne plus attaquer quiconque, maintenant et à l'avenir.

» En échange, vous et vos clones serez épargnés tant que vous obéirez à ces ordres. Tweed aura un mois pour quitter Luna et exécuter le plan qu'il a dû mettre au point en cas de découverte.

– Qu'est-ce qui nous prouve que vous tiendrez votre parole et que vous n'allez pas nous tuer? demanda Vaffa.

Pour la première fois, il était inquiet. Cathay frappa victorieusement sur l'épaule de Lilo, qui lui répondit d'un clin d'œil.

– Evidemment, vous n'avez aucune garantie. Il faudra me croire sur parole. De toute façon, c'est ça ou une mort certaine si un vaisseau des Huit Mondes débarque sur Poséidon, suite à notre appel, ou si vous vous attaquez aux prisonniers. Comprenez bien cela : nous diffuserons, s'il le faut. Si Tweed n'accepte pas nos conditions, vous allez tuer tous ces gens et nous n'aurons plus rien à perdre. Dans le cas contraire, vous aussi, vous aurez une chance d'échapper à la mort.

» Quant à Tweed, sa position est bien simple. Il a exactement cent quinze minutes à partir de maintenant pour faire ce que nous attendons de lui. Si d'ici là Niobe ne nous donne aucune nouvelle, nous commençons à émettre.

– Nous l'appelons, dit Vaffa. Encore une question. Comment puis-je savoir si vous avez vraiment sorti Poséidon de son orbite?

– Eh bien... je ne peux pas prouver que ce n'est pas du bluff. Mais ça ne change rien. L'émission commence dans cent quatorze minutes.

– Très bien. (Il marqua une pause.) Avec les dégâts qu'il y a ici, je pense que vous avez dit la vérité.

Lilo se détendit. Elle était en nage. Elle regarda Cathay, cherchant son approbation.

– J'ai été bien?

– Très bien, dit-il.

Il commençait à se rendre compte que l'irréversible avait été accompli. Son fils était là, en bas, hors de sa portée, à la merci de la décision de Tweed.

– Et s'il a un autre tour dans son sac? J'ai comme des remords... c'est une telle responsabilité que nous venons de prendre.

Lilo lui toucha doucement l'épaule. Elle savait qu'il avait plus qu'elle en jeu, pourtant elle voulait gagner la partie. Son aversion des premiers jours pour Cathay s'était peu à peu envolée, à mesure qu'elle apprenait à voir les choses de son point de vue. Elle trouvait que leurs intérêts s'accordaient mieux à présent. Pendant le voyage depuis Saturne, ils étaient devenus bons amis. Elle avait hâte de rencontrer son fils qui, paraît-il, était le meilleur ami de son clone. Elle espérait le voir vivant.

– Que peut-il faire? dit-elle. Nous avons tout envisagé.

– Je sais bien. Mais j'ai peur qu'il nous joue un tour.

– Ecoute. Quand Tweed recevra le message de Vaffa, il aura deux heures. Deux minutes pour se décider, quarante-huit minutes pour que sa réponse nous parvienne et encore quarante-huit minutes avant que notre émission atteigne Luna. C'est une haute personnalité. Les ordinateurs de la police connaissent ses coordonnées, afin d'assurer sa sécurité. S'il disparaît de la circulation sans prévenir, toute la machine sera à sa recherche dans la minute qui suit.

– Mais il a dû prendre ses précautions. Il savait que j'étais libre, avec un émetteur, en mesure de le dénoncer à n'importe quel moment.

– Mais il savait que tu ne le ferais pas. Il était tranquille. Si tu le dénonçais, cela entraînerait la mort de ton fils.

Cathay tremblait à présent. Lilo lui frotta le dos. La cabine était exiguë, mais elle réussit tout de même à l'embrasser sur la joue.

– Tweed n'a pas le choix, dit-elle. S'il ne fait pas ce que nous lui demandons, il a deux heures pour disparaître et se mettre à l'abri des recherches que nous allons déclencher. Je ne crois pas qu'il en soit capable.

– Mais pourrions-nous vraiment émettre?

Cathay était à l'agonie. Ces deux heures allaient être longues.

Lilo ne dit rien. L'issue ne dépendait plus d'eux, depuis l'impact de *Vengeance*. Si Niobe ne confirmait pas d'ici deux heures, cela voudrait dire que des choses trop horribles pour être évoquées se produiraient sur Poséidon.

Alors là, oui! Ils émettraient.

Tweed empruntait souvent les passages publics de la ville de King, il avait toujours adoré ça. Ses électeurs aimaient le voir déambuler le long de Clarke Boulevard. Parfois, il allait serrer des mains et distribuait des tapes amicales.

Mais l'enthousiasme populaire doit parfois être maintenu à distance respectueuse. S'il fallait souvent trinquer ensemble pour gagner des voix, il y avait des moments où il était nécessaire de pouvoir se déplacer sans être assiégé par la foule. A cet effet il se servait de son haut-de-forme. S'il le tenait à la main, cela voulait dire qu'on pouvait l'aborder. S'il le portait sur la tête, on devait comprendre qu'il était occupé par les affaires publiques.

Le chapeau bien enfoncé sur le crâne, Tweed le Patron marchait d'un pas ferme au centre du corridor, aussi implacable qu'un rhinocéros, le cigare à la bouche, recrachant des nuages de fumée bleue.

Lorsqu'il tournait à droite ou à gauche, il avait la grâce massive d'un remorqueur. De couloirs en galeries il arriva dans une partie moins fréquentée de la ville. Au bout d'un passage désert il y avait une porte anonyme. Elle ne s'ouvrait que sous pression de l'empreinte de sa main. Il pénétra dans une petite pièce et referma la porte hermétiquement derrière lui. Il appuya sur un bouton et la pièce descendit doucement.

Finis le manteau noir et gris, les pantalons larges et les souliers de cuir avec les guêtres. Il se retrouva nu devant une pile de vêtements. Sans ses chaussures il mesurait neuf centimètres de moins mais demeurait néanmoins un homme de haute taille.

Il fit quelque chose à son visage, et ses bajoues affaissées s'affaissèrent davantage, se détachèrent et tombèrent dans ses mains. Elles étaient chaudes, faites d'un plastique à la limite entre la matière inerte et la matière vivante. Il les jeta avec ses vêtements à l'intérieur du chapeau qu'il avait porté chaque jour pendant cinquante ans. Le haut-de-forme avala le tout et se replia sur lui-même.

« Non, se dit-il. Non, ce n'est pas la fin, ce n'est qu'un revers de fortune. » Il s'appuya contre le mur et attendit que ce moment de faiblesse passe. Il enfouit son visage dans ses mains et quelques petits morceaux de plastique se détachèrent encore de sa figure. Lorsqu'il se redressa, sa volonté restaurée, il était une autre personne. Il avait rajeuni de trente ans en perdant les rides qui lui donnaient les traits d'un mâle. A présent, il était androgyne. Son ventre proéminent n'empêchait pas de voir qu'il n'avait pas d'organes génitaux. Sa poitrine aurait pu être celle d'une femme aussi bien que celle d'un gros homme.

Il bomba le torse, et vingt-cinq kilos de chair plastifiée tombèrent de son ventre, de ses bras et de ses jambes avec un bruit mou... La poitrine demeura bien en place, au-dessus d'un ventre plat qu'il n'avait pas vu depuis cinquante ans.

Tweed avait à présent l'aspect extérieur d'une femme, mais un examen de sa vulve aurait révélé que les lèvres ne se refermaient sur aucun orifice. Aucune hormone ne troublait le corps de Tweed, rien qui pût le distraire de son but. Il avait opté pour cette neutralité depuis longtemps et ne l'avait jamais regretté. A présent, cela allait lui sauver la vie. La première chose à faire pour changer d'identité était de subir une intervention de chirurgie esthétique, avec changement de sexe. Cela seul ne suffirait pas, mais c'était un premier pas essentiel. Il venait de l'accomplir en un temps record, comme il l'avait prévu longtemps auparavant, pour le cas où les choses tourneraient mal.

– Tourneraient mal... murmura-t-il. Il se sentit faible à nouveau. Il chancela et faillit tomber sur le sol mouillé. La chair plastifiée s'était dissoute, ainsi que les vêtements. L'eau et une boue grisâtre résultant de la désintégration furent aspirées par un système d'écoulement.

Il pensa à toutes ces années, depuis sa première vision d'une Terre libérée. Il savait que certains le taxaient d'opportunisme, pensaient qu'il ne faisait que profiter d'un courant d'opinion de plus en plus répandu sur Luna depuis un siècle. Mais il était sincère.

Sa sincérité l'avait entraîné jusqu'à faire de son propre fils un tueur, un être prêt à obéir aux ordres, quels qu'ils soient. Il avait étudié des livres anciens pendant un an, avant de se lancer dans cette expérience. Les méthodes des Marines américains et de l'Armée rouge, combinées avec la chimiothérapie et le behaviourisme appliqué, s'étaient révélées efficaces. Vaffa ne l'avait jamais déçu, bien qu'il eût toujours un peu regretté que sa compagnie, ainsi que celle de ses frères et sœurs, soit aussi terne.

Cela allait faire un beau scandale. Même avec un mois d'avance, les choses se précipiteraient dès que la disparition de Tweed serait devenue évidente. On le rechercherait, les programmes de recherche informatique se resserreraient autour de lui, d'abord inquiets de sa sécurité. Puis on commencerait à se poser des questions, la lumière se ferait peu à peu. On découvrirait Vaffa et le reste suivrait. Il restait deux Vaffa sur Luna, il ne pouvait rien pour eux.

Maintenant, il lui restait à accomplir la prouesse quasi impossible de devenir un citoyen dûment enregistré, avec le droit de vivre. Tweed le Patron était mort. Il lui fallait trouver une brèche parmi les circuits intégrés, la même tâche qu'il avait accomplie pour une douzaine de criminels afin de les faire travailler pour lui. C'était faisable, des membres du Front placés à certains postes clefs pouvaient accéder à bon nombre des ordinateurs les plus puissants, mais cela prendrait du temps.

« Ce n'est qu'un revers de fortune », se répéta Tweed.

Mais était-ce vraiment nécessaire? Son nouveau visage demeura songeur pendant qu'il/elle examinait les récents événements. Il était encore temps d'envoyer un contrordre à Vaffa, en faisant vite. Le visage grimaça, et il/elle donna un coup de poing dans le mur. Lilo!

Tweed avait toujours su au fond de lui-même qu'avec tous les risques qu'il/elle prenait, une évasion devait fatalement réussir un jour ou l'autre. Quelques mois plus tôt, il y avait eu cet appel en provenance de Pluton. Lilo dictant par l'intermédiaire de Vaffa ce qu'il devait faire. Quelle humiliation... mais il n'avait pas eu le choix. Et à présent ce coup final, venant toujours de Lilo. Mais laquelle? Le maître, Cathay, avait abandonné le pilote du vaisseau dont il s'était emparé à proximité de Poséidon. L'homme avait été formel : Cathay était seul à bord, et Lilo était tombée dans le trou ou sur Jupiter. Comment avait-elle fait pour revenir?

Tweed se souvint alors de la station dans les Anneaux. Ce devait être celle-là. L'autre était morte. Elle éprouva une satisfaction perverse à cette idée. Elle tenait à la main un petit émetteur et s'apprêtait à entrer en contact avec la station-relais pour ordonner à

Vaffa de les tuer tous. Elle s'arrêta, le pouce sur le bouton.

Deux heures. C'est tout ce qui lui restait si l'ordre était donné. D'ici deux heures, Lilo lâcherait le morceau et toutes les polices du système seraient à la recherche de Tweed. Etait-ce possible? Il lui restait encore des tours dont Lilo n'avait pas la moindre idée. Le changement de sexe à lui seul pouvait lancer les autorités sur une fausse piste et semer la confusion pendant au moins trois ou quatre heures.

A condition que personne ne soit déjà à sa recherche. Si elle donnait l'ordre à Vaffa maintenant, la vraie poursuite commencerait dans deux heures. Elle serait talonnée. Son pouce caressait le bouton.

Non. Il lui fallait plusieurs jours. Dans quatre jours, deux avec un peu de chance, elle serait quelqu'un d'autre avec un *curriculum vitae* remontant à soixante-dix ans et bel et bien enregistré à la banque des données. Tweed le Patron était mort et la femme qu'il était devenu avait hâte de le venger. Mais cela coûterait trop cher. Il fallait réfléchir à long terme. Dans deux ou trois ans elle referait surface. Alors elle serait quelqu'un d'autre, mais n'aurait pas besoin de tout recommencer de zéro. Le Front des Libres-Terriens continuerait et elle le dirigerait.

Le petit émetteur tomba à terre et la porte de l'ascenseur s'ouvrit. La femme nue sortit et pressa le pas le long du corridor. Il y avait beaucoup à faire.

La cafétéria était pleine à craquer, un peu au-delà des normes de sécurité, bien que Lilo eût du mal à le croire. L'endroit ne donnait pas l'impression d'être bondé.

Il n'y avait pas de vastes lieux de réunion sur Poséidon. Vaffa interdisait les regroupements de plus de dix personnes. Il y avait bien quelques grandes surfaces disponibles dans les parties laissées à l'abandon, mais on n'avait pas encore eu le temps de les aménager. Une réunion s'était tenue dans l'une de ces salles, mais personne n'aimait se parler avec les combinaisons qui empêchaient de lire les pensées de l'interlocuteur.

Alors on avait choisi la cafétéria, mais c'était tout aussi déconcertant. Il avait fallu répartir tout le monde à intervalles réguliers à l'intérieur de la roue. De ce fait, la personne prenant la parole pouvait se trouver juste au-dessus de vous. Cela provoquait des torticolis.

– Mais, on m'avait donné deux semaines, disait Vejay. J'ai fait de mon mieux. Si vous pouviez me donner encore quatre jours, trois jours, je...

– Nous comprenons tous ton désir de nous donner les meilleures conditions de propulsion possible, Vejay, dit Cathay. Mais tu viens juste de nous dire qu'avec ce que tu as déjà fait, ça peut marcher...

– Oui, mais je ne garantis que deux mois, en mettant les choses au mieux; après il faudra que je...

– ... non, mais, écoute-moi...

– J'ai toujours la parole, non?

Lilo s'enfonça davantage dans son siège. Les meetings l'ennuyaient. Pourquoi Cathay ne lui disait-il pas de la mettre en veilleuse et de fixer l'heure du départ? Mais après réflexion elle reconnut que c'était précisément la raison pour laquelle il présidait mieux les débats qu'elle n'aurait pu le faire. Lorsque son nom avait été avancé, elle s'était empressée de le retirer. Cathay se débrouillait bien. Jusqu'à présent il avait su accomplir exactement ce que ses conseillers lui présentaient comme unique chance de salut tout en se débrouillant pour que cela parût équitable à tout le monde. Si ce n'était pas là la définition d'un bon chef, Lilo ne la connaissait pas.

Mais elle n'avait jamais imaginé que de mettre quatre-vingts personnes d'accord serait plus ardu que de battre Tweed.

Tout était prêt pour le départ, quoi qu'en dise Vejay. C'était un perfectionniste et les rafistolages qu'on lui avait fait faire de l'autre côté de Poséidon heurtaient sa conception de la beauté. Mais cela marcherait. Cela suffirait pour les mettre à l'abri de toute poursuite. Et c'était ça le plus important, comme Cathay tâchait de l'expliquer encore une fois.

– Tweed a dû se dire que si nous lui donnions un mois, nous lui en donnerions aussi bien deux, et même toute l'éternité. Nous ne gagnons rien à le démasquer. Je sais qu'il y a parmi nous une minorité qui ne demande que ça, mais laissez-moi vous rappeler que nous ne sommes pas encore à l'abri. Ceux qui le détestent tant doivent savoir que si Tweed peut nous avoir par traîtrise, rien que pour le plaisir de la chose, il le fera. C'est pourquoi nous avions prévu de partir dans les dix jours. Je sais que cela a été dur...

(Il y eut un mouvement d'approbation bruyant dans la salle.)

... mais nous y sommes presque. Dans quelques heures nous pourrons prendre le départ et, une fois en route, nos chances de succès ne feront qu'augmenter.

Lilo relâcha encore son attention. Elle observait tous ces nouveaux visages. Elle n'avait pas eu le temps de faire connaissance avec beaucoup de gens, bien que bon nombre d'entre eux eussent la désagréable habitude de se compter d'office parmi ses amis du fait des rapports qu'ils avaient entretenus avec son clone. Elle sourit en repérant Cass, qui se tenait à soixante degrés d'elle sur le sol incurvé. Jusqu'à présent il comptait parmi les rares à ne pas s'être prévalu d'une ancienne amitié avec son clone. Il semblait disposé à repartir de zéro. Dans son cas, Lilo approuva le discernement de sa sœur.

Face à elle, les Vaffa étaient assis, bien serrés les uns contre les autres. Ils étaient huit, moins qu'on ne l'avait craint, mais plus que nécessaire pour mettre n'importe qui mal à l'aise. Ils avaient été neuf. La mort de l'un d'eux, au cours de ce qu'il fallait bien appeler un lynchage, déclencha la première crise que connut la communauté. Les autres Vaffa, déjà apeurés, s'étaient réfugiés dans une pièce en jurant de se battre jusqu'au dernier. Il avait fallu tout un savant travail de persuasion de la part de Cathay pour les faire ressortir. Ils s'étaient conformés à leur engagement de ne lever la main sur personne. Il restait à savoir comment ils allaient se comporter à la longue. Il y avait beaucoup de vieux comptes à régler. Ils n'étaient déjà plus considérés comme des citoyens à part entière, ce qui ne semblait pas les gêner, du moment qu'on les laissait tranquilles. Mais ils finiraient par poser un problème.

– Maintenant, nous allons écouter le rapport du Comité écologique, dit Cathay. Krista, nous vous écoutons.

Krista était l'une des rares personnes que Lilo connaissait bien. On travaillait aux préparatifs du départ vingt-quatre heures sur vingt-quatre, et Lilo et Krista avaient couru ensemble un véritable marathon pour réparer les dommages causés aux jardins hydroponiques par l'impact. Krista travaillait dur, elle faisait partie des scientifiques que Tweed enlevait lorsqu'il ne trouvait pas ce qu'il cherchait dans les prisons. Lilo l'aimait bien, mis à part sa tendance à s'intéresser de trop près aux causes de son séjour en prison.

– J'aimerais pouvoir vous donner des garanties solides, dit Krista. Tweed a délibérément essayé de nous faire dépendre des livraisons mensuelles. Je pense qu'il savait ce qu'il faisait. Il nous manque des traces d'éléments qui se perdent dans le recycleur secondaire. Lilo et moi travaillons actuellement sur un système tertiaire pour récupérer ce que nous avons, mais à moins d'en trouver de plus grandes quantités en forant les roches, nous risquons d'avoir de sérieux problèmes d'ici quelques années.

– Comment se présente le nouveau système? demanda Cathay.

– Je ne voudrais pas trop m'avancer, mais...

– Nous pouvons y arriver, cria Lilo. Il faut que nous

y arrivions, alors nous y arriverons. Tu peux te rasseoir, Krista.

Les autres rapports disaient tous à peu près la même chose. En plusieurs endroits les dégâts n'étaient pas entièrement réparés, mais le travail avançait. Tout le monde demandait plus de temps, mais se mit finalement d'accord sur la nécessité d'un départ imminent.

Cathay les écouta tous jusqu'au bout, puis il abaissa son marteau.

– Vous m'avez élu; vous m'avez donné le pouvoir de décider de l'heure du départ. Je vais maintenant exercer ce pouvoir. Nous partons dans dix-huit heures.

20

Comment pourrais-je résumer un voyage qui a duré dix ans? Dire que ce fut terne et qu'il ne s'est pratiquement rien passé serait à la fois un euphémisme et un mensonge.

Je suis certaine que Javeline regretta de nous avoir embarqués dès le premier mois. Elle l'avait fait comme s'il s'agissait d'une bonne blague, pour rompre la monotonie dans laquelle elle vivait depuis si longtemps. Mais elle n'aurait pu vivre ainsi très longtemps si cette monotonie ne lui avait été, au fond, nécessaire. Au bout d'un mois on la vit très peu. Elle seule pouvait se rendre dans ses quartiers. Lorsque nous allions au solarium, elle partait se réfugier dans la partie du vaisseau qui lui était réservée.

Vaffa se décida la première. Elle n'avait pas envie de dormir pendant tout le trajet, l'arrêt momentané des fonctions vitales lui faisait peur, mais comme elle le disait elle-même : « Si je ne fais pas quelque chose, je sens que je vais tuer quelqu'un. »

Cathay et moi nous sommes rapprochés. A plusieurs reprises. Entre-temps nous nous adressions à peine la parole. Je me souviens d'une dispute portant sur le fait de savoir si c'était à son tour ou au mien d'aller donner à manger aux poissons. Ce n'était pas de sa faute, ce n'était pas de la mienne. En d'autres circonstances nous aurions pu avoir une relation durable, mais il n'y avait personne d'autre *à aimer, à détester, personne pour subir les petites colères. Je dois reconnaître que j'étais butée. Je ne voulais pas l'aimer simplement parce qu'il n'y avait personne d'autre à aimer, il me fallait de meilleures raisons. Il pensait que c'était idiot de ma part et il avait probablement raison. Mais je ne pouvais rien y faire. On se réconciliait toujours à cause de mes besoins sexuels. J'ai toujours trouvé ma main peu satisfaisante comme partenaire. Je n'ai jamais pu rester fâchée trop longtemps avec un amant, j'ai besoin de lui et Javeline ne faisait pas l'affaire. J'ai fait l'amour avec elle une fois, ce qui m'a grandement surprise, moi qui la croyais neutre. Sa solution au problème posé par des organes génitaux féminins sans entre-jambes était ingénieuse, fonctionnelle et séduisante, mais finalement décevante. C'était un partenaire indifférent et trop égoïste pour s'occuper de me satisfaire.*

J'ai tenu deux semaines de plus que Cathay. Javeline sembla soulagée lorsqu'elle m'injecta la dose qui m'endormit pour huit ans.

Ils décéléraient depuis trois semaines.

Javeline ne s'était pas trompée, il y avait bien quelque chose, là dehors. L'écran du radar lui donnait la taille d'un gros astéroïde. Il n'était pas encore possible de l'observer directement à cause de la lumière émise par le déplacement du vaisseau, qui gênait le télescope. Javeline s'était appliquée à viser un point distant de cent kilomètres de l'objet afin que l'on ne prenne pas son vaisseau pour un projectile.

Personne n'avait encore revu Javeline. Cela faisait

quatre semaines que Cathay, Lilo et Vaffa étaient réveillés et faisaient des exercices quotidiens pour retrouver la forme après ce long sommeil, mais Javeline ne s'était toujours pas montrée. Ils pouvaient lui parler, mais seulement par le truchement des interphones. Lilo pensa que la femme était encore plus consciente de leur présence sur son vaisseau maintenant qu'ils étaient éveillés, et cela devait la mécontenter davantage. Lorsqu'elle apparut, ce ne fut qu'après avoir découpé une porte dans la cloison de sa chambre. Elle possédait à présent deux bras et deux jambes et ne pouvait plus passer par la petite ouverture qu'elle utilisait auparavant. Ce n'était pas le genre d'intervention chirurgicale que l'on pouvait effectuer soi-même. Lilo pensa qu'elle devait avoir dans sa chambre des aides mécanisés.

Javeline avait l'air embarrassé. Lilo allait faire une remarque, mais lorsqu'elle la vit se déplacer aussi maladroitement alors que la gravité n'était que d'un G – elle avait tendance à oublier sa jambe gauche et son bras droit –, elle préféra se taire. Il avait fallu rétablir tout un réseau nerveux, Lilo en était certaine. C'était comme si Javeline avait chaussé des lunettes inversant les images, il faudrait un certain temps avant que son cerveau accepte ce changement.

Lilo se demanda pourquoi elle avait fait cela. Javeline avait toujours accepté par le passé les brèves périodes d'immobilité imposées par l'accélération du vaisseau – elles ne duraient jamais plus d'un mois, ce qui était peu cher payer pour dix années d'apesanteur.

Mais chaque jour qui s'écoulait les rapprochait davantage de l'avant-poste ophite et les raisons de Javeline devinrent évidentes. Ils ne savaient pas ce qui les attendait, peut-être l'apesanteur, peut-être plusieurs G. Javeline prenait ses précautions.

La station-relais du Canal Ophite était un tore, une

couronne épaisse et sombre de soixante-dix kilomètres de diamètre tournant doucement.

– On dirait un pneu, dit Cathay, par-dessus l'épaule de Javeline penchée sur l'écran du télescope. Regardez comme il est aplati.

– Sans doute pour leur donner une surface plane à l'intérieur, précisa Javeline. Un plancher plat avec un plafond arqué. (Elle pressa quelques boutons sur sa console.) Ils ont trois quarts de G à l'intérieur. C'est beaucoup pour cette rotation. La densité nous a trompés, elle est à peu près de deux fois celle de l'eau, ce qui est peu... Il n'y a pas beaucoup de métal là-dedans.

– C'est en quoi, à votre avis? demanda Vaffa.

Personne ne lui répondit.

Il y avait une tour qui partait de la paroi interne de la roue. Massive à la base, elle s'élançait en pointe vers le centre, où se trouvait un nodule. Javeline continua de questionner l'ordinateur.

– Il doit y avoir quelque chose de lourd à l'intérieur et à l'opposé de la tour, annonça-t-elle, sans quoi la tour perturberait la rotation.

– C'est là que nous devons aller, n'est-ce pas? demanda Cathay, en haut de la tour?

– Je ne vois pas d'autre endroit, dit Javeline. Tout le reste se déplace trop rapidement. Vous feriez mieux de vous attacher. Je vais faire quelques manœuvres.

– Ne vaudrait-il pas mieux les contacter d'abord? demanda Lilo. Ils doivent connaître notre fréquence, depuis les siècles qu'ils nous écoutent.

– Vous avez raison. Mais qu'allons-nous leur dire?

C'était la première fois que Lilo la voyait hésiter. Ils se regardèrent tous, personne n'était tellement pressé d'établir le premier contact. Au moyen d'un zoom, Javeline cadra en gros plan du nodule d'amarrage au centre de la roue. Ils avaient tous remarqué une faible lueur sur le côté. Javeline régla le point de l'image.

Il y eut un moment de silence. Cette lueur était en

fait une succession de petites lumières, un peu comme des tubes de néon. L'ensemble écrivait le mot : BIENVENUE.

– Nous vous attendions, fit une voix sur les ondes. Si vous voulez bien vous approcher à cinq cents mètres, nous vous lancerons une amarre. On se voit dans une vingtaine de minutes?

21

Comment pourrais-je résumer notre vie sur Poséidon?

Aux informations, que nous recevions pendant les premiers jours, on nous appelait la « Lune en fuite ». Sur Mercure et sur Pluton, ce fut la consternation. On voyait dans le départ de Poséidon un signe avant-coureur d'événements dramatiques liés aux Envahisseurs. Il y eut des appels aux armes dans tout le système.

Bien sûr, il ne s'est rien passé, et toute cette surexcitation disparut peu à peu. Beaucoup plus tard, nous avons entendu quelqu'un suggérer que Poséidon aurait pu être déplacé grâce à la technologie humaine. Et qu'il se pourrait que des hors-la-loi humains fussent responsables. L'idée ne fit pas boule de neige et de toute façon nous étions déjà bien trop loin et nous nous déplacions bien trop vite pour qu'on pût nous atteindre.

Nous avons travaillé avec acharnement pendant un an. L'impact de Vengeance *avait causé beaucoup de dommages aux tunnels ainsi qu'aux salles. Une surtension avait endommagé le système de chauffage des jardins hydroponiques. Toutes les plantes étaient mortes. Pendant quelque temps, nous avons dû vivre de conserves – et dans l'obscurité. Il n'y avait pas assez d'air pour pressuriser les couloirs – d'ailleurs des fuites se seraient produites dans certains d'entre eux –, alors nous vivions dans nos combinaisons et observions un rationnement strict en oxygène.*

Cathay et moi ne pouvions savoir si l'impact de Vengeance *allait causer des dommages irréparables à l'une des installations vitales de Poséidon dont nous aurions besoin pour survivre après en avoir pris le contrôle. Cathay dit que, selon Vejay, tout était déjà en place pour que le planétoïde s'autosuffise. A la fin, nous avons dû jouer avec la vie de tout le monde sur Poséidon.*

Au début, dans l'euphorie de la victoire, tout le monde était content de ce que nous avions fait. Cathay devint notre premier président, même moi je fus admirée. Mais cela n'a pas duré. Six mois plus tard, Cathay était limogé et nous rasions les murs pour éviter les gens.

Mais tout a bien marché. Depuis quelques années, Tweed avait mieux équipé la station afin qu'elle dépende moins des livraisons. La partie la plus dangereuse de son opération avait toujours été l'envoi de vaisseaux sur Jupiter. Moins il en envoyait, mieux il se sentait. Un par un, les besoins de Poséidon furent pris en charge par des petites machines qu'il fallait généralement faire fonctionner à la main. Nous avions autant d'énergie que nous le voulions, nous pouvions extraire et transformer les matières premières. Nous avions des machines pour faire des tubes d'éclairage, des circuits intégrés et des pompes. Le matériel qui avait servi à la construction de la base était toujours là et pouvait être utilisé pour dégager la rocaille ou creuser des tunnels. Il y avait aussi de quoi fabriquer des pièces de rechange.

Au bout de trois ans, notre écologie était stable, même si on ne pouvait pas en dire autant de notre communauté. L'époque des rationnements en oxygène n'était plus qu'un souvenir. La base était plus grande qu'elle ne l'avait jamais été en quinze ans. La population s'était augmentée de vingt nouveaux enfants et nous en attendions encore quatre. Je pouvais marcher la tête haute, j'étais un membre respecté de la société : Hydroponiste en chef et Grand manitou de l'Alimentation mutagénique. Chaque fois que je mettais au point une nouvelle plante meilleure que ce que nous mangions depuis trois ans, mon prestige grandissait encore un peu.

Au bout de cinq ans, tout allait parfaitement. Nous avions une école comme dans l'ancien temps, avec plus d'élèves que de maîtres. Et nous avons découvert que cela n'était pas plus mal.

Nous étions tous surpris du temps que cela prenait et des efforts qu'il fallait fournir pour que l'ensemble puisse fonctionner. Notre monde n'était pas viable, à moins de l'entretenir sans relâche. Cela est vrai de toutes les sociétés humaines depuis l'Invasion, mais c'est généralement caché et on ne le remarque pas. Par exemple, il n'y a que trois pour cent de la population de Luna qui soit directement concernée par l'industrie de l'environnement. Sur Poséidon nous l'étions tous et avions bien souvent deux ou même trois métiers à la fois. Pour la plupart, nous étions tous fermiers en plus de nos fonctions. On travaillait parfois dix heures par jour.

Bien que nous fussions une société à technologie avancée, il nous manquait beaucoup des bases sur lesquelles ces sociétés reposent généralement. Nous utilisions des ordinateurs pour décider des mutations génétiques des plantes afin de les adapter aux nouvelles conditions, mais nous devions les cultiver avec des pelles et des binettes. Nous manquions de toute cette machinerie automatique et cybernétique si commune sur Luna, ces dispositifs qui s'occupent du travail physique proprement dit. Notre industrie n'était pas suffisamment sophistiquée pour construire de telles machines ou nous fournir des pièces de rechange pour nos meilleurs ordinateurs lorsque ceux-ci tombaient en panne. Nous en étions revenus à la petite soudure, à l'ampoule à incandescence, aux superconducteurs en hélium trempé et à toute cette technologie primaire, mais qui avait fait ses preuves. Ce n'était pas tout à fait le Néolithique, mais cela y ressemblait beaucoup.

Au bout de neuf ans, nous nous déplacions à la moitié de la vitesse de la lumière.

22

Premier contact.

Lilo avait tout envisagé, du moins le croyait-elle. Depuis des êtres faits de pure énergie jusqu'aux monstruosités des mauvais romans d'aventure. Elle avait pensé qu'ils pouvaient être humanoïdes, bipèdes, à symétrie bilatérale. C'était utile pour certaines fonctions. Elle avait également accepté qu'ils puissent dépasser son entendement, plus proches en cela des Envahisseurs que des humains.

Ce qu'elle découvrit fut un corridor semblable à ceux dans lesquels elle avait joué étant enfant. Au bout, il y avait une salle de conférence avec de la moquette et une longue table en bois entourée de huit sièges.

– A votre avis, cela fait un G? demanda Javeline en pénétrant dans la salle.

Lilo fut surprise par le son de sa voix, la pièce absorbait tout écho.

– Oui, à peu près.

Elle regarda Javeline, qui n'avait jamais paru aussi petite qu'en cet instant, campée sur deux jambes dans un champ gravitique. Elle lui arrivait à peine à la taille.

– Comment cela se fait-il, à votre avis? poursuivit Javeline. Cette station utilise la force centrifuge pour créer une gravité artificielle, pourtant nous sommes au centre. Nous devrions être en état d'apesanteur?

– J'en déduis qu'ils peuvent contrôler la gravité, dit Vaffa.

– Oui, mais alors, pourquoi la rotation? S'ils peuvent nous donner un G ici, ils doivent pouvoir en faire autant dans le tore?

– Peut-être que cela coûte cher, proposa Cathay. Peut-être qu'ils font cela en signe d'amitié?

– Ne tirons pas de conclusions trop hâtives, dit Lilo. Ce n'est pas le moment.

– Gardons un esprit ouvert, dit Vaffa.

Lilo savait qu'ils cherchaient à se rassurer. Ils étaient à une extrémité de la salle et hésitaient à s'avancer sans y avoir été invités. La voix qui les avait surpris dans le *Cavorite* leur avait indiqué l'entrée, le couloir à suivre, et puis plus rien.

Une autre porte s'ouvrit et des gens pénétrèrent à leur tour dans la pièce. Des hommes et des femmes tout à fait normaux en apparence, avec peut-être deux siècles de retard dans leur accoutrement. Ils étaient assez beaux, de la même beauté que Lilo aurait pu rencontrer dans n'importe quel corridor de Luna.

– Asseyez-vous, asseyez-vous, je vous en prie, dit un homme. Prenez place. Nous ne faisons pas de manières, ici.

Ils s'assirent en silence. Lorsque tous les Ophites eurent rejoint leurs places, chaque siège se trouva occupé. L'homme qui avait parlé occupait un bout de la table. Il se leva, plaça ses deux mains sur la table et observa l'assemblée en fronçant légèrement les sourcils.

– Nous savions que vous seriez mal à l'aise, dit-il. Je ne vois pas comment nous aurions pu éviter cela. Nous avons fait de notre mieux pour que le lieu vous semble familier, mais il faudra sans doute un moment avant que vous vous sentiez tout à fait bien.

Il les regarda l'un après l'autre et leur distribua un sourire à chacun.

Ce sourire avait quelque chose d'étrange. De la cordialité, certes, jugea Lilo, mais de pure façade, sans rien derrière. Cela se voulait une expression amicale, comme le froncement de sourcils un peu plus tôt voulait indiquer un vif intérêt. Lilo chercha le regard de Cathay et de Javeline pour voir s'ils s'étaient aperçus de quelque chose.

– C'est difficile, continua l'homme. Votre espèce n'a que peu d'expérience de cette sorte de situation. La mienne a vu cela se produire des milliers de fois. Nous connaissons bien votre espèce, plus particulièrement votre race. Vous redoutez un danger au cours de cette rencontre, vous avez plein de questions à poser et tout cela vous paraît étrange.

Il fit une nouvelle pause et cette fois regarda les deux rangées de ses semblables assis autour de la table. Ils étaient tous en train d'acquiescer, certains émirent quelques grognements d'approbation. Ils cherchèrent le regard des quatre humains, une familiarité à laquelle Lilo n'était pas encore prête. Elle se sentait désorientée. Ces gens-là auraient pu tout aussi bien être les directeurs d'une grosse compagnie en plein conseil d'administration.

– Tout d'abord, nous aimerions nous présenter. Je m'appelle William et je suis le porte-parole de l'équipe de contact.

Ils se levèrent les uns après les autres et déclinèrent leur identité. Aucun des noms ne convainquit Lilo. C'était des noms anachroniques, jadis courants sur Vieille Terre. Lorsqu'ils eurent terminé, Javeline se leva et se présenta. Les trois autres firent de même.

Une fois ces formalités terminées, William se rassit et les Ophites semblèrent se détendre. Il y eut comme un murmure, quelques propos échangés à voix basse. Lilo faillit ne rien remarquer, tellement cela semblait naturel, mais lorsqu'elle essaya de saisir quelques phrases, elle s'aperçut qu'ils *faisaient semblant*. Ce n'était rien d'autre qu'un bourdonnement indistinct, cela lui fit le même effet que les rires préenregistrés que l'on utilise à la télévision. On leur avait monté une comédie. C'était du théâtre.

– Vous êtes nos invités pour le temps qu'il vous plaira. Désirez-vous manger quelque chose? Non? Très bien, mais n'hésitez pas à demander quoi que ce soit, nous en avons pour un moment. J'espère que cela ne vous dérange pas. Nous pensons que si nous commençons par des questions et des réponses nous perdrons beaucoup de temps avant d'en arriver à ce qui nous intéresse. Et je suis sûr que vous n'avez pas envie d'entendre un long discours. Aussi nous vous avons préparé un petit film qui vous donnera tout l'arrière-plan de cette rencontre historique. Alicia, lumière s'il vous plaît.

Quelqu'un installa une sorte de projecteur. Un écran descendit du plafond et les lumières s'éteignirent. Le projecteur se mit à cliqueter. Le générique apparut, accompagné d'une musique d'ambiance.

HIÉRARCHIES

Une Production du Comité de premier contact du Canal.

Le film commença par montrer des étoiles et des galaxies éparpillées. La voix du narrateur avait été bien choisie. C'était la voix synthétique standardisée qu'utilisaient les ordinateurs, une voix que chaque humain entendait tous les jours. Les modulations douces et bien contrôlées furent du meilleur effet. Pour la première fois, les quatre humains se détendirent un peu.

« Bonjour, peuple du système solaire, vos voisins les plus proches vous saluent. Cela fait des siècles que nos deux races sont en contact grâce à un système que vous appelez le Canal Ophite. L'heure des grandes décisions a sonné, c'est le moment de faire un grand pas en avant, de vous révéler des choses dont vous ne faisiez que vous douter jusqu'à maintenant.

» L'univers est encore plus étrange que vous ne le supposiez. Cela ne surprendra pas ceux qui, parmi vous, s'intéressent à la philosophie depuis que vous êtes sortis de vos cavernes. Ne croyez pas que nous allons répondre à toutes ces questions. Nous sommes semblables à bien des égards et, pour vous comme pour nous, il y a des mystères qui sont destinés à ne jamais être dévoilés. Mais nous savons certaines choses que vous devez apprendre à votre tour, car vous approchez d'un point critique qui décidera de votre survie ou de votre échec en tant que race.

» Nous avons intitulé ce programme *Hiérarchies*. Comme cela vous a déjà été démontré en termes très convaincants, votre race n'est pas appelée à un rôle dominant dans la galaxie. Votre planète vous a été enlevée par des êtres qui vous sont supérieurs. Ils n'ont eu aucune difficulté et c'était aussi inévitable que la loi de la pesanteur. Vous vivez à présent dans des lieux privés d'atmosphère, dans les déserts trop chauds ou trop froids de votre système planétaire. Certains d'entre vous prient pour une libération. D'autres essaient de faire quelque chose.

» Vous ne serez pas libérés. Nous vous rendrions votre planète si nous le pouvions, mais ce n'est pas en notre pouvoir. Votre lutte pour récupérer la Terre par vous-mêmes ne vous mènera à rien.

» Après cette déclaration, nous devons vous dire pourquoi il en est ainsi. Le moment est bien choisi pour vous parler de nous. »

Le film dura une heure. Lilo avait fermé les paupières et s'était confortablement installée sur son siège, se laissant baigner par l'information comme, certainement, les auteurs l'avaient souhaité. Le film était très bien fait, comme un spot publicitaire : montage rapide et détails soignés.

Tout ce qu'ils apprirent des Ophites leur fut présenté sous forme de séquences d'animation qui ne montraient aucun être vivant. Cela ne surprit pas Javeline, comme elle en fit part plus tard à Lilo.

Durant ses quatre cents ans de service, le Canal n'avait jamais fait allusion aux expéditeurs.

D'après eux, leur peuple n'avait plus de planète-mère. Ils ne venaient pas d'Ophiucus 70, ni d'aucune autre étoile de leur connaissance.

Javeline chuchota à l'oreille de Lilo :

– Je crois qu'ils nous racontent des bobards.

– Possible.

Ils prétendaient exister depuis fort longtemps, leur origine exacte, d'après le film, « se perdait dans la nuit des temps ». Leurs archives remontaient à sept millions d'années et depuis, leur société n'avait subi aucun changement.

Le film récapitula ce que les humains pensaient des Envahisseurs, et confirma la plupart des hypothèses à leur sujet.

« Les êtres que vous appelez les Envahisseurs appartiennent à ce que nous appelons la " strate ". Il y a beaucoup de races similaires dans toute la galaxie, dont une originaire de Jupiter. Ces races ne se développent que sur des géantes gazeuses. Elles ne connaissent pas l'outil tel que nous l'entendons, mais sont capables de manipuler leur environnement par des méthodes qui nous échappent. Si cela peut vous aider, considérez qu'elles possèdent le don de télékinésie. Ce n'est pas le cas, mais bien des choses qu'elles sont en mesure de faire ressemblent à ce que l'on pourrait obtenir si un tel pouvoir existait.

» Pour les Envahisseurs, le temps est un aspect de la substance. Comment cela affecte-t-il leur vision du monde? Nous n'en savons rien. Mais cela les situe complètement en dehors de notre portée, comme nous le serions nous-mêmes vis-à-vis des habitants d'un hypothétique monde à deux dimensions. »

La suite du film confirma ce que Lilo avait entendu dire des dauphins plusieurs années auparavant, qu'ils représentaient le deuxième niveau d'intelligence. Vaffa se racla la gorge d'un air méprisant. Lilo la regarda en se demandant comment elle prenait tout cela. Les

Libre-Terriens pensaient que les mammifères aquatiques n'étaient rien de plus que de simples animaux et que cette interprétation selon laquelle les Envahisseurs seraient venus pour les libérer n'était que du folklore.

« Les espèces qui se servent d'outils sont le troisième niveau d'intelligence. Nous le partageons avec vous, mais il est peut-être utile de signaler qu'il y a plusieurs niveaux dans ce niveau. Vous ne nous êtes pas égaux et ne le serez peut-être jamais. Nous pouvons aborder certains sujets avec vous, mais il en est d'autres que vous ne pourriez comprendre et que nous ne pouvons pas encore vous révéler. Nous en arrivons à notre message, nous allons vous dire ce que nous faisons ici et pourquoi nous avons communiqué avec vous pendant tant d'années. »

Pour la première fois un visage apparut sur l'écran. Un visage standard, beau mais sans rien de remarquable. Lilo mit un certain temps à se rendre compte qu'il s'agissait de « William ». Il fit un nouveau sourire, aussi peu convaincant que les autres.

« Comme nous vous l'avons déjà dit, notre race a perdu tout contact avec ses racines. Cela est peut-être difficilement concevable pour vous. Nous ne ferions que nous perdre en conjectures quant au déroulement des faits. »

Sur l'écran on voyait, par-dessus l'épaule de William, une planète semblable à la Terre.

« Nous nous sommes probablement développés sur une planète pareille à la vôtre. Suivant le cours naturel des choses nous en avons été chassés, comme vous l'avez été. Nous avons observé ce phénomène des milliers de fois, la même chose se produit à peu près de la même manière d'une race à l'autre. »

Sur l'écran, des milliers de vaisseaux prenaient la fuite vers diverses lunes et astéroïdes du système.

« Au bout d'un certain temps, les races comme la vôtre et la nôtre se demandent si elles ne pourraient pas reprendre possession de leur monde originel. Elles commencent à prendre des mesures dans ce sens. Avant longtemps, les êtres des géantes gazeuses mettent fin à leurs tentatives. Et, comme par le passé, sans le moindre effort de leur part. »

Lilo vit une forme indéfinie quitter la planète bleue pour envahir les diverses lunes, astéroïdes et autres planètes du système. Il n'y avait pas besoin de commentaire.

« C'est ce qui nous est arrivé. Déjà évincés de notre planète-mère, nous le fûmes de nos lieux de refuge. Comme lors de la première invasion, seul un petit nombre d'entre nous survécut, en fuyant cette fois vers les étoiles les plus proches. C'est le sort qui vous attend dans un avenir proche.

» Vous n'êtes pas sans connaître l'importance toujours croissante d'un groupe qui s'appelle le Front de libération de la Terre. Votre race a accepté son exil sans rien dire durant des siècles. L'heure de la contestation a sonné et il y a peu de chance que l'on puisse faire taire ces voix-là. Nous vous annonçons, ceci est ce qu'il y a de plus officiel, que le leader du Front de libération de la Terre, Tweed, a effectué, sur Jupiter et à proximité de la Terre, des expériences qui vont certainement attirer l'attention des Envahisseurs sur les êtres humains des Huit Mondes. Ces expériences sont très fâcheuses, mais Tweed n'est pas un monstre. Nous pouvons compatir à sa vaine tentative de restaurer la domination humaine sur la planète-mère.

» Si ce n'était pas Tweed, ce serait un autre. Si vous parvenez à l'arrêter, d'autres prendront la relève. Nous savons par expérience que lorsque le monde est prêt à recevoir une idée, toute répression est inutile. Certains d'entre vous ne tiendront pas compte de notre avertissement et poursuivront leur chemin. Vous continuerez d'essayer de vous mesurer aux Envahisseurs. Un jour vous serez prêts pour un débarquement. Ce sera un échec et ce qui restera des Huit Mondes sera anéanti.

» D'autres s'enfuiront. Les voyages interstellaires

sont presque à votre portée, seulement vous n'avez jamais été poussés, économiquement parlant, à les développer. Mais il y en aura parmi vous qui nous croiront et partiront à temps. J'aurais aimé pouvoir vous dire que l'histoire se termine bien ici. »

Encore une fois l'image changea. Et changea à nouveau. Des quantités d'étoiles défilèrent sur l'écran. Beaucoup possédaient des géantes gazeuses et n'étaient pas retenues. D'autres avaient des races vivantes, respirant de l'oxygène, mais dans des mondes sans atmosphère, comme la race humaine le faisait actuellement. Rares étaient les planètes qui avaient une atmosphère et pas de créatures du deuxième niveau d'intelligence dans les océans – et elles étaient déjà toutes habitées, ou presque.

« La galaxie est pleine de monde, continua William. Notre race eut vite fait de le découvrir. La recherche d'un lieu où s'installer est une tâche longue et pénible. Certaines races ne trouvent jamais de niche. Elles disparaissent. Certains isolés perdent le contact avec leurs semblables, ils deviennent des mutants. De nouvelles races voient le jour dans l'espace interstellaire. La sélection qui a lieu entre les étoiles est plus sévère que celle qui a donné naissance à votre race sur votre monde accueillant, et toutes les espèces concurrentes sont douées d'intelligence. Lorsque des intérêts s'opposent, il n'y a pas de quartier. La guerre est une notion trop simpliste pour décrire ce qui se passe. Une race peut en absorber une autre, la transformer.

» Nous nous faisons appeler les Négociants. Bien que nous n'ayons plus de planète-mère, nous avons dû en avoir une par le passé, sur laquelle nous avons développé un style de vie. Dans notre état présent, nous sommes un amalgame de plusieurs races, ce qui nous a permis d'atteindre un équilibre grâce auquel nous survivons. »

La station émettrice du Canal apparut, tournant doucement. Un rayon rouge en émergea pour passer à proximité d'une étoile jaune.

« Les Négociants sont une organisation chargée d'enseigner les techniques qui permettent la survie aux races évincées. Nous diffusons des informations comme nous l'avons fait en ce qui vous concerne. Au cours des siècles, nous vous avons montré comment manipuler vos propres structures génétiques. Pour des raisons qui vous sont propres, vous avez choisi de ne pas vous modifier. Vous avez ignoré les nombreuses informations se rapportant aux divers choix qui s'offrent à vous en provoquant des mutations de votre A. D. N. C'est une attitude peu courante, à notre connaissance, rares sont les races qui ont hésité à se transformer lorsque le besoin s'est fait pressant. Pour des raisons que nous ignorons, votre race a adopté une attitude si fortement opposée à tout changement que vous n'êtes même pas en mesure de comprendre les informations que nous vous envoyons et qui vous concernent.

» Vous ne pouvez plus vous permettre ce caprice. Il vous faut cesser de définir votre race par une chose aussi arbitraire qu'un code génétique, et franchir le grand pas qui vous permettra d'établir une conscience raciale solide malgré les différences physiques que vous introduirez parmi vous. Il *faut* que vous définissiez votre race mieux que vous n'avez su le faire jusqu'à présent. Aujourd'hui encore, vous ne sauriez pas nous dire ce qui fait qu'un être humain est un être humain.

» Ce que vous voyez là – William écarta les bras et regarda son propre corps – est un être humain d'après vos normes actuelles. Génétiquement parlant, ce corps est humain. Mais je ne l'habite que temporairement, un peu comme certains d'entre vous vivent dans des corps de clones et vivront dans d'autres corps de leur vivant.

La scène changea une dernière fois. Lilo attendait impatiemment quelque chose, sans savoir quoi au juste. Elle vit la grand-place de King City sur Luna, un endroit qu'elle connaissait bien. Des gens se rendaient à leurs affaires sous l'œil de la caméra.

– Attention! Ils vont lâcher le morceau, souffla Javeline. Accrochez-vous à vos cartes de crédit, planquez vos tirelires.

Ses narines étaient dilatées, son œil brillait. Elle sentait qu'on allait parler affaires. Il ne lui en fallait pas plus pour la rendre heureuse.

« Nous nous faisons appeler les Négociants. Vous savez déjà ce que nous donnons, vous le recevez depuis des siècles. Personne n'a songé à nous demander si nous voulions quoi que ce soit en échange. Eh bien, oui, nous voulons quelque chose, c'est à la fois simple et difficile à expliquer.

» Ce que nous voulons, c'est votre culture. »

23

Comment pourrais-je résumer mes dix années passées sur ce qui avait été la côte Est des Etats-Unis d'Amérique?

Cette certitude de me trouver sur le continent américain m'a longtemps étonnée. Pendant les jours qui suivirent la mort de Makel j'ai marché au hasard dans un état d'ahurissement plus ou moins fort. Je crois qu'il a fallu un bon mois avant que je commence à me poser les questions qui m'ont obsédée pendant dix ans. On pourrait les résumer ainsi : Que s'est-il passé?

J'étais en train de tomber dans l'atmosphère jovienne et tout à coup je me suis retrouvée sur la côte atlantique. Et je savais qu'il s'agissait de l'Atlantique.

Mais ce n'était pas tout à fait cela. Les deux événements ne se sont pas succédé chronologiquement. Ils furent plutôt mêlés l'un à l'autre. Je me souviens m'être réfugiée, tremblotante, dans un buisson avant même de sortir de l'eau. Je me rappelle être sortie de l'eau avant même d'y être entrée.

Tout cela était tellement subjectif que j'ai compris tout de suite que d'y penser ne m'apporterait aucune réponse. Ce qui ne m'empêchait pas d'y penser quand même. Mes conclusions étaient si fragiles que je n'aurais dû leur prêter aucune attention, pourtant j'en étais contente au même titre que j'étais persuadée de savoir où je me trouvais.

J'étais tombée dans un Envahisseur, ou un Jovien, si cela fait une différence. Pour des raisons à lui, l'Envahisseur m'avait déplacée. *Peut-être m'a-t-on dit quelque chose durant ces quelques secondes, minutes, heures ou siècles de confusion pendant lesquels s'est effectuée ma transition. Ou peut-être, à un certain niveau de ma conscience, ai-je été en mesure de voir comment et où on m'emmenait.*

Mais pourquoi? Comment un Envahisseur pouvait-il s'intéresser suffisamment à moi pour faire cette chose que je ne m'explique toujours pas? Etait-ce un accident? Je ne le savais pas, mais j'avais l'impression persistante d'avoir été déplacée dans le temps et dans l'espace pour une raison précise que je comprendrais plus tard. En attendant, il me fallait survivre et affronter toutes sortes de dangers.

Il m'est arrivé des centaines d'aventures. A vrai dire, chaque journée était une aventure en soi. C'est comme cela que j'ai découvert qu'il était plus agréable de lire les aventures que de les vivre. Chaque matin, je n'étais pas sûre de voir le soleil se coucher.

Pourtant, malgré tous ces inconvénients, toutes ces alertes, il me reste surtout l'impression d'avoir erré jour après jour dans des forêts impossibles et le long de la plage.

J'allais toujours vers le sud. Mes connaissances en géographie n'étaient pas aussi bonnes qu'elles auraient pu l'être, mais je savais que plus je descendrais vers le sud, plus il ferait chaud. Après mon premier hiver, j'avais développé un intérêt accru pour tout ce qui était chaud.

Mon système consistait à repérer un bon coin dès que les feuilles changeaient de couleur. Ou bien je me construisais une cabane avec de la boue et des branches, (Tweed! Mon entraînement dans tes disneylands m'aura servi à quelque chose!) ou bien je trouvais un groupe d'indigènes et passais l'hiver avec eux.

J'ai appris beaucoup de choses : comment faire un radeau rudimentaire pour traverser les rivières, comment fabriquer et utiliser un arc et des flèches, comment poser des pièges et suivre le gibier. Les bons jours, je parcourais jusqu'à trois kilomètres. Parfois je restais quelques semaines ou quelques mois dans une tribu accueillante.

Ma taille m'a beaucoup servi. A cause d'elle, on me respectait quasi religieusement. Je n'ai jamais rencontré personne qui m'arrivât à l'épaule.

Ce fut difficile au début. Il a fallu que j'apprenne à m'entendre avec eux, que je développe une technique pour me présenter dans leur campement comme une déesse errante. Bien que s'exprimant en un millier de dialectes différents, ils avaient tous des racines anglaises. Des légendes sur Diane, la grande chasseresse argentée aux jambes de cheval, me précédaient. Des villages entiers venaient à ma rencontre pour me voir me transformer en une mystérieuse apparition, ce que je leur accordais pendant quelques secondes en déclenchant le champ-nul de ma combinaison. Ils venaient toucher avec un empressement mêlé de crainte la fleur métallique au-dessus de ma poitrine. J'étais devenue une princesse guerrière et légendaire, la fiancée au corps de fer de Frankenstein, la Diane-cybord.

Une seule chose m'était supérieure à leurs yeux, et c'était le dauphin. Chaque lieu sacré de chaque village possédait une statuette du cétacé avec ses nageoires et son évent.

Cela faisait plusieurs semaines qu'elle se dirigeait

vers le nord. Elle était déjà allée vers le nord, mais c'était toujours pour trouver un meilleur passage, afin de traverser une rivière. Une fois l'obstacle franchi, elle repartait vers le sud.

Cette fois-ci, les choses semblèrent se présenter différemment. Elle n'avait pas vu de terres à l'ouest et l'eau paraissait plus verte que bleue. L'endroit était marécageux. Elle se déplaçait surtout en pirogue. D'énormes reptiles serpentaient dans la boue autour d'elle, mais elle ne les craignait pas.

Cela faisait deux ans qu'elle n'avait plus vu de neige. Les hivers étaient doux. Elle continuait d'avancer par habitude, dans l'incapacité de décider de ce qu'elle pourrait bien faire de sa vie. Les Envahisseurs n'avaient lancé aucun appel, aucun signe pour lui faire comprendre ce qu'elle faisait là. Mais si elle s'arrêtait, elle courait le risque de se faire adopter par une tribu. Même en tant que déesse, elle ne croyait pas pouvoir le supporter.

Elle avait fait ce qu'elle avait pu, montrant à ceux qu'elle rencontrait des techniques qu'elle pensait pouvoir leur être utiles. Elle ne pouvait pas savoir s'ils suivraient ses conseils après son départ. Et, à vrai dire, elle n'était pas sûre de les aider vraiment. Leurs propres systèmes étaient probablement mieux adaptés à leur environnement, mais ils ne valaient rien pour Lilo. Leur vie était courte, pleine de douleurs et de souffrances. La seule chose qu'ils avaient d'enviable était leur sens de la communauté, et elle savait qu'elle ne pourrait jamais être des leurs. Elle était différente, et on ne l'acceptait dans une tribu qu'en tant qu'être à part.

Lilo n'était plus la même femme que jadis. Sa peau était bronzée et burinée, ses cheveux délavés par le soleil et l'eau salée. Elle n'avait pas de miroir, mais elle savait que son front, le tour de sa bouche et de ses yeux étaient ridés. Dix ans écoulés, et le clone de dix-neuf ans d'âge apparent en paraissait quarante. Elle avait une cicatrice qui allait de la tempe droite à la mâchoire et une autre à la cuisse gauche. La paume de ses mains et la plante de ses pieds étaient devenues épaisses et calleuses; la fourrure de ses jambes n'était plus aussi douce et lustrée qu'avant.

Après avoir marché durant quatre semaines vers le nord, Lilo pensa qu'elle était parvenue à l'extrémité de la péninsule au sud-est du continent. Les indigènes appelaient l'endroit *Florda.*

Elle s'y arrêta. Rien ne l'empêchait de continuer en longeant le golfe vers le Mexique et l'Amérique du Sud. Elle n'en avait pas envie. Elle fit faire demi-tour à sa pirogue et rama dans les eaux calmes vers l'Atlantique.

Lorsque l'eau redevint bleue, elle choisit un endroit à proximité des ruines de l'ancienne Miami et se construisit une cabane. Pour la première fois, elle cultiva un bout de terrain grâce aux graines que des indigènes lui donnèrent, s'essaya à la poterie et éleva des poules et des lapins sauvages.

Les tribus environnantes respectèrent sa solitude, à l'exception de certains jours où ils lui demandaient de procéder à quelques rites religieux qui lui paraissaient obscurs mais semblaient surtout destinés à favoriser la chasse. Elle s'y prêtait volontiers, du moment qu'on ne la dérangeait pas le reste de l'année.

Elle avait de quoi s'occuper. Lorsqu'elle avait besoin de se détendre, elle prenait sa pirogue et allait pêcher. Elle aimait cela : elle pouvait rester des heures ainsi, à contempler l'eau sans penser à rien. Elle n'éprouvait plus aucune amertume pour ce qui lui était arrivé. Lorsqu'elle pensait à quelque chose, c'était à Makel.

Lilo s'était tenue à l'écart de tout le monde depuis la mort de celui-ci. Jamais au cours de sa vie elle n'avait été autant émue. Cela avait été une mort tellement ignoble et stupide. Depuis, elle avait vu d'autres gens mourir et elle éprouvait toujours le même sentiment. *Nous ne sommes pas faits pour vivre et mourir ainsi. La race humaine mérite mieux que cela.*

Lilo n'avait pas l'habitude des sentiments irrationnels. Cela faisait des années qu'elle s'efforçait d'accepter le fait que l'humain était un animal comme les autres et devait mourir comme eux. Elle ne voulait pas l'admettre. La logique ne suffisait plus à rendre compte de tout ce qu'elle ressentait. Elle avait le sentiment que le sol sur lequel elle marchait aurait dû appartenir à la race humaine. Cela avait été. Peut-être que les gens qui avaient vécu là avant l'Invasion ne s'étaient pas occupés convenablement de leur terre, mais ils avaient fait de leur mieux, même en ce temps-là. A présent tous les humains de la Terre étaient retournés à l'état sauvage. Ce spectacle lui faisait mal.

D'avoir été sur Terre avait fait d'elle une Libre-Terrienne.

Un beau jour, une énorme masse noire émergea de l'océan, à moins de trois mètres de sa pirogue. Un fantastique jet d'air en sortit, des gouttelettes en suspension retombèrent sur elle.

Elle se releva pour mieux voir. La chose faisait au moins vingt mètres de long. Un cachalot.

Lilo lui lança son panier de poissons, qui rebondit et disparut dans l'océan. Elle lui lança tout ce qui était à sa portée : sa rame, un pot de terre dans lequel elle mettait ses appâts et tout ce qui traînait dans le fond de sa pirogue.

Le léviathan roula doucement. Ses gigantesques nageoires apparurent et battirent l'air un instant. Puis il s'enfonça sans un bruit dans les profondeurs.

Lilo trembla une heure durant.

Le lendemain, des formes jaunes et silencieuses apparurent à l'horizon. Elle les observa, debout sur la plage, bien que cela lui fît mal aux yeux. On les distinguait à peine, mais là n'était pas l'important. C'étaient des *formes*. Toutes les formes à la fois; elles ne tenaient pas en place.

Elle les avait déjà vues, sous elle, alors qu'elle tombait dans l'atmosphère jovienne, juste avant son délire, avant qu'elle se retrouve sur la plage, qu'elle s'y trouve *depuis un certain temps* alors qu'elle était encore en train de tomber sur Jupiter. Elle avait gommé de son esprit l'expérience de cet instant-là. A présent, tout lui revenait. L'incroyable fondu-enchaîné vivant qui l'avait conduite sur Terre.

Elle se mit à trembler à nouveau, mais cette fois c'était plus de colère que de peur.

Elle coupa un arbre adéquat et passa ses journées assise sur le sable, travaillant le bois tout en scrutant l'océan. Elle se décida pour une longueur de trois mètres et renforça l'objet à une extrémité avec un morceau d'acier ramassé qu'elle avait laborieusement forgé. Puis elle attendit.

Les jets apparurent, tôt un matin. Lilo les observa en prenant de grandes bouffées d'air marin, jusqu'à ce qu'elle en eût des picotements dans les doigts. Chaque nerf de son corps se mit à chanter pendant qu'elle se débarrassait de son justaucorps de cuir et de son cache-sexe. Elle courut sur le sable, vers sa pirogue. Elle n'avait plus peur de mourir. L'heure avait sonné et les baleines attendaient de goûter à son harpon.

Savaient-elles qu'elle était là, avec l'intention de les tuer? Lilo s'en moquait. Elle rama fermement vers la masse de corps noirs et mouvants.

Au-dessus d'elle, les Envahisseurs s'élancèrent. Ils n'accéléraient ni ne ralentissaient, ils étaient simplement en mouvement. Ils entraient et sortaient de l'eau sans un bruit, sans la moindre éclaboussure, aussi à l'aise dans un élément que dans l'autre. Lilo se dressa et brandit le harpon dans leur direction puis elle s'arrêta net. Malgré la rage qu'elle ressentait en pensant à ce qu'ils avaient fait à ses semblables, elle savait que certaines choses la dépassaient. Elle se vengerait en s'attaquant au sang et à la chair, et puis elle mourrait car il n'y avait rien d'autre à faire, cela ne servait à rien de marcher sans fin le long de plages désertes ou de rester assise et désœuvrée à côté d'une cabane.

Il était là, dans l'eau, à côté d'elle, sa robe noire et pommelée juste au-dessous de la surface. Elle saisit la fleur métallique sur sa clavicule et se transforma en une créature faite de distorsions bleues et brillantes, aussi chaudes que le soleil qui se reflétait sur son visage.

Elle entendit un hurlement. Son bras se leva et se raidit. Elle frappa. Le pieu tressaillit dans sa main en s'enfonçant dans la montagne de graisse.

Diane, la chasseresse argentée, criait, debout sur le dos de la baleine. Elle s'accrochait au harpon à deux mains pendant que la queue du monstre fracassait la frêle embarcation.

La baleine plongea.

24

Le film s'acheva et l'on entendit la pellicule claquer à chaque tour de bobine jusqu'à ce qu'un des Ophites débranchât le projecteur. Les lumières se rallumèrent. Lilo, Javeline, Vaffa et Cathay se retrouvèrent confrontés à huit visages dans l'expectative. L'atmosphère était tendue; visiblement, les Négociants attendaient quelque chose.

Lilo n'aurait su dire pourquoi, mais elle crut qu'ils allaient se mettre à chanter et à danser selon quelque rituel. Ce qui arrivait était aussi éloigné de sa réalité qu'une comédie musicale, où les acteurs se mettent à chanter en plein dénouement. « S'ils se mettent à chanter maintenant, pensa-t-elle, je vais devenir folle. »

– Eh bien, dit William. Eh bien, qu'est-ce que vous en pensez?

Lilo regarda successivement William, Alicia, Thomas... machin chouette.

– Bien présenté, risqua Cathay.

– Limpide. Direct, dit l'un des Négociants.

Javeline se racla la gorge.

– Heu... oui. C'est du bon travail. Mais nous ne sommes pas venus jusqu'ici uniquement pour vanter les mérites artistiques de vos propagandistes.

– Mais nous *aimerions* connaître votre opinion, dit William. (Sa voix était sincère.) Bien entendu, nous savons que vous n'êtes pas qualifiés pour accepter ou rejeter notre offre. Vous n'êtes pas les envoyés de votre race.

– Qu'allez-vous en faire? Je pense que vous n'avez pas fait ce montage à notre seule intention.

– Nous allons le diffuser. Pas par le Canal. Cette fois, nous l'enverrons directement vers chaque planète habitée de votre système. Nous avons l'habitude de procéder ainsi. Vous vous doutez bien que nous n'avons jamais utilisé notre émetteur à pleine puissance. Si notre laser n'est pas assez gros pour dix-sept années-lumière, il peut produire un meilleur signal que ce que vous avez reçu jusqu'à présent. C'est exprès que nous brouillions nos messages avant de vous les envoyer, il fallait qu'ils aient l'air de provenir d'Ophiucus 70. Nous voulions entretenir cette croyance que nous étions très loin de vous.

» Lorsque nous sentons que nous allons bientôt être découverts, nous envoyons ce premier message que vous avez reçu. Généralement nous voyons quelqu'un arriver. Si personne ne vient, nous nous demandons si nous ne sommes pas en train de perdre notre temps. Vous avez été très bien.

Javeline remua sur sa chaise. Elle semblait amère.

– Très bien, mais que pensez-vous que les gens vont comprendre?

– Pardon?

William la regarda légèrement de haut.

– Eh bien, vous voulez quelque chose en échange

des informations que vous nous avez données. Bon, cela tout le monde le comprendra. Mais vous dites que vous voulez notre culture. J'ai peur de ne pas avoir bien saisi comment vous comptez l'obtenir.

– Je pensais que le film était assez explicite sur ce point.

– Pas pour moi, dit Cathay. Je n'ai pas vu cela, je n'ai pas vu non plus ce que seraient les “ sanctions sévères ” au cas où la race humaine refuserait de coopérer.

– Ah bon? (William fit une moue.) Peut-être devrions-nous effectuer quelques changements à la fin avant de le diffuser. Vous voyez, vous nous êtes très utiles. Je donne la parole à notre ministre de l'Assimilation. Alicia?

Si les manières de William paraissaient guindées et un peu irréelles, Alicia ressemblait franchement à un automate. Lilo imaginait les fils qui menaient à ses bras et à ses jambes. Elle se demandait quel genre de créature ces Négociants pouvaient bien être. Alicia eut tôt fait de lui répondre.

– Comme vous avez, je l'espère, pu le constater dans le film, dit-elle, ce que vous voyez ici n'est pas le fruit de notre culture. Cette salle, ainsi que ces corps, ont été spécialement conçus pour cette rencontre. Cela fait près de huit cents ans que nous vous étudions, que nous captons vos programmes de radio et de télévision. Nous sommes ici depuis bien plus longtemps encore; nous avons visité la Terre pour la première fois il y a vingt mille ans. Depuis, nous attendions que vous veniez à nous.

» Nous avons appris comment être un humain. (Elle écarta les bras.) C'est une tâche presque impossible à cause de la distance, mais cette station est un laboratoire expérimental pour l'assimilation des cultures humaines. Sous nos pieds se trouvent deux cents cellules qui recréent les divers environnements des sociétés humaines passées et actuelles. De plus, nous nous apprêtons à effectuer des croisements entre vos cultures et celles que nous possédons déjà. Comme vous pouvez le constater, à l'heure actuelle, notre connaissance de l'aspect physique et du mode de pensée humains est par trop limitée.

– Oui, je crois comprendre, dit Lilo. Vous voulez dire que vous n'avez pas de culture propre, que vous l'avez perdue, ou qu'elle a été assimilée par d'autres cultures et que vous n'arrivez plus à la dissocier du reste.

– C'est cela, dit Alicia. Mais ce n'est pas par accident. Nous avons observé dans les autres races qu'une existence nomade et transitoire de plusieurs centaines de milliers d'années avait pour effet de saper la vitalité des êtres. Cette petite lueur que chaque race possède, et qui la distingue des autres, s'éteint et la race disparaît. Cela est arrivé fréquemment. Aussi avons-nous délibérément décidé de changer à chaque fois que l'occasion se présenterait. Les individualités demeurent; par exemple : j'ai personnellement plus de deux millions d'années en tant que conscience de groupe. Je crois qu'il est inutile d'essayer de vous expliquer ce que cela veut dire.

– Oui, vous nous l'avez dit dans le film, fit Javeline impatiemment. Ce que vous ne nous avez toujours pas dit, c'est ce que vous comptez faire de nous, la race humaine.

– C'est bien simple. Nous désirons coexister avec vous pendant quelque temps. C'est la seule manière d'apprendre bien à fond votre culture. Il y a des techniques pour cela, assez proches de ce que vous avez mis au point indépendamment pour l'enregistrement des mémoires et que nous vous avons aidés à améliorer. Ces techniques permettent la superposition de plusieurs mémoires. Nous aimerions être pris “ en stop ” pendant quelques années. Après quoi, nous serions tout aussi humains que vous, et non plus tels que vous nous voyez aujourd'hui.

– Pensez-vous que cette idée sera bien accueillie? demanda William.

– Vous voulez dire : est-ce que les gens marcheront? demanda Javeline. (Elle soupira.) Ça ne va pas être facile. Comment cela se présentera-t-il? Une sorte de symbiose?

– Non, non, rien d'aussi dramatique. Nous serons des observateurs invisibles. Après quelques années, nous vous laisserons de nouveau tranquilles. Mais vous n'avez plus beaucoup de temps. Les Envahisseurs ne vous laisseront pas plus d'un siècle avant d'exterminer vos Huit Mondes.

– Et combien... Vous comptez envoyer combien d'auto-stoppeurs?

– Quelques milliers. Pour avoir un échantillon représentatif. Ensuite, nous serons en mesure de nous humaniser les uns les autres. (Il marqua une pause.) Nous savons que notre requête peut paraître étrange. Mais c'est la seule chose que votre race puisse nous offrir. C'est l'unique raison pour laquelle nous nous sommes donné le mal de vous envoyer des choses que nous avons découvertes et conservées durant sept millions d'années. Nous ne voulons pas de votre or et de votre argent, ni de votre papier-monnaie ou de ce que vous considérez comme ayant de la valeur. Nous connaissons toutes vos techniques. Nous n'avons pas besoin de vous comme esclaves, nourriture ou maillon dans la chaîne de notre empire. Et nous ne sommes pas des philanthropes interstellaires. En fait, nous sommes des envahisseurs. Votre race s'est fait envahir une deuxième fois, mais avec son consentement.

– Que voulez-vous dire?

C'était Vaffa, toujours sur le qui-vive.

– Cela a été une invasion à longue distance. Nous en arrivons au vif du sujet, les “ sanctions ” pour refus de règlement dont nous parlons dans le message. Avez-vous entendu parler du Cheval de Troie?

Lilo regarda ses compagnons. Seule Javeline acquiesça.

– Si vous n'étiez pas disposés à nous payer, vous n'auriez pas dû accepter aussi facilement ce que nous vous apportions. Vous n'avez pas hésité, ce qui est assez courant. Cela semble une caractéristique universelle parmi les races, de prendre ce qui a l'air d'être gratuit.

» Les symbiotes. Ils n'ont jamais eu beaucoup de succès, mais ils sont dans les Anneaux depuis pas mal de temps, et ils sont prolifiques. Il y a maintenant plus de cent quatre-vingt-dix millions de paires dans les Anneaux de Saturne. Chacune d'elles est une bombe à retardement. Si nous envoyons un signal approprié, chaque paire fusionnera en un seul être qui nous obéira. Elles seront prêtes à exécuter la mission pour laquelle elles sont programmées depuis de nombreuses années. Elles peuvent voyager d'une planète à l'autre, en état d'hibernation, et lorsqu'elles arriveront sur les mondes humains... je vous laisse imaginer ce qu'elles peuvent faire.

Il se rassit, imité par les autres.

Lilo n'eut aucune peine à imaginer ce qui se passerait alors.

Les humains vivaient tous en sous-sol, sauf sur Vénus et sur Mars. Ces deux planètes seraient à peu près tranquilles car elles avaient une atmosphère, mais partout ailleurs, les paires pourraient facilement saboter l'étanchéité de l'atmosphère artificielle.

Les points névralgiques se multiplièrent dans sa tête. On l'oubliait facilement dans la vie quotidienne, bien protégés dans les clapiers, mais l'environnement spatial était en guerre permanente avec tout ce qui respire. Mais s'il était hostile, il n'était cependant pas malveillant. Il ne cherchait pas *a priori* à détruire les humains. Avec certaines précautions, on pouvait s'en protéger.

Mais avec des millions de soldats-saboteurs parfaitement adaptés au vide...

Elle pensa à Paramètre et se sentit mal. Elle avait quelques notions sur les mécanismes complexes qui permettaient à une paire de vivre dans le vide... Solstice pouvait adapter leur corps à n'importe quelle situation. Il était aisé d'imaginer la facilité avec laquelle elle pourrait faire fondre la fine démarcation qui la séparait de Paramètre pour fusionner en un organisme particulièrement efficace. Mais que resterait-il de Paramètre en tant qu'être humain? Elle avait dit à Lilo que, bien qu'elle soit très proche de Solstice, au point de se confondre avec elle, chacune conservait sa propre identité. Cela allait changer si les Négociants mettaient leur menace à exécution. Il ne resterait plus que Solstice qui, justement, n'avait jamais complètement gagné la confiance de Lilo.

Cette méfiance était-elle justifiée? Les Négociants ne s'étaient pas vraiment prononcés. Solstice était-elle à leurs yeux un pion au même titre que Paramètre, une alliée involontaire?

Lilo allait essayer d'en savoir plus lorsqu'un bruit de sirène l'interrompit. Tous les Négociants parurent consternés. Du moins essayaient-ils d'avoir l'air préoccupé. Lilo frissonna de voir combien elle les trouvait « étrangers », malgré leur apparence humaine.

– Un instant, dit William. Un instant. On dirait qu'il y a un problème. Je vais...

Il s'arrêta, et soudain il n'eut plus du tout l'air humain. Ses yeux se fermèrent, tous ses muscles se relâchèrent. Javeline s'était levée et scrutait anxieusement les murs de la pièce. Vaffa s'était éloignée de la table en renversant sa chaise. Lilo se retrouva debout également.

Lorsque William parla à nouveau, sa voix n'était plus la même.

– Nous venons de détecter une activité d'Envahisseur, dit-il, puis il poursuivit dans un babillage incompréhensible pour Lilo, mais qui eut l'air d'inquiéter les autres Négociants.

Une vague d'incertitude parut agiter le groupe.

25

Lilo-Diane s'accrocha au harpon pendant que l'animal plongeait dans les profondeurs océanes. Il arriva au fond et continua de nager vigoureusement.

L'adrénaline s'était peu à peu retirée et Lilo ressentit le goût amer de la défaite. Elle n'avait pas tué la bête et ne la tuerait pas. Elle n'était même pas certaine de l'avoir blessée.

Elle finit par lâcher le harpon, et la baleine disparut dans l'eau bleue devant elle. Elle flottait à présent entre deux eaux.

Qu'allait-elle faire? Elle saisit la valve sur sa poitrine. Elle pouvait se débarrasser de sa combinaison et se noyer rapidement. Ou bien remonter à la surface et nager jusqu'au rivage. Elle y arriverait certainement avec sa combinaison, mais le voulait-elle?

Il y avait quelque chose au-dessus d'elle.

Sans savoir pourquoi, elle s'élança à sa rencontre.

Cela grandissait rapidement *(Sous moi maintenant, tombant toujours)* et ne cherchait pas à lui échapper. La forme lui fit mal aux yeux. Jaune? Non, plusieurs couleurs *(un jaune plus foncé que les nuages ondoyants qui apparaissaient à présent autour de moi, sous moi, une autre de ces choses dans lesquelles j'étais tombée il y a tant d'années)*, une forme qui contenait toutes les formes, toutes les couleurs.

Son estomac se convulsait et elle tombait.

Je ne sais pas pendant combien de temps je suis tombée, mais la question n'a probablement aucun sens. Je tombais à travers l'espace, le temps et ma propre vie.

Je ne savais plus qui j'étais ni où j'étais. Je vivais chaque seconde de ma vie simultanément. J'étais

debout dans une plaine rocheuse sous une lumière brillante, sur un monde qui s'était appelé Poséidon mais qui était à présent à deux années-lumière du Soleil.

en train de pleurer, désespérément, ressentant une émotion jamais égalée dans ma vie, la tête d'un jeune homme mort dans mes bras.

en train de tomber à travers l'atmosphère jovienne.

face à un homme appelé Vaffa, regardant son arme.

lever au ralenti, entendant l'explosion.

un couteau à la main, envisageant le suicide.

en train de regarder un poisson dans un aquarium centrifugé.

en train de courir à travers une forêt sous un soleil bleu en riant.

en train de parler à un homme appelé Quince, dans un bain public sur Pluton.

assise dans une salle de conférences au centre d'une roue de soixante-dix kilomètres, écoutant des êtres d'une autre race.

en train de sentir un pénis pénétrer mon corps, avec des éclairs sur les murs de la pièce.

face à Vaffa prêt à me tuer avec son revolver.

en train de naître dans une cuve de liquide jaune.

âgée de cinq ans, tenant ma mère par la main, en train de suivre le déménageur qui transportait nos affaires vers une nouvelle maison.

assise face à la lueur verte de mon terminal, en train d'analyser une interprétation intéressante de données Ophites.

en train de m'arrimer à une vaste colonie de vaisseaux en orbite autour d'Eridani 82. La planète était habitée, il nous fallait aller plus loin encore.

en train de traverser un torrent en Amérique, de l'eau jusqu'aux genoux.

en train d'accoucher d'Alicia, mon deuxième enfant.

en train de tenir Alicia par la main pendant qu'elle accouchait de mon petit-fils.

face à Vaffa.

en train de mourir. Encore en train de mourir. Encore.

Je me rétractais désespérément. Tous ces instants avaient été maintenant. *Ils disparurent tous, me laissant des images confuses, et presque sans mémoire. Les choses que je me rappelais me venaient aussi bien du futur que du passé.*

Puis cela recommença, la sensation vertigineuse de vivre dans le passé, le présent et l'avenir en même temps. Je me rétractais à nouveau pour me retrouver cette fois dans les quatre dimensions de l'arbre qui représentait ma vie avec toutes ses branches, de ma naissance à mes nombreuses morts. J'étais une seule entité, un seul point de vue, unique à présent. J'allais et venais le long de mon existence, dans le futur, dans le passé.

Je retombais, désorientée, sans comprendre. On m'avait montré une chose que mon cerveau ne pouvait pas contenir, je commençais déjà à l'oublier. Je vivais trop de vies à la fois pour comprendre. Mes yeux ne voyaient plus, ou bien me présentaient des images que mon cerveau ne pouvait pas assimiler.

Je ne sais combien de temps je suis restée dans ce lieu calme et noir. Il n'y avait plus de temps, mais toutes mes sœurs étaient avec moi. Nous commençâmes d'y voir mieux. Quelque chose nageait dans ma conscience détachée, une chose étrange que je perçus sans vraiment la voir. Curieusement, cela me semblait plus familier que tout ce qui m'entourait. Soudain, je compris que c'était un objet très précieux. Une chose que je devais prendre (me disait-on de la prendre?). Cela leur appartenait, aux Envahisseurs, et il me la fallait.

Je tendis la main...

Elle reconnut Cathay, penché au-dessus d'elle et qui la secouait par les épaules. Sa tête s'agitait de gauche à droite, lentement. Elle put voir nettement.

– ... hein? Que s'est-il passé?

– Ils vous ont fait quelque chose?

C'était la voix de Vaffa, et Lilo sourit de voir que son visage était sincèrement inquiet. Vaffa, Vaffa, il y a encore de l'espoir pour toi.

– Qu'est-ce que c'est que ça? s'exclama Javeline.

– C'est moi, répondit Lilo en se levant.

Elle savait de quoi elle parlait. Elle avait vécu cet instant dans le kaléidoscope qui avait pris possession d'elle pendant que la sirène rugissait. Elle regarda la nouvelle venue, une grande femme brune toute trempée. Elles se saluèrent d'un signe de tête. Elles n'éprouvaient pas le besoin de se parler. Elles avaient déjà été là toutes les deux.

Elle tenait quelque chose dans sa main, un cube argenté de cinq centimètres d'arête.

– Qui êtes-vous? demanda Vaffa.

La femme la dévisagea avec curiosité.

– Eh bien, je pense que vous pouvez m'appeler Diane pour éviter toute confusion. C'est comme cela que tout le monde m'appelle.

Ce nom libéra un flot de souvenirs dans l'esprit de Lilo. Elle essaya de les retenir, mais ils s'effacèrent comme un rêve. Une longue randonnée, une randonnée fantastique, dix années de marche... d'obstacles rencontrés et vaincus... de grands arbres, d'énormes arbres qui touchaient le plafond, non, cela venait de sa propre ligne de vie. Elle essaya encore de se souvenir. Il y avait une autre Lilo plus loin, sur la lune en fuite. Elle avait vu sa mort, ses trois morts à venir et beaucoup d'autres, passées... oui? non? Elle ne savait plus très bien. Mais quelque chose guidait encore ses pas, la connaissance de ce qui allait se passer, de ce qui *s'était passé.*

– Partons d'ici, dit Lilo.

– Hein? (Javeline n'en croyait pas ses oreilles.) Mais il y a encore plein de choses que je...

– Non. C'est inutile. Une seule question, dit-elle en

se tournant vers William. Qu'est-ce que j'ai... qu'elle a dans la main?

William semblait triste.

– Ceci, dit-il, est une singularité. Les choses vont plus vite que nous le pensions.

– Qu'est-ce qu'une singularité?

Il haussa les épaules.

– Nous aimerions bien le savoir. Si nous le savions, nous serions les égaux des Envahisseurs. Nous l'appelons ainsi parce que cela viole les lois élémentaires de l'univers. Nous pensons que cela n'existe pas dans votre univers, du moins pas sous sa forme véritable. Ce que vous voyez là n'est qu'un champ-nul qui l'enveloppe. Vous n'en verrez jamais plus.

– A quoi cela sert-il?

Lilo se sentait comme ivre. Elle avait connu les réponses à ses questions.

– Cela semble annuler la force d'inertie d'un corps. Ne me demandez pas comment. Nous l'avons étudié des millions d'années durant, et nous ne savons toujours pas comment cela fonctionne. Nous pensons que l'inertie est peut-être transformée en une autre propriété de la matière et placée dans un hyper-espace hypothétique ou une cinquième dimension.

– En d'autres termes, cela remplace le combustible, dit Javeline.

– Vous avez là le principe. Lorsque vous aurez appris à vous en servir, ce que vous ne tarderez pas à faire, vous serez en mesure d'atteindre de très grandes vitesses, très rapidement et avec très peu de combustible. Les étoiles seront à votre portée.

– Je l'ai volé, dit Diane fièrement.

– Hmmm? (William la regarda. Il semblait distrait.) Vraiment? Vous dites que vous l'avez volé? Magnifique. Vous avez donc marqué un point contre les Envahisseurs.

Diane parut fière un instant, puis incertaine. Lilo avait un peu pitié d'elle. Elle avait de vagues notions de ce qui s'était vraiment passé.

– Alors... je ne l'ai pas volé? fit Diane.

– Non. Cela fait partie du plan qui aboutira à l'extermination de ceux d'entre vous qui resteront dans le système solaire, mis à part les quelques primitifs qui survivent sur notre planète mère. La singularité se reproduira. Il se peut que ce soit une créature vivante. Nous ne prétendrons pas en savoir beaucoup sur elle, mais nous l'utilisons, comme tout le monde.

– Mais pourquoi nous l'ont-ils donnée?

– Je ne connais pas leurs motifs. Mais ils ne semblent pas vouloir exterminer entièrement les espèces. Rappelez-vous, ils n'ont tué personne sur Terre, pas directement. Pas plus qu'ils n'ont poursuivi les survivants sur Luna. Ils vous laissent vivre jusqu'à ce que vous les dérangiez. Maintenant, ils vous donnent une chance de vous éparpiller parmi les étoiles. Je crois qu'ils se moquent que vous la saisissiez ou non, mais la chance vous est toujours offerte.

– Alors, ils s'intéressent quand même aux humains?

William fronça les sourcils.

– Qui sait ce qui les intéresse? Ils n'ont pas eu l'air de beaucoup se tracasser au sujet des malheurs de ma race. Cette singularité peut vous sembler miraculeuse, ainsi qu'à moi, mais pour eux ce n'est sans doute rien de plus qu'un marteau ou un tournevis.

Cathay ne cessait pas de regarder les deux Lilo.

– Est-ce que quelqu'un aurait la bonté de me dire ce qui se passe? fit-il. Qui est-elle? D'où vient-elle?

– C'est un des clones de votre amie Lilo, dit William. Elle a été restituée par les Envahisseurs. Ils ont simplement retourné sa ligne de vie sur elle-même. D'après la magnitude de nos relevés préliminaires, elle est allée à plusieurs milliers d'années dans le futur, a passé dix ans sur Terre, puis a été renvoyée ici. Pour eux, c'est aussi facile que de joindre deux points avec une droite.

Lilo commençait à s'impatienter.

– On peut y aller, maintenant? Je pourrais répondre à la plupart de vos questions sur le vaisseau.

– Oui, oui, allez-y, dit William. Nous ne vous retenons pas. Il va falloir que nous changions nos plans. Nous nous attendions à quelque chose dans ce genre, mais pas si tôt. Et pas dans notre propre jardin. C'est très troublant. Pensez à tout ce que nous vous avons dit. Cela tient toujours, mais vous n'avez plus autant de temps que nous le pensions.

– Nous n'avons même pas vu l'intérieur de leur station, grommela Cathay. Tout ce que nous avons vu, c'est une construction artificielle.

– Un décor de théâtre, précisa Vaffa.

– Peu importe. Quelque chose qu'ils ont monté pour que nous nous sentions à l'aise.

Javeline regardait la station à travers le dôme de verre du *Cavorite.*

– Je ne crois pas qu'ils voulaient nous montrer l'intérieur.

Vaffa releva la tête. Elle était restée songeuse depuis qu'ils avaient regagné le vaisseau, une heure auparavant. Elle avait écouté sans rien dire Diane raconter son aventure, et Lilo qui tâchait de combler les lacunes avec ce qu'elle avait appris – et comment elle l'avait appris. Pendant qu'elle parlait, elle s'aperçut que les autres ne suivaient pas. Javeline et Cathay semblaient franchement sceptiques, bien qu'ils n'eussent pas pu donner une meilleure explication de ce qu'ils avaient vu. Javeline avait suggéré, avec le plus de diplomatie possible, que Diane était un imposteur, quelqu'un placé là par les Négociants pour des raisons qui leur étaient propres.

Lilo et Diane ne s'étant même pas donné la peine de la réfuter, l'accusation mourut d'elle-même. Personne ne pouvait dire quel intérêt les Négociants auraient eu à s'infiltrer parmi les humains de façon aussi grossière. La question qui continuait de les préoccuper était de savoir pourquoi ils devaient *demander* la culture humaine. N'étaient-ils pas assez forts pour la prendre?

Ils conclurent qu'il leur faudrait attendre de voir ce qui allait se passer. Ils ne savaient rien des procédés que les Négociants comptaient employer. Ils ne savaient rien de leurs capacités.

– Qu'allons-nous faire? demanda Vaffa. Je dois admettre que je n'ai jamais été aussi perdue que maintenant.

– Que voulez-vous dire? demanda Javeline. Faire à propos de quoi?

– A propos... à propos de tout! Tout ce qu'ils nous ont raconté. Vous les croyez?

Javeline regarda Diane et Lilo sans comprendre.

– Qu'est-ce qu'elle a? Vous savez de quoi elle parle?

– Ah... peut-être s'inquiète-t-elle pour... vous savez, les ennuis qui vont arriver.

– *Ennuis?*

Vaffa faillit s'étrangler. Sa voix était dangereusement stridente.

– Ennuis? Vous appelez la fin des Huit Mondes des ennuis? C'est bien ce qui va se passer? j'ai bien entendu?

– Oui, répondit Lilo. C'est ce qu'ils ont dit.

– Eh bien...

Elle s'arrêta un instant, la bouche ouverte, ses mains suspendues comme si elle cherchait désespérément à saisir quelque chose, avant de les claquer contre ses cuisses.

– Suis-je la seule à m'en faire?

Elle scruta le groupe et s'arrêta sur Javeline.

– Pourquoi vous me regardez comme ça? fit cette dernière, un peu mal à l'aise. Bien sûr, cela ne me fait pas plaisir de savoir qu'autant de gens vont mourir. Mais ils ont une chance de s'en tirer, les Négociants l'ont dit. C'est à eux de la saisir. Quant aux Huit Mondes... (Elle fit un bruit malséant.) Qu'est-ce que ça peut bien me faire? Je ne suis pas citoyenne.

Vaffa regarda Cathay. Il haussa les épaules.

– Faire quelque chose, tu dis? Ecoute! Je cours chercher mon sabre et on y va. Je peux compter sur toi? Toi et moi, dos à dos, contre les Envahisseurs...

– Oh! taisez-vous, fit Vaffa.

Elle se tourna vers Lilo. Les autres l'imitèrent.

– Cela va arriver, dit Lilo doucement.

Diane approuva de la tête.

– Je regrette de devoir le dire... mais cela ne me fait pas grand-chose. Je n'aime pas plus le gouvernement que Javeline ou Cathay. Ou toi, Vaffa. Tu es dévouée corps et âme à sa perte pour rendre le pouvoir à Tweed. Mais cela ne sert à rien. Ce qu'on nous a dit va arriver, de cela, je suis sûre. Vous ne nous croyez sans doute pas, mais nous avons vraiment vu dans le futur, du moins jusqu'à notre mort. Beaucoup de gens vont mourir. Les Envahisseurs vont exterminer tous ceux qui resteront dans le système solaire.

– Mais cela ne te gêne pas? demanda Vaffa.

– Je... (Lilo hésitait, mais la réponse était claire.) Non. C'est comme... c'est comme si c'était déjà arrivé. Je l'ai vu. Nous pouvons rentrer et ajouter notre version à ce que les Négociants sont déjà en train de diffuser, faire de notre mieux pour convaincre les gens de partir. Mais beaucoup ne partiront pas. C'est tout ce que nous pourrons faire. C'est inévitable.

Mais Vaffa ne pouvait pas l'accepter. Lilo la regarda, ferma les yeux et essaya de se la rappeler. Un changement était en train de se produire, elle le savait. Vaffa allait vaincre ses limites – était-elle l'enfant de Tweed? Lilo croyait se rappeler que Vaffa le lui dirait un jour. Mais elle n'était plus certaine de l'avenir. Il restait des bribes qui ne se raccordaient pas. Elle savait que Vaffa se demandait si elle avait bien fait son devoir envers le Patron. Mais, en même temps, le doute venait de naître dans son cerveau. Vaffa avait été la plus impressionnée par l'aventure de Diane. Pour la première fois, elle voyait les Envahisseurs comme une réalité et non plus comme des ennemis en carton dans des dossiers.

Dans l'immédiat, elle restait fidèle au Patron. Il valait mieux ne pas lui dire qu'il avait été forcé de fuir Luna à cause d'une autre Lilo et d'un autre Cathay.

La conversation se poursuivit, mais Lilo l'ignora. Elle regardait son autre moi, son clone, et le clone la regardait.

– Je me souviens de Makel, dit Lilo doucement.

– Je me souviens de Javeline alors qu'elle était beaucoup plus mince qu'aujourd'hui.

Diane sourit. Lilo sourit.

– Je me souviens également de l'impact de *Vengeance,* et d'avoir été tuée par Vaffa.

– Viens dans ma chambre, dit Lilo.

Une fois installées sur leurs couchettes, face à face, elles se turent un long moment. Les voix en provenance du solarium étaient comme le bourdonnement d'une mouche. Les autres parlaient des récents événements, alors que Lilo se sentait au-dessus de tout cela. Il lui restait encore des bribes de son expérience transcendantale, son aperçu de ce que les choses avaient été, étaient et seraient toujours. Elle savait qu'elle allait vivre encore longtemps, mais les détails s'étaient estompés.

– Ça va? demanda Diane.

– Oui. Je viens juste de me souvenir des temps forts de notre passé, et des autres... cela devient troublant, n'est-ce pas? D'en parler.

Diane sourit.

– Je ne me rappelle plus bien le futur, dit-elle. Seulement l'impression que cela va durer un bon moment pour nous deux.

– Oui.

Elles se turent à nouveau. Lilo sentait qu'il leur restait quelque chose à dire. Elle regarda le cube argenté dans la main de Diane. Il paraissait tout à fait quelconque.

– Je peux le voir?

Diane le regarda comme si elle avait oublié qu'elle le tenait. Elle le lança à Lilo.

Il parcourut un mètre, puis ralentit pour s'immobiliser entre les deux femmes. Lilo ne voyait pas quelle force aurait pu le stopper ainsi. En état d'apesanteur, il aurait dû continuer en ligne droite jusqu'à ce qu'il rencontre un obstacle. Toujours est-il qu'il flottait là.

Elle tendit le bras pour l'attraper. Il résista légèrement. Il semblait préférer rester immobile, mais pas avec une grande ténacité.

– Je me demande ce que cela est capable de faire, dit Lilo.

– Tu crois qu'on devrait le tripoter un peu?

Lilo le tenait devant son visage, l'étudiant attentivement. Elle crut remarquer une légère décoloration sur l'un des côtés et elle le gratta avec son ongle.

– Non, je veux seulement...

Il se déploya.

Ce n'était pas facile à observer. Ce n'était pas simplement des côtés qui se détachaient. C'étaient de plus larges cubes qui grandissaient à partir d'autres plus petits, jusqu'à ce qu'elle se retrouve avec un tas instable de huit cubes qui devint à son tour un seul et gros cube. Lilo retira ses mains avec effroi. L'objet flottait toujours.

– Heu... qu'est-ce que je fais, maintenant?

Diane tourna autour en tendant le cou pour mieux voir sans y toucher.

– Tu crois qu'on peut le remettre comme il était?

Lilo tendit la main. Apparemment, l'équilibre était instable. La singularité bougea à nouveau dès qu'elle la toucha et redevint un simple cube, mais cette fois de dix centimètres d'arête. Son volume était à présent huit fois plus important.

– J'ai cru voir comment cela marchait, dit Diane.

Elle prit le cube, mais avant qu'elle ait pu tenter la moindre manipulation, il se déplia à nouveau, cette fois vers l'intérieur, et elle se retrouva avec deux cubes de cinq centimètres d'arête.

– Peut-être ferions-nous mieux de laisser cela aux mathématiciens, dit Diane en les plaçant soigneusement à côté d'elle sur sa couchette.

– Si nous apprenons à nous en servir, cela pourra faire économiser pas mal de combustible à Javeline pour le retour.

– Hmm. Oui, il vaudrait mieux lui demander d'abord ce qu'elle en pense.

Diane regarda Lilo, puis se détourna. Mais ses yeux revinrent d'eux-mêmes sur Lilo.

– Je... c'est de plus en plus confus. Je veux dire ce qui nous attend.

– Oui?

– Mais je... enfin... As-tu la même mémoire que moi? Toi et moi, nous étions... souvent ensemble. Il me semble que tu es présente dans tout ce que je fais à partir de maintenant.

– Oui.

Lilo se détendit davantage. Elle ne pouvait pas s'être trompée, mais cela faisait plaisir d'entendre que Diane se rappelait les mêmes choses. A présent, il ne lui restait presque plus rien de l'avenir : des bribes de rêves qui s'évanouissaient dès qu'elle les étudiait, plus des impressions que des souvenirs. Ce qui restait était net et réel, mais pas plus explicite que des pièces de puzzle prises au hasard.

Elle voyait clairement la forêt sous le soleil bleu. Cela n'aurait pas lieu avant au moins une centaine d'années. Diane était là, avec elle.

– Je me demande de quel soleil il s'agit, dit Diane.

Et elles se mirent à rire toutes les deux.

– Cela va être amusant de le découvrir.

26

A présent, il était difficile de repérer le soleil dans le ciel. De toute façon, Lilo se trouvait du mauvais côté de Poséidon. Cela faisait plusieurs semaines que le planétoïde s'était retourné. Il se trouvait dans sa phase de décélération. Alpha du Centaure était juste au-dessous.

Lilo avait mis du temps à s'habituer à son jardin de tournesols. Pour s'en occuper, elle devait se déplacer le long d'une coursive suspendue au sol. L'impression était celle de se déplacer sous un énorme rocher en porte à faux. A travers le grillage de la coursive, elle voyait des étoiles sous ses pieds.

Le jardin était constitué de trois anneaux de plantes centrés par rapport à l'énorme coupe argentée du champ-nul contenant le trou. Elle pouvait le voir au loin, maintenu par trois piliers invisibles repérables seulement par les générateurs à leur base. De la coupe, un rayonnement blanc jaillissait vers le bas; dirigé droit sur Alpha, il produisait silencieusement une décélération d'un vingtième de G.

Lilo se déplaçait le long de la coursive, un filin de sécurité était rattaché à un câble juste au-dessus de sa tête. La gravité n'était pas forte, mais si elle venait à tomber, son premier pas représenterait deux années-lumière.

Le tournesol n'était pas une invention nouvelle. L'idée remontait à bien avant l'Invasion. Il s'agissait d'assiettes paraboliques de trois mètres avec au foyer un nodule blanc et brûlant. L'assiette renvoyait l'énergie sur le nodule. Là, une photosynthèse avait lieu, et les racines des plantes produisaient des tubercules à la peau épaisse. La chair en était douce et tendre comme de l'ananas.

Chaque tournesol vivait la tête en bas, les racines plantées dans le sol au-dessus, la fleur suspendue à une grosse tige. Pour effectuer la récolte, Lilo accrochait comme un grand plat à la coursive et creusait le sol. Des rochers, de la terre traitée et des tubercules tombaient dans le plat. C'est exactement le contraire des travaux que l'on effectue le dos voûté, pensa-t-elle. La fatigue était ressentie dans les bras et dans les épaules, pas dans le dos.

Elle s'assit pour se reposer un peu. Pendant qu'elle laissait pendre ses jambes au-dessus de l'infini, il lui arriva une chose étrange. Toute sa vie se déroula devant ses yeux. C'était difficile à démêler et varié, pas un simple voyage allant de la naissance jusqu'à la mort, mais quelque chose de tortueux, plein de souffrances et comportant plusieurs morts. Et pourtant...

– Ça va bien, Lilo?

– Hein? (Elle releva la tête.) Ça fait longtemps que tu es là?

– Quelques minutes, répondit Cass.

C'était un jeune adulte à présent, et il ressemblait beaucoup à son père.

– Tu ne m'as pas répondu quand je t'ai dit bonjour, ça va bien?

– Oui, ça va.

La vision s'estompait déjà. Elle essaya de la retenir, de se souvenir de la tapisserie fantastique telle qu'elle venait de la voir l'espace d'un instant. C'était trop pour elle. Elle sentit ses deux sœurs vivantes qui s'éloignaient. Mais elle savait qu'elle les reverrait.

Cass s'était assis à ses côtés. Il regarda entre ses pieds.

– Que penses-tu que nous allons trouver là-bas? demanda-t-il.

– Hein?

C'était complètement parti à présent. Elle n'était plus qu'elle-même. Etait-ce vraiment arrivé? Mais elle se rappelait. Elle avait vu dans le futur.

– Qu'est-ce que nous allons trouver là-bas? Sur Alpha?

– Des gens, répondit Lilo. Des gens que nous connaissons.

Achevé d'imprimer sur les presses de l'imprimerie Brodard et Taupin
7, Bd Romain-Rolland, Montrouge. Usine de La Flèche,
le 11 avril 1983
6506-5 Dépôt Légal avril 1983. ISBN : 2 - 277 - 21463 - 9
Imprimé en France

1463
★★★

Editions J'ai Lu
31, rue de Tournon, 75006 Paris
diffusion France et étranger : Flammarion